Das Ahrtal des Mitgefühls.
89 Fragmente aus dem Leben nach der Flut

Herausgegeben von Diana Ivanova

Diana Ivanova (Hg.)

Das Ahrtal des Mitgefühls

89 Fragmente aus dem Leben nach der Flut

Gedruckt mit freundlicher Unterstützung
der Stiftung Rheinland-Pfalz für Kultur
und der **Evangelischen Kirche im Rheinland**

Printed in Germany
ISBN 978-3-934648-66-1
www.barton-verlag.de

Layout, Satz und Cover: Katharina Jüssen, Weilerswist

Bibliografische Information der Deutschen Nationalbibliothek.
Die Deutsche Nationalbibliothek verzeichnet diese Publikation in der Deutschen Nationalbibliografie; detaillierte bibliografische Daten sind im Internet über http://dnb.ddb.de abrufbar.

Inhalt

Gedichte

Geschichten

Warum dieses Buch?

Dieses Buch sammelt Fragmente meiner eigenen Erfahrungen nach der Flut im Ahrtal 2021 und meiner Begegnungen mit Menschen für den Podcast „89 Schritte", den ich seit Januar 2022 mache. Es kann als intimer Reiseführer durch das Katastrophengebiet Ahrtal gelesen werden. Oder als Momentaufnahme einer langsamen Rückkehr in die Normalität, was auch immer „Normalität" bedeuten mag. Oder als eine nicht abgeschlossene Suche nach dem Sinn des Erlebten. Beim Lesen der Texte aus dem Podcast und beim Schreiben ist mir noch einmal klar geworden, dass ich auch zwei Jahre nach der Flut kein vollständiges Bild von dem habe, was geschehen ist und vielleicht nie haben werde. Aber es ist mir klar geworden, dass mir die Tage nach der Flut ein neues Bild von Deutschland – vom Ahrtal – gezeigt haben. Und mir das Gefühl gegeben haben, ich – die Bulgarin –, gehöre hierher. Jetzt.

Vielleicht war es dieses merkwürdige, ganz neue, mit nichts anderem vergleichbare Gefühl, das sich vielleicht als „Ahrtal-Mitgefühl" beschreiben lässt, oder noch nicht beschreiben lässt, das mir den mächtigen Impuls gegeben hat, zu suchen, zu fragen, mit anderen zu sprechen: Wie war es denn bei euch? Wie war es bei dir?

Das Ahrtal war für mich lange keine Heimat. Durch die Flut ist es eine geworden. Jetzt wundere ich mich selbst über diese Aussage. Wie kann ein Ort durch eine Katastrophe zur Heimat werden? Ich lebte erst zwei Jahre im Ahrtal – wir waren von Bonn nach Bad Bodendorf gezogen, die Natur hatte mir während der Pandemie viel Geborgenheit und Ruhe gegeben. Das Ahrtal gab mir ein sanftes „bulgarisches" Gefühl – wilde Kräuter sammeln, der Stille des Waldes lauschen, die Bäume, die Ahr – alles erinnerte mich ein wenig an unser Sommerhaus im Balkangebirge, nicht weit von Sofia entfernt. Die Flut erinnerte mich später noch stärker an Bulgarien, an meine Heimat – die Hektik, das Gefühl der Hilflosigkeit und des totalen Umbruchs, die Spontaneität, die Menschlichkeit ... All das kannte ich aus den 90-er Jahren, nach der Wende … Irgendwie fühlte ich mich auch wohl im Chaos: eine gewisse Gewohnheit. Aber es gab etwas Neues. Ich war zum ersten Mal eine *Betroffene*. Ich konnte selbst spüren, erleben und verstehen, wie Körper und Geist in einen anderen Modus schalten, wenn plötzlich etwas „Unfassbares" passiert.

Nach der Flut wurden wir dann nochmal von Bildern *überflutet*. Das Ahrtal wurde zur Metapher für pure Zerstörung. So war es an vielen Stellen auch – 400 Gebäude wurden durch die Flut gerissen, 134 Menschen starben, von 4.200 Gebäuden entlang der Ahr sind schätzungsweise mehr als 3.000 beschädigt worden. Solche Fragen werden mir bis heute gestellt: *Was wurde bei euch zerstört? Was wurde bei euch verwüstet?* Am Anfang war ich einfach nur sprachlos und tief verletzt, wie unsensibel Menschen sein können, mir solche Fragen zu stellen. Man konnte einfach fragen: *Was ist bei euch passiert?* Jetzt reagiere ich sofort auf „Zerstörungsfragen" und sage: *Diese Frage verletzt mich.* Mir ist noch einmal klar geworden, wie wichtig es ist, im Gespräch mit Betroffenen nicht pauschal wertend zu fragen, sondern konkret, interessiert, menschlich. Ich nenne das „traumasensible Sprache". Die Sprache des Mitgefühls.
Und da Sprache und Stimme meine Arbeitsmittel sind, wollte ich etwas ausprobieren, wo nicht Bilder eine Rolle spielen, sondern *nur* das Innere und das Zwischenmenschliche.
So ist der Podcast „89 Schritte" entstanden.

Die Texte in diesem Buch sind in 23 Gesprächen aufgezeichnet worden, von Dezember 2021 bis Juni 2023. Drei sind von Menschen, die eine wichtige Rolle im Ahrtal als Helfer übernommen haben, zwanzig von betroffenen Menschen.
Alle *Stimmen* kann man im Podcast „89 Schritte" hören.

Diese Texte tragen die Atmosphäre des Augenblicks, sie sind ein Dokument der inneren Zustände meiner Gesprächspartner:innen, deshalb habe ich sie nicht mehr als nötig überarbeitet. Sie sollen *wie gesprochen* klingen.
Genau aus diesem Grund habe ich beschlossen, meine ersten Texte, Gedichte, Collagen und Fotos den Gesprächen hinzuzufügen. Aus „89 Schritte" sind so „89 Fragmente" entstanden, ein Gewebe aus verschiedenen Materialien und Texturen, das auch unterschiedlich und ebenso „fragmentarisch" gelesen werden kann.

Und noch etwas Wichtiges zur Bedeutung dieses Buches: es ist im wahrsten Sinne des Wortes auch ein Körper. Da ich auch Yogalehrerin und Trauma-Yoga-Therapeutin bin, konnte ich in den Tagen und Monaten nach der Flut beobachten, wie viel langsamer der Körper das Geschehene verarbeitet, wie viel mehr Raum, Zeit und Aufmerksamkeit er braucht – im Gegensatz zum Verstand, der viel schneller ordnet. Aber der Körper hat ein tieferes und umfassenderes Gedächtnis. Er hat die ersten Stunden der Erschöpfung gespeichert und erinnert sich in unregelmäßigen Abständen daran. Ich selbst musste mit Erstaunen feststellen und zugeben, wie ich eine Achillessehnenentzündung monatelang nicht bemerkt und wahrgenommen habe. Die Arbeit an diesem Buch wurde unterbrochen und verlangsamt durch verschiedene körperliche Arbeiten und körperliche Beschwerden einiger Mitarbeiter. Das Körperliche war immer präsent. Deshalb ist dieses Buch für mich ein wichtiges *körperliches* Dokument, ein temporärer Körper, ein Zuhause für diese flüchtige und schwer zu beschreibende Mischung von Gefühlen nach der Flut. Es bestätigt ihre Realität.

Zuerst ist es einfach still

30. Juli 2021

Zuerst ist es einfach still. Kein Laut. Leise hat das Wasser uns überflutet, den Garten, den Keller, ist schon ins Wohnzimmer gekrochen, hat sich zum Klavier geschlichen. „Wir gehen in den ersten Stock, nehmen nur das Wichtigste mit!" Ich schaue mich um. Das Erste, das ich in die Hand nehme, ist ein weißes Hemd, das ich an diesem Tag gekauft habe.
Der Wasserspiegel sinkt nach und nach.
Dann kommen viele Geräusche auf einmal – Hubschrauber, Sirenen, schwere Autos. Das geht tagelang so. Nachrichten von Menschen und über Leichen, die auf den Wiesen gefunden werden. Dann der Lärm von Generatoren, Pumpen, Bohrern.
Das Gefühl, zusammenzuhalten.

***

Der Geruch von Schlamm. Ich kenne ihn von den Überschwemmungen in Prag 2002, aber jetzt ist dieser Geruch bei mir zu Hause. Er ist überall. Der Schlamm, der nach den großen Wassermassen zurückbleibt. Er enthält Gifte, ausgelaufenes Öl, Benzin, alles, was das Wasser auf seinem Weg weggespült, zerstört und bis zu uns mitgerissen hat.
Der Müll wird erst einmal direkt auf den Bürgersteig gekippt. Berge von Müll, Schlamm, alles, was der Schlamm zugedeckt hat. Dann kommen die Mülltonnen, die wir gemeinsam mit den Nachbarn füllen. Der Müll scheint nicht weniger zu werden. Dann kommen viele Menschen aus den Nachbarstädten, um zu helfen.
Das Ende ist in Sicht.

***

– Herr Meyer, verglichen mit anderen im Ahrtal ist unsere Katastrophe mild. Warum sind Sie so blass?
Mir fällt auf, dass ich oft den Ausdruck „milde Katastrophe" benutze. Ich benutze ihn wohl, um mich zu beruhigen. Bei uns im Ort gibt es keine verschwundenen Nachbarn, keine zerstörten Häuser, keine kaputten Straßen. Alles ist reparabel.

Aber Herr Meyer ist immer noch blass. Er ist gekommen, um sich die Hochwasserschäden anzusehen. Er wird unsere Heizung reparieren, die im Keller steht und unter Wasser stand. Er antwortet mir:
– *Aber das Wort ist doch Katastrophe.*

***

Wir kennen alle Nachbarn. Wir treffen uns auf der Straße, nachdem das Wasser zurückgegangen ist und man mit Stiefeln rausgehen kann. Alle reden leise miteinander. Kein Wasser, fast nirgendwo Strom, kein Internet, kein Telefon.
Die Anwesenheit der Nachbarn ist beruhigend. Wie gut, dass wir nicht allein sind! Alle sind am Leben!
In den ersten Tagen sind wir die einzigen, die noch Strom haben, der Stromkasten im Erdgeschoss war nicht betroffen. Also bauen wir mit der Pumpe der Nachbarn linker Hand und unserem Strom eine provisorische Anlage im Rosen- und Lavendelgarten. Alle sind glücklich. Man kann sogar kalt duschen.

***

– *Ist das orange Echinacea?*

– *Ja, als Geschenk einpacken?*

– *Nein, für etwas Farbe im Garten.*

Die Frau schaut mich an und versteht sofort.
– *Gehören Sie zu den Betroffenen? Bitte, Sie werden mir nichts bezahlen, nehmen Sie das einfach mit …*
Ich kann die Tränen kaum zurückhalten. Ich kann sie nicht zurückhalten.

***

Das Wort „betroffen" ist etwas Besonderes. Ich war noch nie in einer solchen Situation. Ich war eher auf der anderen Seite, habe „Betroffene" begleitet. Ich bin sehr empfindlich, sehr sensibel. Es ist wichtig, wie man es sagt. Man kann mich zum Heulen bringen, man kann mich beleidigen.
Ich beantworte jede Frage, ob ich Hilfe brauche, mit Ja.

Ich sehe, dass jede Hand hilft. Je mehr, desto weniger Schlamm, desto schneller Normalität. Aber ich brauche keine langen Gespräche und Beschwerden.
Ich ärgere mich sehr über einen gemeinsamen Freund, der sich ständig darüber beschwert, was für schöne Dinge weggeworfen werden. Ich ärgere mich über alle möglichen Analysten, die davon reden, dass die Immobilienpreise fallen werden, dass der Tourismus in der Region zusammenbrechen wird, dass dies und jenes passieren wird…

***

Das Beste sind die Menschen, die Menschlichkeit, die Liebe. Grenzenlose Solidarität.
Wir brauchen ein Auto. Unseres steht unter Wasser und wir bekommen erst in vier Monaten ein neues. Ich schicke eine Nachricht an alle meine Gruppen und Freunde bei WhatsApp. In fünf Minuten haben wir ein Auto, das wir fahren können, solange wir es brauchen.

Wir lassen die Abende mit improvisierten Konzerten ausklingen. Ein Freund kommt vorbei, setzt sich an das Klavier, das nicht beschädigt wurde, ein wunderbares altes Ritmüller, und spielt. Gestern Abend hat unsere Freundin Ursula, eine Klavierlehrerin, die eine Stunde von uns entfernt wohnt, für zehn Leute gekocht, sich dann ans Klavier gesetzt und für uns gespielt. Bach, Satie, Schumann, Frankhauser. Mit meinem Körper spüre ich, wie die Musik irgendwo in mir den unsichtbaren Boden nährt, auf dem wir jeden Tag aufs Neue gehen.

– *Es gibt eine warme Mahlzeit, Reis mit Kichererbsen und Salat.*
Ein junger Mann mit Bart lächelt mich an, als er mich in schlammigen Stiefeln aus dem Keller kommen sieht.
– *Ich frage die anderen, ob sie auch etwas wollen, und gebe Ihnen Bescheid. Woher kommen Sie?*

– *Aus Koblenz.*

Von uns aus sind es 45 Minuten bis Koblenz, ein Teil der Autobahn ist durch die Flut beschädigt worden. Ich bin kurz davor, wieder zu weinen. Dann nehme ich sechs Portionen. Heute sind wir zu sechst.

– *Das Besteck ist auch da, sagt der junge Mann. Guten Appetit.*

Collagen
Ich bin
Betroffene

Andere Menschen kommen.

– Wir sind aus Köln. Wir wollen helfen. Was können wir tun?

Ich schicke sie zu den Nachbarn, die älter und allein sind. Ihr Sohn kämpft in einer Nachbarstadt um sein Haus und kann nicht immer hier sein.

Dann kommen die Nächsten:

– Wir sind aus Kripp. Wir können nicht einfach abends im Garten sitzen, wenn wir wissen, dass ein paar Kilometer weiter eine Katastrophe passiert ist.

Es sind vier Leute auf Fahrrädern, als hätten sie einen Ausflug gemacht. Sie bleiben ein paar Stunden bei uns und füllen die Container.

Wir sind zusammen. In diesem Moment spielt das die größte Rolle, und nicht, dass es eine Katastrophe ist.
...

P.S. Es war sehr schwer, diesen Text zu schreiben. In den ersten Tagen nach der Flut dachte ich, dieses Leben ist einfach vorbei, ich werde nie wieder schreiben. Ich konnte meine Gedanken und Erlebnisse kaum ordnen. So einen Zustand kannte ich nicht. Ich hatte Angst, dass es so bleiben würde.
Meine Freundin Tatjana, Chefredakteurin der Website, auf der ich jeden Monat analytische Texte auf Bulgarisch schreibe, hatte mich vorsichtig gebeten, etwas aufzuschreiben. Der Text erschien zuerst auf Bulgarisch.
Heute bin ich ihr dafür sehr dankbar.
Der Text hat mir gezeigt, dass es möglich ist. Das war mein erster Schritt zurück zu mir selbst. Keine Konzentration auf das große Ganze. Kein Bedürfnis, das Große zu sehen, zu erklären, zu verstehen. Keine Gespräche mit Leuten, die das tun. Nur kleine, winzige Mikrogeschichten. Fragmente. Schritt für Schritt.

② ↓ Wohin?

Woandershin

Habe ich eine (oder) mehrere Erkenntnisse?

① ↓

DIE PARADIESE

sind

VON GESTERN

was ist (war) mir

schwierig

Realistisch sein

Ich sammle mein Leben zusammen

was ich mich immer

weiter frage:

Gibt es Gut und Böse in der Natur?

»Vielleicht sind ja all diese endlosen Gedankensprünge eben mein Leben, und ich will sie gar nicht gegen eine erleuchtete Leere eintauschen?!«

Die Ahr

Der Name Ahr leitet sich vom keltischen Wort für Wasser „aha" ab. Die Ahr entspringt in der Eifel im Ortskern von Blankenheim und mündet zwischen Remagen und Sinzig bei Kripp in der Ebene der „Goldenen Meile" in den Rhein. Die Ahr hat durch ihre zahlreichen, etwa 59 Zuflüsse ein sehr großes Einzugsgebiet von 897 km^2.

Historisch sind an der Ahr 64 Hochwasser dokumentiert, davon 31 im Sommerhalbjahr (Mai bis Oktober) und 33 im Winterhalbjahr (November bis April). Von den 9 Hochwassern mit besonders hohen Pegelständen sind 5 Sommerhochwasser (1601, 1804, 1818, 1848, 1910) und 4 Winterhochwasser (1687, 1739, 1795, 1880). Die folgenschwersten Hochwasser sind gemäß der überlieferten Schäden die Sommerhochwasser von 1601, 1804 und 1910, die alle durch Gewitter ausgelöst wurden. Auch die Flut von 2021 war ein Sommerhochwasser, ausgelöst durch Dauerregen und Gewitter.

Die Ahr in diesem Buch

Ich weiß, dass viele die Ahr heute als bedrohlich empfinden. Für mich ist sie das nicht.
Ich habe so viele schöne, positive Kindheitserlebnisse an diesem Fluss, wir haben im Sommer so viel gespielt, so viel Spaß gehabt, dass dieses Vertrauen unerschütterlich ist. Es ist so etwas Schlimmes passiert, natürlich wird es irgendwann wieder passieren, aber ich habe keine Angst vor dem Fluss. Mein Vertrauen ist unerschütterlich.
Martin Dietrich (S. 24)

Sechs Wochen später fuhr ich an die Ahr. Das war nicht die Ahr, die ich kannte, die ruhig ist, die einem sonst in der Natur viel gegeben hat. Die Bäume, die man kennt, die Bänke, das war nicht die Ahr. Es war einfach ein bisschen verwüstet. ... Es roch auch unangenehm. Und dann? Das muss alles erst wieder wachsen ... Dann war ich wieder da und habe mir gesagt – ich muss nicht immer alles sehen.
Margarete Gebauer (S. 40)

Ich merke, dass ich die Ahr ganz anders wahrnehme. Das Verhältnis zur Ahr hat sich verändert. Ich schaue sie an und frage. Was kannst Du noch? Wozu bist du fähig? Früher habe ich einfach die Ruhe gesucht, es war so idyllisch ... Den schönen Weg von Lohrsdorf nach Bad Neuenahr ..., den kann ich meinem kleinen Sohn nicht mehr zeigen. Dann denke ich, ist das wichtig? Vielleicht lasse ich mir die Ahr von meinem Sohn zeigen? Der macht jetzt neue Entdeckungen und Erinnerungen und wird sich die Orte aussuchen, die er spannend findet. Und dann entdecke ich mit ihm die Ahr neu.
Sarah Irmgartz (S. 46)

Wir kennen die Ahr sehr gut, auch die Tücken, weil man diesen Fluss eigentlich nur befahren kann, wenn „Hochwasser" ist, wenn er einen trägt und wenn man nicht selber Steine kriegt. Und da sind wir mit unserem Sohn und unserer Tochter und mit Freunden oft auf dem Fluss gefahren, und er hat eben auch dieses Dämonische, dieses Zerstörerische, nicht nur dieses Plätschern, sehr schön und ruhig!
Hermann Schug (S. 66)

Die Leute müssen jetzt wieder warm werden mit der Ahr, das geht mir auch so. Die Ahr ist als die liebliche Ahr beworben worden. Und sie hat uns einmal ganz deutlich gezeigt, dass sie auch ganz schön böse sein kann. Sie sieht ein bisschen gruselig aus, wenn man jetzt ins Wasser guckt. Das hat vielleicht damit zu tun, dass rechts und links noch gar nichts wieder grün ist. Und auch damit, dass das Wasser noch irgendwie trüb ist, weil da noch viel Abwasser reinkommt, glaube ich.
Anton Simons (S. 86)

Die Ahr sieht jetzt interessant aus, also nicht so schön, aber ich war ihr auch nie böse. Also, das ist ein Fluss, der fließt, wie er fließt, mal so, mal so. Ich wundere mich eigentlich eher über die Menschen, dass das so in Vergessenheit geraten ist, die Hochwasser von 1910 und 1804. Dadurch, dass die Ahr ein Gebirgsfluss ist, ist sie unberechenbar. Das habe ich erst nach dem Hochwasser so richtig in seiner Bedeutungstiefe erfahren. Im Gegensatz zu den großen Flüssen wie dem Rhein oder der Donau, die steigen langsamer und da ist das eingeübt, wie man darauf reagiert, das ist ein ganz bestimmter Rhythmus des Vorgehens, das sieht man schon in Remagen bei den Bewohnern, die bleiben ganz ruhig. Dann fahren sie ihre Autos weg und ergreifen nach und nach Maßnahmen, die sich bewährt haben.
Bei den Gebirgsflüssen ist das anders. Die werden von diesen unzähligen Bächen und Rinnsalen aus der Höhe gespeist, die dann eben einzeln nicht mehr kalkulierbar sind und zusammen schon gar nicht. Ich meine, man müsste jetzt über die Mittelahr hinaus für jeden dieser möglichen Zuflüsse irgendwie ein Rückhaltebecken oder eine Rinne oder eine Verzweigung oder so etwas schaffen.
Hildegard Ginzler (S. 104)

Ich bin hier aufgewachsen, ich kenne mich aus, und jetzt erkenne ich so vieles an der Ahr nicht mehr. Vieles sieht so anders aus. Da, wo ich aufgewachsen bin, gab es wunderschöne, sehr romantische, idyllische Auen, die gibt es einfach nicht mehr. Ja, das macht so etwas mit mir, wenn man spazieren geht, wenn man mit dem Fahrrad fährt und man erkennt teilweise die eigene Heimat nicht mehr.
Stephan Maria Glöckner (S. 118)

Ich kann verstehen, dass die Leute die Ahr momentan nicht so mögen. Aber wenn man das genau nimmt, die Ahr hat keine Schuld, an nichts. Die Ahr hat nur das Wasser, was runterkam, zum Rhein hingebracht. Wir waren

so dreist, uns ihr in den Weg zu stellen. Wir haben dort Häuser gebaut, wo man keine bauen sollte. Man muss sich nur die alten Karten anschauen. Und die Ahr jetzt zu verteufeln, das verstehe ich nicht. Als Gästeführer habe ich mich mit der Geschichte der Ahr beschäftigt und man weiß, dass sie vor 2 Millionen Jahren ganz woanders floss, über Grafschaft. Erst später nach hier unten kam … Und jetzt, wenn die Ahr ihr altes Bett sucht, ihr die Schuld zu geben … Das finde ich schräg. Ich musste ein Gedicht schreiben, um der Ahr die Reputation ein bisschen zurückzuholen.
Joachim Heyna (S. 124)

Wir kannten Hochwasser. Das war für uns als Kinder immer sehr aufregend. Wir sind dann auf den Parkplatz gelaufen und haben geschaut, wie hoch das Wasser steht. Das war schon sehr aufregend. Das war 2016, da stand das Wasser bis zur Straße. Das war noch aufregender. Aber sonst haben wir eigentlich nie viel über Hochwasser geredet. Das Kuriose ist, jetzt nach der Flut ist mir aufgefallen, dass bei uns im Haus, also bei meinen Eltern, im Flur Bilder hängen, alte Bilder vom Ahrhochwasser 1800 oder 1900. Die sind mir vorher nie aufgefallen. Ganz kleine Bilder, schwarz-weiß. Und jetzt auf einmal sind sie aktuell geworden.
Andrea Babic (S. 178)

Als Kind war ich jeden Tag an der Ahr. Aber als Jugendlicher gibt es andere Dinge, die schöner sind, und als Erwachsener hat man keine Zeit mehr. Oder man nimmt sich die Zeit nicht mehr ...
Lukas Sermann (S. 188)

Vor sieben Monaten, als mein Bruder im Sommer hier war, habe ich zu ihm gesagt, habe ich ihn angeguckt und hab gesagt, ja, ist schon ganz schön tot hier. Und ich meinte damit verdammt ruhig hier, und vier Wochen später fuhren nur noch Baufahrzeuge und ganz viel Verkehr durch Bodendorf und so weiter. Es hatte sich alles gedreht und alles verändert, was ich niemals für möglich gehalten hätte, in der Form.

Martin Dietrich,
Bad Bodendorf

„Es ist ein neuer Raum entstanden, für die eigenen Gefühle“

Martin Dietrich

2020. Zusammen mit Martin beschließen wir, das Haus seines verstorbenen Vaters in Bad Bodendorf zu übernehmen. Mitten in der Pandemie ist es ein gutes Gefühl, von Bonn nach Bad Bodendorf zu ziehen. Wir fangen an, das Haus zu renovieren, und die Flut überrascht uns mitten in den Renovierungsarbeiten. Für Martin wird es eine zusätzliche Veränderung – sein Therapiezimmer wird auch von der Flut beschädigt, er kann da nicht mehr arbeiten. Wir führen viele tiefe Gespräche und ich merke, dass die Flut für uns beide nicht nur Schwere, sondern seltsamerweise auch Leichtigkeit gebracht hat. Das fasziniert mich, diese Vielfalt und Intensität der Gefühle, der Erlebnisse. So beginnt in mir die Idee zu reifen: einen Podcast mit Gesprächen zu machen. Wie ist es bei den anderen? Ist es auch so? Ich will weg von den Bildern und bei den Stimmen bleiben. Stimmen sind lebendig, wir sprechen und atmen und das Leben geht weiter. Ich möchte durch das 89 km lange Ahrtal fahren und mit Menschen am Fluss sprechen. Mein erster Gesprächspartner ist Martin. So beginnt der Podcast 89 Schritte.

Ganz zurück dahin, wo es mal war, wird es nicht gehen. Aber es wird viele Schritte brauchen. Wenn wir zum Beispiel jetzt hier im Hintergrund das Wasser rauschen hören. Das kenne ich seit meiner Kindheit, und das hat völlig sein Gesicht verändert. Es sieht ganz anders aus als früher, und die Brücke, die es hier gab, die 30–40 Jahre gestanden hat, da sieht man nur noch die Reste. Es sind viele kleine Schritte, natürlich an unendlich vielen Stellen. Ich bin optimistisch, dass es sehr schön werden kann, anders als vorher. Eben haben wir die Nachbarn getroffen, das gehört zu den Schritten ja auch mit dazu. Als wir hierherkamen, kannten wir kaum jemanden, und im letzten halben Jahr seit der Flut haben sich ganz, ganz viele Bekanntschaften neu entwickelt. Wir sind schrittweise aufeinander zugegangen, wir haben uns geholfen, und so entstehen eben Freundschaften, mehr Vertrautheit. Es wird alles neu gemischt. Zum Beispiel dachte ich jetzt gerade, die Nachbarn, die wir in dieser akuten Zeit kennengelernt haben, wo wir alle beschäftigt waren. Wir haben den Dreck aus den Häusern rausgeschafft, so schnell wie möglich, wir haben Container beladen in kürzester Zeit. Wir waren beschäftigt, wir waren nie in Ruhe. Und heute war eigentlich das erste Mal, dass wir mit denen in Ruhe ein paar Schritte gemeinsam spaziert sind, so zufällig. Und es gab nichts zu tun. Ich fand das jetzt richtig angenehm. Mal fünf Minuten oder zehn Minuten mit den beiden zu quatschen, so wie man das eigentlich macht, ist auch ein Stück Normalität.

Oder hier sehen wir noch eine Aufschwemmung, ein kleines Stückchen Plastik. Als wir das erste Mal hier waren, lagen hier Autos zerknautscht, Plastikfaser... Alleine, wenn wir uns hier umschauen, sehen wir schon, wieviel in diesen sechs Monaten passiert ist, was sich verändert hat, was wieder natürlicher geworden ist, und für mich ist das ja ein Zeichen oder viele Zeichen von Zuversicht. Hier, die Bogenschützen haben ihre Stände für die Zielscheiben schon wieder aufgebaut. Drumherum, um das Gelände kann man schon wieder erkennen, wie das Gras den Platz überwuchert und dass wahrscheinlich nächstes Jahr hier wieder geschossen werden kann. Das ist irgendwie schön!

Mit meinen Patienten sprechen wir über die einzelnen Schritte. Wir sind mehr im täglichen Handeln. Das Thema wird immer wieder zumindest gestreift, weil es ja auch Auswirkungen auf alles mögliche hat. Ich denke schon, es geht darum, auf der einen Seite wahrzunehmen, was passiert ist, schrittweise die damit verbundenen Gefühle an sich heranzulassen, aber auch das wieder Schritt-für-Schritt. Wenn ich jetzt von uns oder von mir selbst ausgehe, dann war das am Anfang so, dass wir alle funktioniert haben. Wir hatten kurzfristige Ziele, Keller leer zu bekommen und was weiß ich, alles Mögliche. Da war für Gefühle wenig Platz, sehr wenig Platz. Auch das verändert sich. Wenn ich jetzt zum Beispiel hier sehe, an der Brücke in Bodendorf, dieses große Mehrfamilienhaus, oder wie es hier die Böschung abgerissen hat, hier hängen immer noch die Gasleitung oder auch andere Leitungen frei in der Luft... Das ist schon mächtig. Oder der Baum, der am Ufer liegt. Das macht mich traurig. Vor drei Monaten hätte ich das nicht wahrgenommen, nicht so, wie ich es jetzt wahrnehme, weil gleichzeitig alles schon wieder so sauber ist, so aufgeräumt... Aber es ist ein neuer Raum entstanden für die eigenen Gefühle.

Ich kenne Bodendorf nicht ohne diese Tennisplätze. Die Tennisplätze waren immer da. Seit meiner Kindheit, ich bin im zweiten Schuljahr hierhergekommen, mit sieben Jahren. Da gab's diese Tennisplätze schon. Und jetzt ist nichts mehr vorhanden. Das ist schon krass, das ist schon *richtig* krass!

Die ganze Landschaft hat jetzt eine Großzügigkeit, aber auch etwas Ungeschütztes. Ich kann in die Gärten von den Häusern hineinschauen, die von dieser Stelle aus niemals einsehbar waren, weil sie von Bäumen verdeckt waren, von mehreren Baumreihen. Das hatte auch etwas Gemütliches, etwas Beschützendes.

Wenn ich jetzt nach rechts reinschaue, da ist eine Riesenebene und die Fläche hat für mich weiter eine Großzügigkeit. Es ist beides da, und es wird sich auch wieder verändern. Aber ein Stück von der Großzügigkeit wird bleiben, da bin ich mir sicher, und das tut Bodendorf und den Menschen hier auch gut, das hat etwas gefehlt. Großzügigkeit, unkonventioneller miteinander umgehen, weniger Erwartungen haben, vorbehaltslos anderen helfen, solidarisch miteinander sein, ohne zu fragen, welche Religion, welche Hautfarbe, was weiß ich, sondern einfach da nachzuschauen, wer braucht gerade Hilfe.

Das war für mich sehr beeindruckend, dass auch viele, viele Menschen von der anderen Dorfseite, die nicht betroffen waren, ohne dass sie gefragt wurden, einfach mitgeholfen haben. Wir kommen morgens an unser Haus, das war am 16. Juli, also einen Tag nach der Flut. Dann waren wir hier um halb zehn, und sehen, dass die Feuerwehr schon unseren Keller leergepumpt hatte. Wir hatten nicht damit gerechnet. Wir haben keinen Auftrag gegeben, war einfach so passiert.

Ich habe hier in der Nähe im Krankenhaus gearbeitet und wenn ich Dienst hatte, da bin ich natürlich nervös geworden, wenn ich einen Krankenwagen gehört habe, weil ich wusste, eine halbe Stunde später habe ich dann wahrscheinlich was damit zu tun. Dadurch bin ich abgehärtet oder vielleicht auch dadurch, dass ich jetzt nur therapeutisch arbeite und weiß, das betrifft mich nicht mehr unmittelbar. Deshalb machen mir diese Geräusche, wie das Martinshorn, gar nichts aus. Was sich verändert hat, das habe ich gemerkt, aber auch nicht auf bedrohliche Art und Weise, wenn ich Hubschrauber höre. Das macht mir so ein komisches Gefühl, das vorher nicht da war, so ein mulmiges Gefühl, weil hier in den ersten Wochen, viele Hubschrauber das Ahr hochgeflogen sind und speziell hier im Mündungsgebiet. Sie haben nach Menschen gesucht, nach Toten gesucht, waren ja viele Leute vermisst. Das war schon ein komisches Gefühl zu wissen, jetzt wird von oben geschaut ...Wir leben in dem Gebiet halt ...Wir dachten immer, wir sind sicher, wir sind weit genug weg von der Ahr, 500-600 Meter, und plötzlich war der Fluss 800 Meter breit hier in Bodendorf. Das war unvorstellbar. Das ist auch das Wort, was ich am häufigsten gehört habe, in den ersten Tagen danach. Unfassbar, das ist alles unfassbar! Was hier passiert ist, konnten wir alle nicht fassen. Das war jenseits unserer Vorstellungskraft.

Über die Brücke haben wir alle gelacht, als sie gebaut wurde. So eine breite Brücke in das kleine Bodendorf, aus Beton. Das erschien uns gegenüber dem, was da vorher stand, vielleicht 35 Jahre, als komplett überdimensioniert! Diese Brücke war zum Beispiel für Sinzig die einzige Möglichkeit nach Bonn zu kommen, die Autobahn war gesperrt. Es gab keine andere Möglichkeit in Sinzig. Die Brücke war zur Hälfte zusammengefallen, die andere Hälfte aus Sicherheitsgründen gesperrt, und der ganze Verkehr lief über diese Bodendorfer Brücke.
Eigentlich eine tolle Geschichte.
Vor sieben Monaten, als mein Bruder im Sommer hier war, habe ich zu ihm gesagt, ja, ist schon ganz schön tot hier, und ich meinte damit verdammt ruhig hier. Und vier Wochen später fuhren nur noch Baufahrzeuge und ganz viel Verkehr durch Bodendorf und so weiter. Es hatte sich alles gedreht und alles verändert, was ich niemals für möglich gehalten hätte, in der Form.

Im Februar, da gab es einen Tag in diesem Jahr, es war sehr kalt, es hatte gefroren und es war angekündigt für den nächsten Tag, dass es warm werden sollte. Ich war mit dem Fabio an der Ahr. Das Besondere war, dass Wasser an Gräsern und Bäumen heruntergetropft und gefroren war, also sehr, sehr schöne Eisgebilde, und ich habe zum Fabio gesagt, komm, wir holen jetzt die Kameras und wir fotografieren das, weil morgen das alles weggeschmolzen ist. Wir haben wunderbare Bilder gemacht, und ich habe gesagt: So etwas habe ich in meiner ganzen Kindheit hier nicht erlebt. Das war wunder, wunderschön! Und jetzt stehen wir hier an der Stelle, wo wir die besten Bilder gemacht haben, und es gibt nicht nur diese Eiskristalle nicht mehr, sondern es gibt die ganze Landschaft nicht mehr. Hier stehen noch einzelne Bäume, aber das ganze Gestrüpp, durch das wir durchmussten, die ganzen Gräser, also das, was wir damals fotografiert haben, ist nicht mehr existent. Die Ahr hat sich an dieser Stelle vom Flussbett her ungefähr aufs Doppelte verbreitet und ist viel tiefer eingeschnitten. Also das Flussbett ist tiefer geworden, die ganze Landschaft hat sich verändert, innerhalb von acht Monaten. Das ist schon sehr, sehr besonders und irgendwie auch bewegend für mich.

Ich weiß, dass viele die Ahr heute als bedrohlich empfinden. Für mich ist das nicht so.
Ich habe so viele schöne positive Kindheitserlebnisse an diesem Fluss, wir haben im Sommer so viel gespielt, so viel Spaß gehabt, dass dieses Vertrauen unerschütterlich ist. Es ist so etwas Schlimmes passiert, natürlich wird es irgendwann wieder passieren, aber ich habe keine Angst vor dem Fluss. Mein Vertrauen ist unerschütterlich.

Martin Dietrich,
Bad Bodendorf

Wir haben glücklicherweise eine Zisterne im Garten. Da habe ich den Kopf drunter gehalten, habe mich notdürftig gewaschen, habe dann Hemd und Fliege angezogen und bin dann zur Hochzeit gefahren. Und ich habe gedacht, wenn ich jetzt hier so durch die Gegend fahre, dann denken die Leute: Der spinnt, wo will der denn jetzt hin?

Stephan Neuhaus-Kiefel
Heppingen

„Was ich sah, erinnerte mich an Gewalt, die ich selbst erfahren habe“

Stephan Neuhaus-Kiefel

Stephan Neuhaus-Kiefel ist ein Freund der Familie aus Heppingen. Er ist Trauer- und Hochzeitsredner und war zum Zeitpunkt der Flut ehrenamtlicher Priester in der Alt-Katholischen Kirche. Ich dachte: Vielleicht war Stephan von uns allen am besten auf das vorbereitet, was passiert ist, weil er sich mit dem Tod auskennt. Als wir miteinander sprachen, meinte er mit einem Kloß im Hals: „Da kann ich gleich sagen: Falsch gedacht, liebe Diana!"

Als ich an die Ahr kam, war ich 25 Jahre alt. Mein erster Schritt hier war hinaus aus dem Zug am Ahrweiler Bahnhof. In Lantershofen habe ich angefangen, Theologie zu studieren. In dieser Zeit habe ich beim Theaterspielen meine jetzige Frau Heike kennen gelernt. Wir sind zusammengeblieben, haben drei Jahre später geheiratet und sind deswegen auch hier an der Ahr geblieben. Heike ist eben ein Mädchen von der Ahr.
Wir waren in der Nacht zuhause in Heppingen, am Rand der Weinberge. Nachmittags war ich als Trauerredner bei einer Beerdigung in Refrath und meinte vor der Abfahrt zu Heike, ich sei mal gespannt, ob ich da gut hin- und zurückkommen würde.
Es hat so wahnsinnig geregnet und ich bin normalerweise überhaupt kein Angsthase beim Autofahren. Aber diesmal habe ich mir große Sorgen gemacht. Auf dem Rückweg habe ich noch eine gute Freundin in Refrath besucht und bin dann irgendwann unruhig geworden.
Für die Fahrt, die normalerweise 50 Minuten dauert, brauche ich zweieinhalb Stunden. Zuhause haben wir erst einmal gekocht. Und wie ich manchmal so bin, mit meinem ganz eigenen Humor, haben wir irgendetwas mit Fleisch gekocht, und ich meinte mit Blick auf den Regen: „Na ja, das mit dem Wetter, das ist alles das Fleisch! So nach dem Motto, das sei der Klimawandel! Da müssen wir was machen!"
Es ist für mich, ehrlich gesagt, schwierig, das alles so zu rekonstruieren, aber ich glaube, irgendwann kam eine WhatsApp-Nachricht auf das Handy von Heike, dass jemand aus unserer Familie mit seiner Freundin im Haus in Mayschoß vom Wasser eingeschlossen sei. Irgendwann ist der Kontakt dann abgebrochen.
Dann kam wieder eine Nachricht: „Wir sind gerade auf dem Weg zum Dachboden. Wir hoffen, dass es reicht." Und dann ist die Verbindung wieder abgebrochen. Zu diesem Zeitpunkt war ich aber schon im Bett. Heute frage ich mich, ob ich da schon etwas verdrängen wolle oder einfach nicht als so bedrohlich eingeschätzt habe.

Und plötzlich war auf der Straße dieser Tumult. Die Leute hier aus Heppingen haben damit begonnen, ihre Autos in Sicherheit zu bringen, da wir an einem Hang wohnen, wo das Wasser nicht hinkommen konnte.
Es dauerte nicht lange, bis Heike eine Frau entgegenkam. Im Schlafanzug, völlig durchnässt und ohne Schuhe. Dann haben wir angefangen, Decken und Schuhe für die Menschen zu suchen. Direkt gegenüber unserer Wohnung ist eine Gaststätte, die hier jeder kennt. Der Wirt, ein herzensguter Mensch, hat einfach sofort die Kaffeemaschine angemacht und Kaffee für die Leute bereitgestellt. Wir waren die ganze Nacht wach, sind auch mal zu meiner Schwiegermutter gegangen, weil wir nicht einschätzen konnten, ob auch sie betroffen war.
Sie wohnt ungefähr dreihundert Meter von uns und hatte, ja wir hatten persönlich sehr großes Glück. So dachten wir.
Dann kam ein Moment, den ich nie vergessen werde. Da stand unten an der Ecke ein Feuerwehrauto, darin saßen Feuerwehrleute, Frauen und Männer. Die waren so fertig. Mir war klar: die hatten schon viel durchgemacht.
Drei Tage vor der Flut wurde uns die Eigentumswohnung übergeben, die wir in der Nähe des Heimersheimer Bahnhofs gekauft hatten. Mitten in der Nacht rief uns einer der Miteigentümer an: „Eure Wohnung säuft gerade ab." Und das, obwohl unter der Wohnung noch eine Tiefgarage ist.
Alles Weitere, das dann später an schlimmen Nachrichten und Bildern kam, hat mich völlig aus der Bahn geworfen.
Auch das gehört zur Geschichte meiner vielen Schritte. Ich wollte eigentlich immer Priester werden, römisch-katholischer Priester. Ich habe früher immer gesagt, alternativ käme noch der Beruf des Bestatters infrage. Ich sehe da die ein oder andere Gemeinsamkeit.
Eines Tages habe ich dann tatsächlich den Schritt gewagt, mich bei einem Bestattungshaus zu bewerben. Dort habe ich auch begonnen, bei manchen Beerdigungen die Ansprachen zu halten.
Schließlich habe ich mich vor zehn Jahren als Trauerredner selbstständig gemacht. Als Priester war ich ja nur ehrenamtlich tätig, weil ich mich auch aus Verbundenheit zum Ahrtal gegen eine hauptamtliche Stelle irgendwo in Deutschland entschied.
Auch das war ein mutiger Schritt, ein kleines Wagnis. Doch es war der richtige Schritt. Ich hatte immer dieses Gefühl, alle Schritte, die ich gemacht habe, haben mich auch weitergebracht. Das ist auch für mich eine Erfahrung von Zuversicht, dass Schritte, wenn sie erst mal wehtun, einen auch weiterführen können.

Zwei Tage nach der Flutnacht. dem Freitag, hatte ich eine Beerdigung und am Samstag in der Eifel eine Hochzeit. Und ich habe mich gefragt: Wie soll ich das überhaupt machen? Weil ich emotional völlig überfordert war. Das ist, glaube ich, die Erfahrung, die ganz viele Menschen hier gemacht haben. Man funktioniert erst einmal. Also fängt man an, den Schlamm aus der Tiefgarage zu schaufeln, die Böden rauszumachen. Wir haben glücklicherweise eine Zisterne im Garten. Da habe ich den Kopf drunter gehalten, habe mich notdürftig gewaschen, habe mir dann Hemd und Fliege angezogen und bin dann losgefahren. Und ich habe gedacht, wenn ich jetzt hier so durch die Gegend fahre, dann denken die Leute: Der spinnt, wo will der denn jetzt hin?
In der Woche darauf bin ich montags und dienstags in Ahrweiler, einmal in der Schützenstraße und einmal auf Empfehlung von einer Freundin in der Hauptstraße in Bad Neuenahr helfen gegangen.
Und dann ist etwas mit mir passiert. Da habe ich für mich gemerkt, dass ich völlig blockiert war, dass ich einfach nur draußen saß, mir einen Zigarillo angezündet habe und dann nur noch Löcher in die Luft geguckt habe. Ich kam mir wie gelähmt vor. Diese Erfahrung fand ich ganz, ganz schrecklich, weil ich es doch eigentlich gelernt habe, in solch einer Situation als Seelsorger für andere Menschen da zu sein.
Ich habe hier im Kreis Ahrweiler in der Notfallseelsorge mitgearbeitet und wusste, dass es möglich war, auf mich zurückgreifen zu wollen. Und so war es dann auch. Relativ zeitnah wurde ich gefragt, ob ich mit einspringen könne. Ich musste dann sagen: Es geht nicht, ich kann nicht. Das war für mich eine sehr schlimme Erfahrung, weil ich mir immer wieder sagte: Du musst doch helfen! Das erwarten die anderen jetzt von dir! Und du bist doch auch nicht so schlimm betroffen. Du hast keine Angehörigen verloren, kein Hab und Gut. Also dir geht es doch noch gut. Aber ich habe mich ganz anders gefühlt und erfahren.

Irgendwann habe ich angefangen, mir zu überlegen: Was ist da eigentlich passiert? Ich habe schnell mit der Flut den Begriff Gewalt verbunden. Aber eigentlich ist es ja eine Naturkatastrophe, die einfach passiert. Ich habe als Theologe, als gläubiger Mensch, nicht versucht, das Ganze religiös zu deuten. Das ging mir manchmal bei den Kirchen zu schnell, wenn sie begannen, in guter Absicht zu erklären, warum so etwas geschehen ist. Und dass Jesus gewiss bei den Ertrinkenden war.

Ich habe die Flut als etwas sehr Gewaltsames erlebt. Bei mir hat sich eigentlich alles immer verschlechtert und verschlimmert, auch dieses

Gefühl des Gelähmtseins. War es das, was die Fachleute eine Retraumatisierung nennen? Eine Erfahrung, die auch Erinnerungen aus der Kindheit, aus der Jugend, aus dem eigenen Leben wieder hervorholt?
Wer Gewalt ausgesetzt ist, fühlt sich oft ohnmächtig. Diese Ohnmacht zu erleben, das kam bei mir wieder hoch. Und dann habe ich mich relativ schnell entschieden, mir Hilfe zu suchen. Dies zuzulassen und auszusprechen, ich glaube, auch das war ein sehr wichtiger Schritt.

In den Tagen nach dem 14. Juli erreichte mich jeden Tag eine neue Nachricht. Es kam der Moment, als meine Frau in einem WhatsApp-Status gesehen hat, dass die Tochter von Bekannten in den Fluten ums Leben gekommen ist. Ich blickte Heike nur schweigend an und fragte sie dann: „Was soll man denn da sagen?"
Es dauerte keine zwei Stunden, da kam die Anfrage, ob ich die Trauerfeier begleiten könne. Diese Erfahrung, auch wenn sie schwer war, war ebenfalls ein ganz wichtiger Schritt. Zunächst der erste Schritt natürlich, zu dem Gespräch zu gehen, mit den Eltern und dem Bruder. Und dann der nächste Schritt, an dem Tag zu der Beerdigung mit den anderen mitzugehen und die entsprechenden Worte zu finden.
Es war eine wertvolle Erfahrung, weil die Familie sehr, sehr offen erzählt hat. Das hat mich tief bewegt. Das merke ich auch jetzt wieder. Dass sie mit dem lieben Gott, wie man so schön sagt, in dieser Situation gar nicht klargekommen sind. Das hat uns miteinander verbunden. Ich fühlte mich selbst irgendwie aufgehoben. Das habe ich auch versucht, in meiner Ansprache zum Ausdruck zu bringen: dass es schwer ist, in einer Situation wie dieser Gott so sein zu lassen, wie er uns bislang vertraut war.

Wenn junge Menschen sterben, dann fragt man erst recht nach dem Sinn. Das ist ganz menschlich. Ich kann nur sagen: Für mich ergibt es keinen Sinn. Und ich finde, weil dein Podcast 89 Schritte heißt, dass es auch manchmal wichtig ist, mit dem nächsten Schritt zu warten, nämlich damit, sofort Erklärungen zu finden. Mir hat ein guter Freund gesagt, in dieser Situation habe ihn sein Glaube getragen. Ich musste ihm dann erst einmal sagen: Mich gerade überhaupt nicht! Und dann habe ich ihn gefragt: Was macht denn das alles für einen Sinn, wenn jemand elendig in den Fluten verreckt? Dann kam eine Antwort von einem Freund, die man in solchen Situationen ganz oft zu hören bekommt: „Ja, wir werden es jetzt nicht verstehen und vielleicht ist ja Gott ganz anders da." Ganz ehrlich: Solche Sätze wollte und will ich nicht hören.

An der Tür eines Gemeindebüros hing eines Tages ein Poster mit einem Bild von der Sintflut. Mit Blick auf den Klimawandel müssten wir doch jetzt lernen, mit der Natur sorgfältiger umzugehen. Natürlich, das ist ja auch alles richtig und wahr, das hat man auch davor schon gewusst. Aber das ist das, was die Leute gerade nicht hören wollen oder hören können. Also ich zumindest nicht. Ich ertrage das nicht.
Ich möchte noch von einem weiteren Schritt erzählen, der mich ebenfalls sehr bewegt hat. Bei der Trauerfeier, von der ich gesprochen habe, war auch ein Geistlicher der römisch-katholischen Kirche als Gast anwesend. Ich habe seine tiefe Betroffenheit wahrgenommen. In diesem Moment habe ich gespürt: Ich bin mit meinen Fragen auch als Theologe jetzt nicht allein.
Als wir uns auf den Weg zum Grab begaben, hat der Geistliche den Bestatter gefragt, ob er das Kreuz tragen dürfe. Dann hat er das Kreuz genommen und wir sind, er als Priester und ich als weltlicher Trauerredner, nebeneinander gegangen. Auf dem Weg sagte er zu mir: „Danke für die Worte. Ich hätte es nicht gekonnt". Das hat mich sehr bewegt. Nicht um mir auf die Schulter zu klopfen, sondern weil es Größe zeigt, als Kirchenmann so etwas auszusprechen. Wir haben ihn dann auch gebeten, am Grab das Vaterunser zu sprechen, und er hat vor allen Anwesenden hinzugefügt, dass ihm das Wort „Dein Wille geschehe" momentan einfach nicht über die Lippen kommen mag. Auch das Klagen und das Trauern und das Zweifeln gehört in solch einer Situation einfach mit dazu.
Diese Erfahrung, dass es eben für manche Dinge, auch für das, was an der Ahr geschehen ist, keine Erklärung gibt, hat doch sehr stark mein Gottesbild geprägt. Heute nehme ich bewusst wahr, dass mich die Frage nach meinem Gottesbild schon weit vor der Katastrophe beschäftigt hat.

Stephan Neuhaus-Kiefel
Januar 2022, Heppingen

Kurz nach unserem Gespräch hat Stephan seine Zulassung zu geistlichen Amtshandlungen aus Glaubensgründen zurückgegeben. Im April 2022 ist er aus der Alt-Katholischen Kirche ausgetreten.

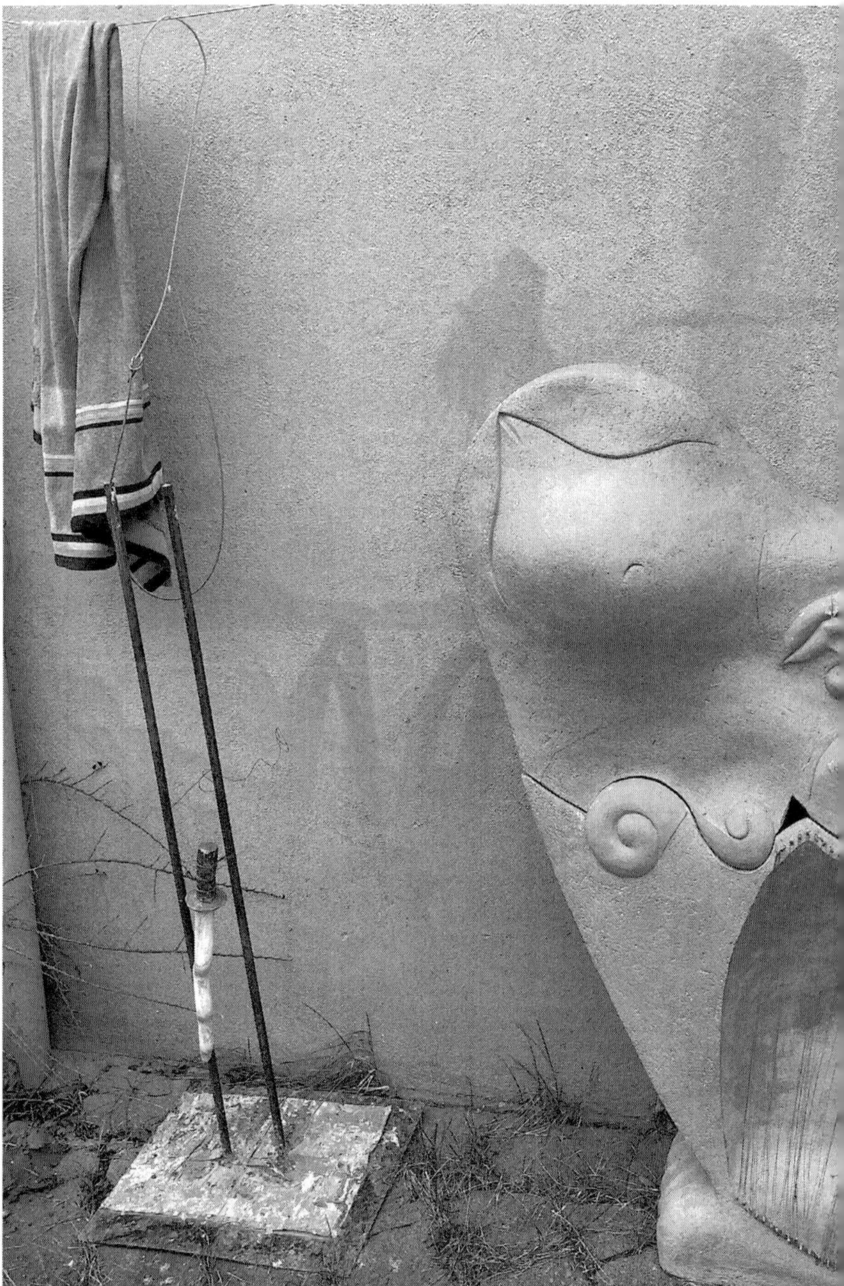

Bis du nach und nach realisierst, was passiert ist, es dauert. Es dauert. Dauert Tage… Eine Kollegin hat dann zu mir gesagt: „Ich muss deine Kunst retten." Dann ist sie gekommen, hat sich draußen hingesetzt, und hat alles abgewaschen, mit Regenwasser, es war kein Wasser da, nur aus der Regentonne… Schlamm ausgekratzt… Abends rein, morgen alles raus in die Sonne …

Margarete Gebauer
Bad Bodendorf

„Die Künstler sind eigentlich jetzt gefordert, einfach sich einzumischen.“

Margarete Gebauer

Margarete Gebauer ist Künstlerin. Wir wohnen in einer Straße. Wir lernten uns bei einer Lesung zu Hause kennen, zehn Tage vor der Flut. Das Erleben der Flut bringt uns weiter zu intensiven Gesprächen zusammen und in den zwei Jahren nach der Flut machen wir einige gemeinsame Kunstaktionen.

Wir hatten hier nicht die Strömung wie in der Pastor-Fey-Straße oder im Goldguldenweg, deshalb ist hier nichts umgefallen. Alles ist jetzt wieder sauber gewaschen.

Mein Lager ist hier unten. Es ist voll, weil ich schon mehr als 45 Jahre arbeite. Es war durcheinander. Die Tür konnte man nicht aufmachen. Ich war erstmal überfordert. Du denkst: „Du bist allein betroffen. Das Schlimmste ist dir passiert. Mein Lebenswerk ist zerstört… Die Feuerwehr muss kommen auspumpen…" Bis du nach und nach realisierst, was passiert ist, es dauert. Es dauert. Dauert Tage. Du kriegst mit, was die Menschen erlebt haben. Eine Kollegin hat dann zu mir gesagt: *„Ich muss deine Kunst retten".* Dann ist sie gekommen, hat sich draußen hingesetzt, und hat alles abgewaschen, mit Regenwasser, es war kein Wasser da, nur aus der Regentonne… Schlamm ausgekratzt… Abends rein, morgens alles raus in die Sonne… Es hat Tage gedauert. Und dadurch ist ganz viel gerettet worden. Die Installationen, die kann man wegwerfen. Ich habe draußen noch Sachen liegen, Objekte, die ich noch sortieren muss. Aber die Bilder sind, eine ganze Reihe, gerettet. Die Kollegin hat auch Struktur hier eingebracht. Es war gut so! Es gibt Bilder, die jetzt klasse aussehen, mit dem Schlamm. Zum Beispiel, der „Phoenix aus der Asche", 20 Jahre alt. Das passt jetzt in die Zeit. „Die schwangere Harfe". Die Flut hat mitgestaltet. Sozusagen, die Flut hat mir das geschenkt. Es gibt 18 Arbeiten, bei denen die Flut mitgestaltet hat. Ich war erstmal erschöpft. Kunst? Das kannst du alles lassen, was bringt das… Dann habe ich aber gesehen, beim Putzen, das sieht doch toll aus, was der Schlamm gemacht hat… Und das hat mich wieder hochgebracht.

Es ist kein Stillstand bei mir.

Sechs Wochen später bin ich runter an die Ahr gefahren. Es war nicht die Ahr, die ich kannte, die ruhig ist, die einem sonst viel gegeben hat in der Natur. Die Bäume sind weg, die du kennst, die Bänke… Das war nicht die Ahr. Es war einfach ein bisschen verwüstet. Ringsherum Tennisplatz, Sportplatz. Aber es roch auch unangenehm. Das muss erst alles wieder

wachsen. Da bin ich auch nach Bad Neuenahr gefahren, es war wie eine Geisterstadt. Dann war ich zurück und habe mir gesagt: Ich muss nicht immer alles sehen.
Wir leben im Luxus und genießen das und wollen noch mehr und berücksichtigen die Natur nicht. Wir brauchen die Natur. Wir müssen mit ihr zusammen im Einklang leben. Das haben wir verlernt. Das wieder in die Köpfe zu kriegen, das ist nicht so leicht. Eigentlich muss jeder mitmachen. Die Künstler sind jetzt gefordert, sich einzumischen. Sie sind sowieso woanders. Was den Kapitalismus anbetrifft, sind sie ganz woanders.

Ich denke das nächste Hochwasser wird kommen. Nicht vielleicht in dem Ausmaß, aber es wird kommen.
Ich denke jeden Tag, dass man den Leuten, die in der Flut gestorben sind, auch etwas schuldig ist.
Es soll etwas wie ein Ruheort entstehen. Seelengärten. Ich stelle mir das so vor, in jedem Ort an der Ahr, ein Baum für jeden Verstorbenen. Es sind 134 Leute umgekommen. In jedem Ort, in dem sie umgekommen sind, dass man einen Seelengarten baut. Mit Zuhörbänken. Dass die Leute sich treffen. Als Baum eine japanische Kirschblüte. Man könnte Bänder an die Bäume hängen. Aber man braucht Platz dafür … Ich habe das auf Papier gebracht und reiche es überall ein. Das fände ich toll. So kann man seinen Verstorbenen näher sein.

Es braucht viel Kraft.

Wenn ich zurückdenke, es ist eine Momentaufnahme. Es menschelte unter den Menschen, alle duzten sich, fielen sich jeden Tag in die Arme und drückten sich. Da habe ich gesagt: Guck mal, die Menschen brauchen die Nähe und das tut sich jetzt und hoffentlich bleibt das so! Das war so der Moment. Das war ganz schön.
Das Leben geht weiter. Es wird gut. Wird anders. Aber wird gut.

Margarete Gebauer
Januar 2022

Margarete Gebauer lebt weiterhin in Bad Bodendorf und ist künstlerisch aktiv. Sie arbeitet weiter an ihrem Projekt „Seelengärten" und hat erste Mitstreiter gefunden.

der geruch „nach uns“

Wenn wir nach Hause kommen, riecht es nach uns.
Johannes Frasnelli, Geruchssinnforscher

der geruch „nach uns“
ist verschwunden
man kann das unterschiedlich ausdrücken

ist weggeschwommen
wurde weggespült
mit dem estrich weggestemmt

es gibt so viele erklärungen

nirgendwo riecht es nach uns
nirgendwo ist unser zuhause

der geruch
dieser titan der erinnerung
dieser besitzer aller gefühle

diesen geruch „nach uns“
den ich nicht beschreiben kann
den vielleicht nur unsere katze ganz genau erinnern kann
diese mischung aus tausend und einem fragment, sauerteigbrot, alt-
modisch roten fliesen, büchern mit notizen mit bleistift, altes papier,
schokolade mit fleur de sel, roter pfeffer aus kambodscha, trockener roter
wein aus bulgarien, geröstete sonnenblumenkerne und rote zwiebeln, der
diffuser mit grapefruitöl, eiche, asche und kaminholz, getrockneter salbei
aus dem garten, desinfektionsmittel, deine und meine haut, dein atem
und mein atem …

dieser geruch „nach uns“
ist verschwunden

Ich sehe eine riesige Baustelle. Und ich habe das Gefühl, das wird noch einige Jahre dauern. Und ich merke die Baustelle auch in mir. Das lässt meine Schulter so schwer werden. Wo nehme ich jetzt die Motivation her? Ich hoffe, wenn der Frühling kommt, dass es einen Auftrieb gibt.

Sarah Irmgartz
Heimersheim

„Ich merke, wie mir das gut tut, wenn ich mir mal erlaube, wirklich traurig zu sein"

Sarah Irmgartz

Sarah Irmgartz lebt mit ihrer Familie in Heimersheim und ist dort aufgewachsen. Sie ist Sozialpädagogin, Yogalehrerin und betreibt das Yogastudio Gopika. Zwischen uns ist nach der Flut eine spontane Freundschaft entstanden und wir sind seit November 2021 oft gemeinsam an der Ahr unterwegs, zwischen Bad Bodendorf, Heimersheim, Heppingen, Lohrsdorf, Bad Neuenahr ... Gemeinsam haben wir die Reihe der „Achtsamen Spaziergänge" an der Ahr begonnen.
Ich liebe unsere Gespräche und merke, wie gut es mir und uns beiden tut, uns mit anderen Betroffenen auszutauschen und einfach zu wissen, wie es ihnen geht. Diesen Spaziergang beginnen wir in Bad Neuenahr an der neuen Behelfsbrücke.

Als Kind bin ich immer diesen Weg gefahren, zur Schule. Dann mit meinem Sohn. Man konnte das Denken abschalten. Wenn man sich jetzt vorstellt, wie die Neuenahrer hier nicht auf die andere Seite gekommen sind. In Heimersheim stand die Brücke noch. Es war ein totaler Ausnahmezustand. Jeder war in seinem eigenen Ausnahmezustand. Ich merke, auch in der Zeit nach der Flut, wie schwierig es für mich war, zu wissen, dass es den anderen Scheiße geht. Weil man viele Leute kennt. Oder *nicht* zu wissen, wie es denen geht. Auch das auszuhalten. Und noch immer auszuhalten, dass man selber krass beschäftigt ist, dass man keine Zeit findet sich zu fragen, wie es den anderen geht ... Ist nicht schön ... Ich hatte das Gefühl, diese Hilfslosigkeit, die man selber hat, die multipliziert sich da nochmal. Weil man nicht weiß, wie es den anderen geht ...
Ich sehe eine riesige Baustelle. Und ich habe das Gefühl, das wird noch einige Jahre dauern. Und ich merke die Baustelle auch in mir. Das lässt meine Schulter so schwer werden. Wo nehme ich jetzt die Motivation her? Ich hoffe, wenn der Frühling kommt, dass es einen Auftrieb gibt.
Ich merke, wie gut mir das tut, wenn ich mir mal erlaube, wirklich traurig zu sein. Und wie es mir noch besser tut, wenn jemand mir sagt, dass das OK ist, dass ich das brauche. Jetzt vor kurzem habe ich mit jemandem gesprochen, er hat mich darauf hingewiesen: „Sarah, hier ist viel Schlimmes passiert. Geht es Dir gut damit?" Und wenn man wirklich ehrlich ist, muss man feststellen: nein. Wie auch? Aber wann lasse ich das zu? Und ich kann mir vorstellen, dass es vielen Leuten so geht, gerade denjenigen, die immer in vollem Aktionismus sind... Wenn der Körper die ganze Zeit nur am Tun, Tun, Tun ist... Das macht was mit einem, mit dem Körper... Viele Sorgen, die aufpoppen. Wo man sich mehr Zeit nehmen müsste, um sich selber in den Arm zu nehmen, sage ich mal bildlich... Ich habe das

Gefühl, auch mit den ganzen Helfern, das hat unglaublich viel Auftrieb gegeben und motiviert, und die Dankbarkeit hochleben lassen… Das gibt dann wieder Kraft. Jetzt ist aber eine Zeit, wo es vielleicht mal wichtig ist zu sagen: Es ist viel passiert, wir haben schon viel geschafft, es helfen immer weiter Leute, aber es gibt auch eine andere Seite und sie darf auch sein. Die große Traurigkeit über die großen Verluste. Die braucht einfach auch ihren Raum. Auch Personen, die das mit einem aushalten. Allein ist es schwierig, merke ich.

Mit der Flut und mit Corona ist bei mir das Interesse zu dem Thema kollektives Trauma gekommen. Das hat mir nochmal die Augen dafür geöffnet, dass ich das einfach ernster nehmen muss und möchte, und was es mit meinem Körper gemacht hat. Und dass es nicht nur im Kopf gespeichert ist, sondern auch in den Zellen. Dann habe ich angefangen, mich mehr zu beobachten und bemerkt, in welchen Situationen geht mir die Luft weg, fallen meine Schulter rein, fange ich an, nicht mehr richtig flüssig sprechen zu können, wie verkrampft mein Nacken und Hals sind. Und dann nicht zu denken, oh, du wirst steifer, du wirst krank, sondern zu merken, das ist einfach eine Reaktion, das kann sich wieder lösen, aber es braucht Aktivität, es löst sich nicht von selbst. Wenn ich mich nicht gut fühle und wenn es mir körperlich nicht gut geht, zu merken, wo kommt es her, sich damit zu beschäftigen, und dann wieder eine Erleichterung zu spüren.

Ich mag das Wilde. Ich mag, dass es nicht so konventionell und schickimicki jetzt aussieht. Radfahren an der Ahr: das war einer der Gründe, warum wir gesagt haben, wir ziehen nach Heimersheim. Wir wollen da wieder hin. Oder ich will da wieder hin. Und mein Mann war direkt Feuer und Flamme, weil es so viele Vorteile hat. Die Berge, der Fluss… Wir bleiben jetzt hier, auf jeden Fall.

Wir waren in der Nacht zu Hause. Haben geschlafen. Mein Mann ist aufgewacht. Mein Sohn, der ist jetzt schon eineinhalb, hat Hunger gehabt. Dann hat mein Mann mich geweckt. Dann haben wir bemerkt, dass schon Stromausfall war. Dann haben wir erstmal Kerzen gesucht. Mein Mann ist online gegangen, bei facebook, wollte wissen, was los ist. Mir hat schon eine Freundin geschrieben, seid ihr auch vom Hochwasser betroffen. Dann begann die Panik. Wir haben bemerkt, dass viel los ist auf den Straßen. Total viel Unruhe. Die Leute fahren mit den Autos, was ich mir erst gar nicht erklären konnte. Danach war klar – sie wollten ihre Autos in Sicherheit bringen. Und dann roch man das ganze Öl, dann war klar, hier ist Chaos angesagt, hier ist gerade Notstand. Dann ist mein Mann in den Keller gegangen und wollte ihn abdichten. Dann habe ich eine Tür knallen gehört und wusste, es ist irgendwo Wasser reingekommen. Das war eine heftige Wucht. Und ich weiß ganz genau, wie ich da oben stand und nicht wusste, soll ich jetzt meinen kleinen Sohn runternehmen, bin ich paar Stufen nach unten gegangen, aber dann war mir klar, ich kann ihn nicht oben allein lassen. Ich habe ihn geschnappt, dann runter und habe gerufen: „Komm sofort aus dem Keller raus! Total egal was da unten ist, komm jetzt raus, es ist total gefährlich!" Das ist, was ich im Kopf hatte, was ich gesagt habe, weiß ich nicht mehr genau. Ausnahmesituation. Aber ich bin so unglaublich froh und dankbar darüber, dass wir das noch hingekriegt haben. Ja, weil ein paar Minuten später war der Keller voll. Und Du hast die Geschichten gehört – manche Leute sind nicht mehr aus dem Keller rausgekommen. Das arbeitet total in mir. Das ist total verrückt. Das ist die schlimmste Situation.

Danach haben wir, Gott sei Dank, nur handlungsfähig bleiben können. Es war so, dass das Wasser schon oben an der Eingangstür zu der Wohnung war, wir konnten aber durch den Garten zu der anderen Seite raus, und sind dann das Dorf hochgegangen und zum Schwiegervater gekommen. Im Moment sind wir immer noch dort. Auch ein absolutes Glück. Dass wir eine Unterkunft haben, wo wir mit Familie zusammen sein können. Wo es dem Kleinen gut geht. Für ihn war es so, dass er die Aufregung bemerkt hat, hat aber nicht geweint, hat bemerkt, wir sind im Tun und wir sprechen miteinander, gehen zusammen raus mitten in der Nacht und gehen woanders hin. Wir haben in der Nacht tatsächlich gut geschlafen, weil dieses Gefühl, wir sind erstmal in Sicherheit, überwogen hat. Ich habe meinen Mann noch nie so fertig erlebt. Weil er Angst hatte, dass alles, was er renoviert hat und aufgebaut hat, uns wegschwimmt. Ihm war wichtig, dass wir in Sicherheit sind. Das werde ich auch nie vergessen.

Mir geht es nicht so gut, wenn ich darüber erzähle. Ich bin froh, dass es uns jetzt gut geht. Dass wir so leben können, wie wir jetzt leben. Aber ich merke, dass man sich auch sehr vergleicht, natürlich. Das, was einem selbst passiert ist und was anderen … Ich merke selber, mir kommen jetzt die Tränen, ich fand die Nacht einfach schlimm… Die Hilflosigkeit… Ich merke, dass das immer mit anderen Schicksalen verglichen wird, dass man es nicht richtig zulässt…
Wenn ich dann sage, dass wir Glück gehabt haben, dann nimmt mir das dieses innerliche Zittern nicht weg, diese Luftnot… So hat jeder sein

Päckchen zu tragen. Manche sind schwer, manche nicht so schwer, aber man merkt es. Und es wirkt nach…

Sich die Zeit zu nehmen für sich braucht auch Mut, das habe ich auch gemerkt. Und den hatte ich einfach nicht. Dann hatte ich ein ganz tolles Erlebnis. Eine Yoga-Lehrerin aus Niedersachsen hat mir geschrieben, aus der Nähe von Hannover. Sie hat die Nachrichten über die Flutkatastrophe gehört und hat direkt in ihren Kursen Spenden gesammelt. Sie hat dann online gesucht, ob sie mit Yoga im Ahrtal jemanden findet. Und dann hat sie Yoga-Schulen gefunden und mich als Einzelperson. Sie hat mich angeschrieben und gefragt, wie es mir geht, ob ich betroffen bin. Wir haben dann videotelefoniert. Sie hat mein Yoga-Studio und meine Familie mit ihrer Spende unterstützt. Das hat mir so gutgetan, dass da jemand war, mit dem ich mich austauschen konnte und der zugehört hat. Der nicht in diesem Chaos und nicht im Aktionismus war. Wir haben immer noch Kontakt und ich bin sehr froh drum. Mit ihr habe ich angefangen Yoga zu machen, einmal die Woche. Sie machte sehr entschleunigtes Yoga in diesen Stunden, sehr ruhig und wenig, das hat gut getan…

Ich merke, dass ich die Ahr ganz anders wahrnehme. Die Beziehung zu der Ahr hat sich verändert. Ich gucke sie an und frage: Was kannst Du noch? Wozu bist Du in der Lage? Früher habe ich einfach die Ruhe gesucht, es war so idyllisch… Und jetzt verbinde ich natürlich was anderes damit. Den schönen Weg von Lohrsdorf nach Bad Neuenahr, ohne viel Verkehr, wo man immer etwas entdecken konnte oder ins Wasser gehen konnte, den kann ich meinem kleinen Sohn nicht mehr zeigen. Dann denke ich mir, ist das wichtig? Vielleicht lass ich mir die Ahr von meinem Sohn zeigen? Er macht jetzt neue Entdeckungen und Erinnerungen und wird sich die Orte aussuchen, die er spannend findet. Und dann entdecke ich die Ahr mit ihm neu.

Sarah Irmgartz, Heimersheim
Februar 2022

Sarah Irmgartz lebt mit ihrer Familie wieder im eigenen Haus.

wassererkenntnisse

wasser ist fest
überzeugend
direkt
mächtig
es kommt
ohne *„bitte, darf ich, vielleicht ein anderes mal …“*
ziemlich unhöflich
es spült weg was es will

gespräche freunde bekanntschaften
menschen dinge pläne
und gerüche
zuhause sein rote beete mit kartoffeln und sauerampfer
die sommerfrische die alten tagebücher meines
schwiegervaters die frische wäsche
es bringt geschichten und objekte eine maria-ikone treibholz gartenstuhl
das unerwartete gefühl von leichtigkeit alte deutsche wörter die ich
plötzlich spüre „blümerant“ so fühle ich mich jeden tag mit den
sterbenden kleinen erinnerungen

… und noch kein labsal für uns wanderer.

Eigentlich hatte ich keine Panik. Komisch. Ich habe mein Leben wie einen Film vor mir gesehen. Teilweise eine Momentaufnahme und ich dachte eigentlich, Mensch, alle Ereignisse, die ich in meinem Leben erlebt habe, haben mich konsequent zu diesem Punkt geführt. Ich habe gefühlt, mein ganzes Leben ist viel mehr wert als eine Nacht und das hat mich unheimlich ruhig gemacht. Und ich habe gedacht, okay, ich habe das Gefühl, dass alles in meinem Leben gut gelaufen ist. Also viele Dinge sind schiefgelaufen. Ich habe Finger verloren. Ich habe meinen Vater nie kennengelernt... Mir war klar, dass sich alles auf diesen Punkt konzentriert. Und das hat mir letztendlich die Kraft gegeben – die ersten drei, vier Monate als Bürgermeister hier die notwendigen Entscheidungen zu treffen. Mit den Menschen, die hier leben.

Hubertus Kunz
Mayschoß

„Mayschoß und Ukraine? Die wichtigste Währung in einer Krise ist das Vertrauen.“

Hubertus Kunz

Ich besuche Hubertus Kunz an einem sonnigen Tag im März 2022 in Mayschoß, in seinem neuen temporären „Zuhause" – dem Pfarrhaus. Wir trinken Kaffee. Im hellen Zimmer mit großen Fenstern steht eine Nähmaschine.
Hubertus Kunz war während der Flutkatastrophe im Juli 2021 der Bürgermeister von Mayschoß. Als Kind wollte er Winzer werden, ist aber Religionslehrer geworden. Jetzt, seit ein paar Monaten, ist er in Rente. Während unseres Gesprächs läuten die Glocken der Kirche mehrmals. Sie werden der Ausgangspunkt unseres Gesprächs und begleiten uns die ganze Zeit.

Ich bin geboren in Karlsruhe. Meine Mutter stammt von hier. Mein Vater hat meine Mutter kennengelernt. Im Krieg. Der war hier als Soldat und hat sie kennengelernt, ist aber dann erst 1948 aus der Kriegsgefangenschaft entlassen worden. Dann haben sie 1948 geheiratet. Meine Schwester ist 1949 geboren, ich 1950, und dann ist mein Vater 1951 gestorben. Der hatte einen Hirntumor. Ich habe ihn selbst nie kennengelernt. Meine Mutter ist dann mit uns beiden Kindern wieder zurück nach Mayschoß gezogen. Also ich wohne seit 1953 hier und bin praktisch hier aufgewachsen.

Ich wollte eigentlich Winzer werden. Als Kind habe ich aber drei meiner Finger verloren. Ich bin in eine Seilwinde geraten. Im Weinberg haben wir gespielt und dann waren die Finger weg. Mein Opa damals sagte, das war ein Schock für mich, „Du kannst kein Winzer werden, wenn du nur zwei Finger an der rechten Hand hast. Du musst in die Schule gehen." Dann habe ich Abitur gemacht. Im Internat. Meine Mutter hatte damals kein Geld. Ich sollte Priester werden. Ich habe danach in Bonn weiterstudiert. Und bin Lehrer geworden.

Das hier ist ein Winzerdorf. Rundum sind die Weinberge, da haben die Leute gelebt und das war ihr Arbeitsplatz. Und damit man wusste, wie viel Uhr das nun war, waren die Glocken ganz hilfreich. Gleichzeitig erinnern sie daran, dass wir eben an eine höhere Macht gebunden sind. Also wir sind damals und jetzt auch gottgläubig, wir hängen an Gott. Und das hat uns auch Kraft gegeben in der Flut. Dass wir die Flut, diese schlimme Katastrophe so überstanden haben, das können wir dem Herrgott danken, dass wir da Kraft gefunden haben.

Ich war 25 Jahre Bürgermeister. Dieses Vertrauen hat sich ausgezahlt. Und das ist genau der Punkt – du kannst in einer Krisensituation nicht

Vertrauen befehlen – so, jetzt vertrauen wir uns alle mal … Darum sage ich mal, und da bin ich auch ein bisschen stolz auf die Mayschoßer, die haben gezeigt, dass sie in der Geschichte Vertrauen gelernt haben. Die Genossenschaft ist auch in der absoluten Krise entstanden, wo die Leute fast verhungert sind. Hunderte Familien sind nach Amerika ausgewandert, von 1848 bis 1868, also Mitte des neunzehnten Jahrhunderts.

Wir hatten in der Flutnacht ab 21:00 Uhr keinen Strom mehr, bis zum darauffolgenden Montag. Also im weitesten Sinne war am Anfang alles tot. Stumm. Es ging keine Sirene. Die Glocken haben nicht geläutet, … weil kein Strom war.
Direkt, wie der Strom wieder da war, haben wir hier in der Kirche ein Versorgungszentrum gemacht. Da haben die Leute direkt von Anfang an Nahrungsmittel gebracht, es war nicht das ganze Dorf überflutet. Ein Teil, also die Menschen, die noch Nahrung hatten und Kleidung hatten ... Die haben das hier oben hingebracht in die Kirche, damit jeder, der was brauchte, es sich hier holen konnte. Wir haben ganz viele Hilfe bekommen aus der ganzen Bundesrepublik, aus Holland, aus Luxemburg, aus Belgien, überall her aus der Umgebung. Die Kirche hat wieder ihre Funktion bekommen. Jesus hat vor 2000 Jahren gesagt: „Die Hungrigen werden satt, die Nackten werden gekleidet, die Obdachlosen bekommen ein Dach über dem Kopf, die Kranken werden geheilt." Also all diese existentiellen Dinge, die wichtig sind. Und die haben die Menschen in der Not in der Flucht hier wieder gefunden.
Und dadurch konnte man hier Zuflucht nehmen. Wie immer in Krisenzeiten haben sich die Menschen in der Kirche versammelt, wenn es irgendwie ging, und das war hier genauso. Also Wunder hat Jesus auch nicht getan wie ein Zauberer, sondern er hat die Menschen motiviert: *Tut das, was ihr könnt.* Und das haben wir auch gemacht. Jeder muss das tun, was er kann. Dann werden wir diese Krise bewältigen. Und es hat funktioniert.

Für mich persönlich war es fürchterlich. Wir sind von der Flut überrascht worden. Wir wussten, dass Hochwasser kommt. Ich bin Bürgermeister und wir waren darauf eingestellt, dass so ein Hochwasser kommt. Wir hatten vor fünf Jahren Hochwasser, im Juni 2016, jetzt vor fast sechs Jahren. 1910 war ein fürchterliches Hochwasser gewesen und danach erst hat die damalige preußische Staatsregierung entschieden, dass an der Ahr Pegel aufgestellt wird, also ab 1914. Ab dem Zeitpunkt wurde dann natürlich notiert, wie hoch die Ahr stand und von 1914 an gerechnet war 2016 ein Allzeit-Hochwasser-Pegel in Altenahr für uns maßgebend 3 Meter 71. In unserem Haus war 2016 kein Wasser auf der Terrasse und vor dem Haus. Jetzt am 14. Juli, in der Nacht, hat die Flut 6 Meter über der Terrasse gestanden. In unserem Haus waren die ersten beiden Etagen komplett geflutet. Und darum ist es jetzt komplett entkernt und darum wohnen wir auch jetzt hier: im Pfarrhaus. Alle fünf Haushalte, unserer, der Schwiegermutter, meiner Söhne: alle sind zerstört.

Die Wohnung der Schwiegermutter: dort ist alles kaputt. Die hat in einem Nebengebäude gewohnt, war alles voll geflutet. Und meine Söhne, zwei wohnen in Bad Neuenahr, die hatten da ihre Wohnungen, die würden alle da nicht mehr wohnen, alles ist zerstört worden. Und der dritte, der hier wohnt, der hat eine Mietwohnung hier im Dorf, der war Gott sei Dank in Urlaub in der Zeit mit seinem Kind, die Wohnung war auch komplett bis zur Decke gefüllt. Also alles weg. Wir haben nichts mehr gehabt. Wir mussten sogar aufs Dach. Aber wir waren im Nebengebäude bei meiner Schwiegermutter, und die Flut kam so schnell, dass sie nicht mehr vom Nebengebäude rüber in unser Haus konnte. Und da sind wir – meine Frau und ich und meine beiden Söhne, die uns helfen wollten aus Bad Neuenahr, sie hatten ja nicht damit gerechnet, dass ihre Wohnungen auch überflutet werden – aus dem Haupthaus rüber ins Haus, durch die Flut. Und da ist es uns natürlich eng geworden, weil das Haus ja nicht so hoch ist, und da mussten wir aufs Dach. Wir haben die Nacht auf dem Dach verbracht, die Wohnung war komplett geflutet. Da haben wir gesessen, bis die Flut wieder zurückging.

Wir konnten erst dann am Donnerstag um 10:00 Uhr aus dem Haus raus, mussten durch sehr tiefen Schlamm, bestimmt eine Stunde oder zwei haben wir gebraucht, bis wir aus dem Haus konnten und die Straße hochgegangen sind. Da waren Cousinen von mir, die haben hier oben im Bereich gewohnt, wo die Flut nicht kam. Da sind wir dann untergekommen. Erst mal was anderes anziehen, weil ja alles weg war, Kleidung weg, alles war zerstört.

Ich hatte in der Nacht ein Nahtoderlebnis. Als wir dasaßen, die Feuerwehr, die an unser Haus angebaut ist, ich hatte die Befürchtung, die wird weggerissen. Also da habe ich ein Todeserlebnis gehabt. Ich dachte, jetzt ist es zu Ende. Mir war vollkommen klar, wenn die Feuerwehr weggerissen wird, dann wird es nicht lange dauern, dann wird die Wand der Nebengebäude auch unterspült und dann bricht die einfach weg. Und dann bricht das ganze Haus zusammen. Haben wir gesehen, bei anderen Häusern. Eigentlich hatte ich keine Panik. Komischerweise. Ich sah mein Leben, so wie einen Film vor mir. Teilweise eine Momentaufnahme und ich habe

eigentlich gedacht, Mensch, alle Ereignisse, die ich im Leben erlebt habe, haben mich konsequent auf diesen Punkt hingeführt. Ich habe gefühlt, dass mein ganzes Leben viel wert ist, und dadurch bin ich unheimlich ruhig geworden. Ich habe gedacht, okay, ich habe das Gefühl, es ist alles im Leben okay gelaufen. Es gibt Dinge, die schief gelaufen sind. Ich habe Finger verloren, ich habe meinen Vater nie gekannt. War mir klar, dass alles sich auf diesen Punkt konzentrierte. Und das hat mir letztendlich, auch im Nachhinein erst analysiert, die Kraft gegeben, diese Power zu entwickeln – die ersten drei, vier Monate als Bürgermeister hier die notwendigen Entscheidungen zu treffen. Mit den Leuten, die hier leben.
Von dem Donnerstag selbst weiß ich nicht mehr viel. Also ich habe auch nicht viel geredet. Ich bin rumgelaufen, habe Leute umarmt. Freitag früh. Ich habe eine Nacht geschlafen. Eigentlich. In der anderen Nacht wurde ich wach und habe mich einfach hingesetzt und eine Kerze angemacht. Wie nennt man das hier im Rheinland: Ich habe simeliert. Nicht simulieren, sondern simelieren. „Simelieren" heißt, einfach so den Gedanken freien Lauf lassen. Einfach so. Und dann wurde mir klar: Wir waren vollkommen abgeschlossen von der Außenwelt. Wir müssen uns selbst helfen. Und dann haben wir den Krisenstab gebildet. Das hatten wir schon vorher strukturiert. Wir haben uns um 10:00 Uhr hier im Bürgerhaus getroffen. Fünf Minuten vorher kamen zwei Feuerwehrleute, die waren von der Feuerwehr Ludwigshafen, wir haben zusammengesessen und dann habe ich einen Krisennotstand erklärt. Es war klar, damit bin ich die höchste politische Gewalt gewesen. Alle Entscheidungen, die ich treffe, müssen und können umgesetzt werden.
Das Wichtigste war die existenzielle Versorgung mit Nahrungsmitteln. Mit Kleidung haben alle ein Dach überm Kopf. Das sind so diese Dinge, die man am Anfang macht. Sind alle Häuser, sind alle Leute gerettet, sind in den Häusern auch Leute? Gibt es Tote? Sind Tote angeschwemmt worden? Mir war eben klar, dass wir im Kreis Ahrweiler keinen Krisenstab hatten. Ich hatte nämlich kurz nach zwölf noch telefonischen Handykontakt kurzfristig mit unserem Landrat, ich kenne ihn persönlich gut, der ist ja schon 22 Jahre Landrat gewesen. Und ich sage ihm: *„Jürgen, ich sitze auf dem Dach, wenn ihr rettet, morgen früh, dann vergesst uns nicht."*
Und er hatte nur geheult, alles kaputt. In dem Moment war mir sofort klar. Wir haben keinen Krisenstab. Wenn der Chef vom Krisenstab schon so neben der Schiene ist, das funktioniert nicht. Hat Jesus schon vor 2000 Jahren gesagt. Wenn der Blinde den Blinden führt, fallen beide ins Loch.
Das bedeutet: die Leute, die den Krisenstab machen, dürfen nicht traumatisiert sein. Darum war ich auch nicht offiziell Mitglied im Krisenstab, weil

ich ja auch eigentlich traumatisiert war, vermute ich mal. Ich habe mich zumindest als solches diagnostiziert.
Dann haben wir den Krisenstab gemacht und die zwei Feuerwehrleute haben dann ihr ganzes Equipment hier über diese beiden Wege von der Grafschaft untergebracht, die Feldwege waren in Ordnung. Und dann war unter anderem klar: Wir müssen die Verbindung zur Außenwelt wieder herstellen. Ganz schnell. Und daraufhin haben wir entschieden: wir bauen diesen Weg hier als Straße aus. Also die Entscheidung getroffen. Mein zweiter Beigeordneter der Stadt ist Bauingenieur. Der hat lange Jahre Autobahnen gebaut. Der hat eine eigene Firma. Und der hat das in die Hand genommen. Dann hat er bis Samstag den Plan gehabt. Ich habe alles unterschrieben und die Aufträge erteilt an Firmen, damit die loslegen können. Und so hatten wir dann innerhalb von sieben Tagen die Straße gebaut. Kann man jetzt befahren. Wir haben Strom, Wasser, alles ist mit reingelegt worden.
Das ganze Telefonnetz war kaputt, es gab keine Kommunikationsmöglichkeiten mehr. Die Feuerwehr hat da ein kleines Netz wieder aufgebaut, damit wir wieder Handyempfang hatten. Das war ab Sonntag der Fall. Obwohl ich gar nicht so unglücklich war, dass wir keinen Handy-Empfang hatten, denn dadurch sind diese ganzen a-sozialen Medien, so nenne ich die Facebook & Co., die hatten keinen Zugriff gehabt. Von Anfang an haben die versucht, die Leute zu beunruhigen.

Die wichtigste Währung in einer Krise, und das gilt natürlich in jedem Lebensbereich, ist Vertrauen. Wir haben in dem Krisenfall gesehen, die Menschen hier, die nicht traumatisiert waren, die haben das gemacht, was sie konnten. Jeder hat das gemacht, was er konnte, und dieses, was er konnte, wurde von allen Leuten angenommen. Akzeptiert. Warum? Weil: ich vertraue dir, wenn du sagst, ich mache das. Das ist wie … kleine Mosaiksteine. Der Krisenstab muss entscheiden, damit nicht alles durcheinanderläuft. Das ist klar. Aber jeder Mensch ist akzeptiert, angenommen, das zu tun, was er kann, und wenn jeder das tut, was er kann, werden wir in der Summe alle Probleme lösen, alle! Das ist das wahre Geheimnis des Evangeliums von Jesus, der hat gesagt, wo zwei oder drei in meinem Namen versammelt sind, da bin ich mitten unter ihnen. Das heißt also, wenn du fünf Leute hast oder zehn, dann hast du in der Regel alle Kompetenzen, die man zum Überleben braucht. Und wir haben es gezeigt, von diesen 1000 Bürgern waren 500 nicht betroffen, und da haben wir genau die Kompetenzen trotzdem gefunden unter diesen 500 Leuten, die man in einer so existenziellen Krise braucht. Und ich gehe mal ganz aktuell in die

Ukraine. Das zeigt sich da genauso, wenn du siehst, wie dieses Volk jetzt zusammensteht und wie die diese Übermacht bekämpfen ... Da ist Vertrauen, wenn die zusammenstehen.

Wenn man die beiden Ereignisse mal vergleicht, in der Ukraine, da könnte es sofort beendet sein, das Elend. Hier war's da, hier konnte keiner sagen, es ist alles gut und fertig, und hören wir auf. Hier ist alles zerstört worden. Natürlich muss man jetzt auch wieder fragen, und da kommen diese Grundfragen: wie kann Gott sowas zulassen oder wie auch immer. Was wir hier erlebt haben, war zu einem hohen Prozentanteil menschengemacht: durch den Klimawandel.
Aber trotzdem, wenn ich jetzt nochmal zurückgehe zu der Ukraine. Die Flut war fürchterlich, ein ganz schlimmes Erlebnis. Aber wir haben einen absoluten Höhepunkt erlebt, nämlich, dieses menschliche Miteinander, zunächst hier im Dorf und dann aber weit über Mayschoß hinaus ... Diese Hilfsbereitschaft, die wir erlebt haben, diese Solidarität, die wir erlebt haben, die ist sowas von positiv gewesen, und die war so ein Moment, der uns geholfen hat, allein schon zu wissen, viele Leute leiden mit, dieses Mitleiden. Man steht nicht allein in dieser Krise, und ich muss ganz offen sagen, für mich war das, was da geleistet worden ist, ein Wunder. Ich war früher Religionslehrer. Ich habe oft versucht, den Kindern die Wunder zu erklären. Wunder werden getan. Menschen können Wunder bewirken. Darum sage ich, wenn man in der Krise ist, musst du die Menschen stärken. Wenn du alle motivierst: macht das, was ihr könnt, und dann die Solidarität bekommst, vieles können wir nicht, müsst ihr uns helfen! Aber wir sagen euch, wo wir Hilfe brauchen. Es hat sich in der Krise gezeigt! Du musst von unten her arbeiten, du musst die Leute mitnehmen, und dann kannst du auch die tollsten Sachen bewirken. Die Politik, das Land hat uns gesagt, ja, ihr macht das gut, was ihr entscheidet, tragen wir mit, das haben die verstanden. Und ich muss sagen, so muss Gesellschaft, so muss Staat funktionieren, aus meiner Sicht.

Mir war vollkommen klar, von Anfang an, ich komm irgendwann und falle in ein Loch. Ich versuche aber erst mal die Probleme zu lösen. Ein Problem gelöst, das nächste Problem gelöst, und dadurch entsteht ein Selbstbewusstsein, bei mir selbst, aber auch bei allen Menschen, die das mitbekommen, es gibt einen positiven Effekt, es geht weiter. Und wenn du dich dann zurückbesinnst, wie haben wir das dann geschafft? Wenn ich aber in der Situation mich da nur hinsetze und dieses Elend sehe, wie schlimm das ist. Ich habe übrigens drei Monate keine Zeitung gelesen und kein

Fernsehen geguckt. Bewusst nicht. Das hätte ich nicht verkraftet. Ich bin auch nicht durch das Dorf gelaufen und hab mir alles angeguckt, was passiert ist. Ich habe das gemacht, was meine Aufgaben waren.
Das heißt also, in dem Moment, wenn du dir selbst nur das zumutest, was du normalerweise verkraftest, das geht. Wenn ich mich vor den Fernseher setze und in aller Breite alles gezeigt bekomme, dann werde ich verrückt. Da zweifle ich: das kann ein normaler Mensch nicht verkraften.

Also, ich verstehe immer nicht so ganz, was hier alles passiert ist. Und dann kommt nämlich der nächste Gedanke, wie schafft man, das wieder aufzubauen? Das überfordert einen total.
Und darum ist es am Anfang wichtig, dass man sich das Schritt für Schritt vornimmt, immer im Jetzt leben, ohne die Vergangenheit und ohne die Zukunft total aus den Augen zu lassen.
Nichtsdestotrotz: traumatisiert bin ich nach wie vor, denke ich. Mir war das bewusst, was ich machen muss. Ich bin religiös, ich bete einfach, das ist mir wichtig, So kann ich mit diesen Dingen umgehen. Ich spreche aber darüber nicht, jetzt ist das erste Mal.

Ich werde nachts wach, und dann sind Bilder da, und dann kann ich nicht mehr schlafen. Dann lenke ich mich ab, ich lese, ich bete oder was auch immer, und arbeite logischerweise dran: und das ist der entscheidende Punkt.
Also es gibt dieses schöne Gebet: *Lass mich erkennen, was ich ändern kann*. Es gibt Dinge, die kann ich nicht ändern, die muss man einfach akzeptieren. Ich muss aber erkennen, was ich ändern kann. Das ist der entscheidende Punkt.

Hubertus Kunz, Mayschoß
März 2022

Wegschmeißen

Diese Ikone stand auf der Straße ein paar Häuser weiter. Ich bemerkte sie, als ich zum Container ging, um den Müll wegzuwerfen. Mir kam der Gedanke, dass sie auch im Container landen könnte. Ich kam zurück, um ein Foto davon zu machen. Ich habe noch nicht daran gedacht, sie mitzunehmen. Nur zu dokumentieren. Die Besitzerin sah mich, kam zu mir und schlug mir vor, die Ikone zu nehmen. „Sie gehörte einer Nonne, sie hat das meinem Mann geschenkt. Aber ich bin nicht so religiös...“ Mehr sagt sie nicht, ich auch nicht.
Wir sind alle im Wegwerfmodus. Ich auch. Alles, was im Dreck lag, manchmal ohne zu schauen, was es ist, muss weg.
Aber ich konnte mir nicht vorstellen, dass diese Ikone im Container landen würde. Ich habe sie zuerst mit Wasser gereinigt, danach mit einem Handtuch und ein paar Tropfen Olivenöl.

Monate später erinnerte ich mich daran, dass ich zum ersten Mal eine Ikone gewaschen hatte. Ich erinnerte mich an die Geschichte eines beliebten Schriftstellers aus Bulgarien (Radichkov). Als Kind musste er vor dem Fest Mariä Himmelfahrt das Gesicht der Hausikone mit Wasser und einem Tuch waschen.

Es hat sehr weh getan.
Weil die Natur wie eine Mutter war, für mich zumindest.
Karen Balzer, Schuld

Ich denke, ein Fluss sieht das anders als der Mensch.
Der ist froh, wenn er sich alle paar 100 Jahre einfach mal austoben kann.
Hermann Schug, Schuld

„Und der Fluss hat jetzt gesagt, dass alles ver- gänglich ist“

Hermann Schug und Karen Balzer.
Die Feuervogel.

Das Ehepaar Karen Balzer und Hermann Schug aus Schuld steht hinter dem weltbekannten Theater „Feuervogel", das mit der Sprache der Bilder, Märchen und Mythologie arbeitet: Stelzen-Tanztheater, Akrobatik, unkonventionelle Gestaltung, ständiges Experimentieren, ortsgebundene Projekte sind nur einige Merkmale ihrer Philosophie.
Beide verlieren bei der Flut im Juli 2021 alles, was sie fast 30 Jahre lang bei ihrer Arbeit gesammelt und aufgebaut haben: Atelier, Bühnen, Kostüme, Technik.

Ich entdecke zuerst die Website des Theaters und bin von der Philosophie beeindruckt: „Es ist eine faszinierende, anregende, sinnliche, aufregende, aber oft auch bedrohliche und beängstigende Welt... Theater ist ein Grenzgang in Fantasie-, Traum-, aber auch in Schreckenslandschaften. Bilder werden kreiert, die das Laute wie das Leise, den Trubel wie die Einsamkeit, das Helle und das Dunkel, das Heftige und das Zärtliche zusammenbringen."

Ich habe das Gefühl, diese Worte sind nach der Flut geschrieben.

Unser Gespräch findet im März 2022 in der Küche der Familie in Schuld statt. Wir beginnen genau da: über das Zauberhafte und Dämonische, das in allen Dingen schläft. Und was sich verändert, wenn man nicht auf der Bühne, sondern in der Realität die Schreckenslandschaften erlebt.

Das eine ist dieses Zerstörerische, wie du sagst, dann ist plötzlich das Wasser da, dann machst du deinen Keller leer, dann räumst du auf, und dann machst du dir auch Gedanken. Was brauchst du denn wirklich? Wie viele Dinge brauchst du wirklich?
Wir machen dieses Theater jetzt fast 30 Jahre. Es ist so viel diesen Fluss runtergeschwommen. Es ist so viel im Nachhinein über die Tage und Wochen weg, wo wir dann festgestellt haben, *das ist auch weg, und das ist auch weg ...*
Wir waren noch in der Nacht ein bisschen zweigeteilt. Karin hat versucht, unsere beiden Katzen zu retten, sie in einen Korb getan und dann gesagt, ich gehe jetzt, ich gehe jetzt in den Berg ... Weil man dachte, es kommt eine größere Welle, weil das Wasser so schnell hoch kam ... Wir waren unten in der Werkstatt, haben die Werkstatt dann quasi aufgegeben mit allen Maschinen, sind dann hier rein ins Haus, und dann kam das Wasser so schnell hier hoch, dass Karin gesagt hat, ich gehe, ich bin weg.

Hier vorne kamen einfach im Minutentakt die Wohnwagen. Vorne, direkt an der Ahr, gab es einen Campingplatz, und der Fluss hat dann alle hochgenommen, die ganzen Wohnwagen und zum Teil Häuser, und hat quasi an der Brückenkante die Wohnwagen geschreddert…

Für uns beide und für mich insbesondere war das schon ein Lebenswerk. Wir sind schon durch die Welt gezogen, von Schweden bis nach Kroatien. Wir haben uns gesagt, wir ziehen uns ein bisschen zurück hier, und wir produzieren hier. Durch die Theaterarbeiten der letzten Jahre haben wir auch viel gelernt: mit Holz umzugehen, zu schreinern, zu schweißen, all diese Materialien, die man halt im Theater braucht. Die wurden uns immer begreiflicher, im wahrsten Sinne des Wortes. Und dann ist plötzlich über Nacht, in einer einzigen Nacht, alles den Fluss runtergeflossen. Wir hatten auch ganz viele Bäume, die wir vom Hambacher Forst, wo wir gelebt haben, mitgebracht haben. Der ganze Wald war voll mit diesen Eichen mit Granatsplittern aus dem Zweiten Weitkrieg. Ich habe damals gefragt, was wird damit passieren. Die Antwort war, Brandholz. Ich dachte, das kann doch nicht sein. Dann habe ich gefragt, ob ich das kaufen kann. 40 Raummeter. Ich habe das Holz mit einem LKW hierherschleppen lassen, mit einem Metallsuchgerät durchsucht. Ich hatte so eine Menge Holz darunter. Und das alles hat der Fluss genommen und einfach weggetragen. In einem Paket. Alles. Die ganze Halle. Alles.

Die ersten 14 Tage bin ich nachts wachgeworden und habe einfach nur geweint. Einfach nur geweint, weil diese Zeit einfach in einer einzigen Nacht verschwindet. Dann versucht man sich wieder zu fassen und sagt, komm, das ist vielleicht alles nicht wichtig gewesen. Und was ist wichtig? Was will man in diesem kurzen Leben wirklich? Dann kommen alle diese Menschen, die plötzlich am Packen und Helfen und einfach da sind. Man kennt die gar nicht. Ich bin Claudia, ich bin Rolf… Und alle packen und räumen und tun… Man sagt sich, na komm, wir nehmen jetzt diesen Schwung und machen weiter, einfach weiter, weiter, weiter… Ich hatte ganz viele Musikinstrumente, habe sehr viel gesammelt, aus der ganzen Welt, in Brasilien und in Afrika, und überall dort, wo wir waren. Ich habe viel Percussion gemacht, all die Jahre. Und dann ist alles kaputt, und zerfetzt… Was ist denn das? Was wird Gott dir damit sagen? Du brauchst es nicht? Oder du hast es nicht verdient? Oder du hast das alles gesammelt für nichts?
Das Gute war, dass es so viele Menschen gab, die einfach da waren. Man hat sich abends hingesetzt und wir haben gar nicht viel gesprochen,

einfach so, Anteil genommen. Manche sind wieder und wieder gekommen. Weil sie auch nicht verstehen konnten, was hier passiert ist. Wir haben uns auch gefragt, was löst das bei den Menschen aus, dass sie diesen Antrieb haben, ins Auto zu steigen, obwohl sie die anderen gar nicht kennen, und dahin zu fahren und einfach zu sagen – jetzt pack ich mal an? Ich gehe einfach in den Garten und nehme eine Schaufel, und räume alles weg. Und das waren, bin ich mir sicher, Millionen von Handgriffen, die hier stattgefunden haben.
Manche Leute sagen: Geh' doch weg! Ich sage: Wohin soll ich gehen? Ich bin seit 20 Jahren hier, ich habe am Fluss gelebt. Ich habe morgens das Sofa, wir hatten ein Sofa auf Rollen, unter den Kirschbaum gefahren, habe mir einen Kaffee gemacht, und habe überlegt – was wird heute passieren, was mache ich in der Werkstatt, was muss geschafft werden. Das hat uns so viel Spaß gemacht, dieses Leben.
Dass es jetzt nach hinten geht, das ist natürlich schmerzhaft. Und man kann nur sagen, vielleicht macht man jetzt wirklich keine Kompromisse mehr. Man muss sich das auch ein bisschen schön reden... Es gibt ein Wort für mich: Geduld. Man muss Geduld haben. Andere haben alles verloren. Ein Freund von uns hat hier alles verloren, er hat gar nichts mehr, er hat nur das, was er am Leib hatte. Keine Bücher, keine Unterlagen, keine Steuererklärungen...

Was passiert mit unserer Natur? Denn die Bäume sind weg. Es wird etwas neu wachsen. Die Natur denkt in anderen Abschnitten. In Jahrtausenden. Wenn man die alten Bilder sieht, wir haben viele alte Bilder aus dem Ahrtal. Um die Jahrhundertwende, da waren hier keine Bäume. Das ist alles langsam gewachsen und geplant. Die Leute waren auch nicht so nah am Wasser. Nur diese beiden Häuser, der Bahnhof und die Bahnhofskneipe. Dann war Flut, 1910, da war noch mal ein Desaster hier. Aber die Leute haben das vergessen. Jetzt macht der Fluss so was wieder, und es passiert noch schlimmer. Und noch mehr Tote. Und eigentlich hat der Mensch nichts dazu gelernt. Er hat nicht gelernt, sich besser davon zu schützen.

Wir hatten eine Luftakrobatik-Bühne, die man ausklappen konnte, wo Leute in der Luft hängen, zu dritt, alles zerstört, und zwei andere Bühnen, so eine Piratenbühne wie so ein Schiff. Ganz viele Teile und Fragmente sind einfach weg. Wir hatten eine große Weltkugel. Wir haben sie ganz oft einfach irgendwo hingestellt bei einer Veranstaltung. Die Weltkugel war von innen beleuchtet, und du konntest auch reinschauen und konntest eine Art Schattentheater machen mit der Welt. Auch weg!

Der Fluss hat sich einfach so mächtig gezeigt. Ich denke, ein Fluss sieht das auch anders als der Mensch. Der Mensch ist froh, wenn er 80 wird, ein Fluss, wenn er sich alle paar 100 Jahre einfach mal austoben kann und sich auch ein neues Bett suchen kann. Der Mensch versucht das jetzt alles wieder so einzubiegen. Aber so tickt der Fluss nicht.

Wir kennen die Ahr sehr gut, auch die Tücken, du kannst eigentlich nur auf diesem Fluss fahren, wenn „Hochwasser" ist, wenn er dich trägt und wenn du nicht selber Steine kriegst. Und da sind wir mit unserem Sohn, mit unserer Tochter und mit Freunden oft im Fluss gefahren, und er hat eben auch dieses Dämonische, dieses Zerstörerische, nicht nur dieses Plätschern, sehr schön und ruhig!

Ich glaube, es passiert nichts als Zufall im Leben. Die Dinge ergeben sich aus gewisser Frequenz oder Chemie. Zum Beispiel, hier, mitten im Schlamm, habe ich jemanden getroffen, mit dem wir vor vielen Jahren mit einem Ballon geflogen sind. Wir haben dagesessen. Und er sagt zu mir, weißt Du, Hermann, lass uns was machen. Einfach mit Ballons. Wir hatten die Idee, 134 Ballons, so viel wie die Zahl der Flutopfer, hier an der Ahr entlang aufzustellen. Die Glocken läuten überall im Tal. Dann starten alle Ballons gleichzeitig auf 1000 Fuß hoch. Das heißt der Fluss, so wie er unten ist, ist oben genau abgezeichnet. Dann kommt der Wind und trägt die alle weg. Als Andenken an die Menschen, die nicht mehr da sind. Als Innehalten.

Hermann Schug

Es hat sehr weh getan. Weil die Natur wie eine Mutter war, für mich zumindest. Jetzt fühlt man sich so ausgespuckt und ausgestoßen. Wir waren hier gerade an einem Punkt, wo wir hinwollten. Wir waren dort, wo wir uns das erträumt haben, und selbst erschaffen. Und dann kommt so was und bricht alles zusammen ... Wie eine Sandburg.

Mit den Menschen ist es immer eine Sache. Da wirst du oft enttäuscht. An der Natur konnte ich mir immer erfreuen. Dann kommt so was.
Als das Wasser einen halben Meter oder etwas unter der Brücke war, habe ich gedacht, so, jetzt gehe ich. Ich will nicht erleben, wie es ist, wenn es über die Brücke und sich dann vielleicht irgendwie anders ausbreitet oder ein großer Schwall kommt oder irgendwas bricht, und dann ist hier alles weg. Da habe ich gesagt, jetzt kann ich eh nichts mehr machen, los geht's!

Es sind so verrückte Sachen passiert. Wir hatten im Garten unten einen Grabstein liegen. Polierter Granitstein. Der lag nachher fast acht Meter rückwärts, aber oben auf der Brücke, das heißt, der lag sechs Meter höher gegen die Flussrichtung! Das kann man mit der normalen Physik gar nicht erklären! Wiederum hatten wir ein riesengroßes, wunderschönes Gemälde von Hermanns' Schwester unten im Tanzraum. Da ist nichts dran, kein Riss, nichts! Der ganze Tanzraum, also der Proberaum, war wirklich zerstört. Alles, was da drin war, hat sich gedreht wie in einer Waschmaschine. Obendrauf lag ruhig dieses Bild, unversehrt. Ich glaube, es gibt im Tal 1000 Geschichten, die so widersprüchlich oder auch unerklärbar sind.

Ich suche selbst keine Erklärung. Viel mehr eine Metapher, mit der man sich abfinden kann.

Dieses Märchenhafte war unsere Sprache. Weil Menschen immer alles mit Worten machen. Und Worte sind oft so falsch. So einengend …
Wir werden das Theater weiter machen, aber in einer anderen Art und Weise, die uns gerechter wird – unserer Kraft und unserem Alter. Die Bühnen, die jetzt weg sind, kann man nicht mehr bauen. Man muss sich das nicht noch mal beweisen. Wir wollen es essenzieller machen. Wir wollen noch einen anderen kreativen Weg gehen, wir würden unglaublich gerne Plätze gestalten. Die Essenz des Platzes erspüren und da etwas Wundervolles kreieren. Kleine Kunstwerke schaffen. Alles, was wir gemacht haben, hat sich aus dem Moment, aus der Situation, ergeben. Jetzt ist das Leben weitergegangen. Und der Fluss hat jetzt gesagt, dass sowieso alles vergänglich ist.

Karen Balzer
Februar 2022

Für alle Menschen auf der Straße hat sich das Leben innerhalb von zwanzig Minuten radikal verändert. Das hat mir bei allem Schrecken auch ein Gefühl der Ehrfurcht gegeben. Das Gefühl, Teil von etwas Großem zu sein.

Rolf Habel
Bad Neuenahr

„Ich lerne sehr viele Gleichgesinnte kennen, die plötzlich nichts mehr haben und sagen: *Irgendwie hat es was. Irgendwie ist das schön.*“

Rolf Habel

Rolf Habel ist Künstler. Er hat die Flut in Bad Neuenahr erlebt und überlebt. Als er vor etwa zwanzig Jahren ins Ahrtal gekommen ist, war er obdachlos. Die Flut macht ihn dann zum dritten Mal obdachlos. Wir begegneten uns zuerst nach der Flut, bei einer Kunstaktion in Remagen. Und dann wieder am Rhein, in Bonn, wo er nach der Flut lebt.

Ich beschreibe mich zunächst mal als Kölner. Ich bin in Köln geboren und merke das auch, wenn ich nach Köln komme, dass ich nach Hause komme. Es ist aber durch meine Lebensumstände so gekommen, dass ich ins Tal umgesiedelt bin und habe da sehr viel gefunden, was ich damals gebraucht habe. Das erste war die psychiatrische Ambulanz der Ehrenwall'schen Klinik, deren Hilfe ich damals, 2001–2002, bitter nötig hatte, dass mir da in meinen Schwierigkeiten, Fragen, Alltagsproblemen weiterhalf. Da ist mir sehr geholfen worden. Das verbindet mich sehr mit dem Ahrtal, weil es mir persönlich wirklich von Jahr zu Jahr mental besser ging und ich da anfangs sehr viel Hoffnung gefunden habe und mich dann sehr vernetzt habe. Und insofern bin ich ein Wahl-Ahrtaler. Das ist meine Wahl-Heimat.
Ich habe immer das Gefühl gehabt, hier im Ahrtal will ich sein, weil ich meine Ruhe haben möchte. Es gibt vor allem in Ahrweiler sehr herzliche Menschen. Man wird als Fremder aufgenommen und man hat da eine schöne Gegend. Man kann sich auch von Problemen zurückziehen. Man kann sich im Ahrtal wunderbar vor dieser Welt verstecken, was vielleicht auf Dauer dann auch für manche Leute Nachteile hat. Aber mir hat das sehr geholfen und das macht mich an der Flut so traurig: Eine Insel, ein Fixpunkt, ein Ankerpunkt ist weg.

In diesen zwanzig Jahren bin ich fünfmal umgezogen. Also immer da, wo das dann preislich ging, ich mit wenig Aufwand gut wohnen konnte, wo ich aber auch malen konnte. Die ersten acht Jahre war ich in Ahrweiler, dann in Karweiler und dann in Bad Neuenahr. Neun Jahre waren das genau. In Bad Neuenahr, in der Sebastianstraße, da hat mich dann die Flut erwischt. Und ja, da war es dann erst mal Ende.
Dieses Ende war eigentlich schrecklich und gleichzeitig für mich aber auch faszinierend. Ich hatte in meinem Leben noch nie eine solche Katastrophe erlebt und war die ganze Zeit damit beschäftigt, dass 20 Minuten reichen, für manche sogar das ganze Leben, zu zerstören. Für alle Menschen auf der Straße war das Leben radikal verändert, innerhalb von 20 Minuten. Das hat mir bei allem Schrecken auch ein Gefühl der Ehrfurcht gegeben. Das Gefühl,

ich bin an was *Großem* beteiligt. Das hört sich so pathetisch an, es war aber wirklich dieses Gefühl. Am schlimmsten war die Frau, die dann auch einmal meinte, sie könnte schon durchs Wasser nach Hause gehen und die sich, Gott sei Dank, wieder retten konnte. Aber 5,5 Stunden jemandem bei so einem Überlebenskampf zugucken und die ganze Zeit nicht helfen zu können und zu denken, sie muss es doch schaffen. Es war schlimm.
Ich bin gläubig, aber ich bin nicht religiös und ich bin auch nicht an irgendeine Kirche gebunden. Aber ich habe eben zu meinem Gott gebetet und habe gesagt: „Du darfst alle meine Bilder wegnehmen und darfst mir meine ganze Wohnung wegnehmen. Alles, was ich habe, gebe ich dir. Lass bitte diese Frau und meinen Kater leben."
Und im Endeffekt ist es so gekommen, was zunächst mal bei mir auch ein Gefühl von Dankbarkeit auslöste, weil ich gespürt habe, was sind die Prioritäten, die ich in so einer Not setze. Was ist mir das Wichtigste? Was ist in diesem Gebet? Die Bitte, dass das Leben weitergeht. Das ist immer so im Leben, das kann einen richtig hart erwischen. Das ist im Grunde, wenn man das nicht als eine Feindseligkeit gegen sich persönlich erlebt, sondern sagt, das ist einfach wie ein Sturm, das ist irgendwas, was jetzt einfach niedergekommen ist. Und ich war am falschen Ort zur falschen Zeit, könnte man sagen, dann ist es einfach Leben.
Und ich habe bei meinem Gott um Leben gebeten, und habe das Gefühl, ja, das hat mich stark gemacht, das habe ich von der Flut gekriegt. Eine Stärke, ein sicheres Gefühl. Ich werde mit so was fertig, ich kann mit so was umgehen, solange man mir mein Leben lässt. Das ist jetzt sehr starkes Gefühl, das gibt einem sehr viel. Ja, mir gelingen plötzlich Sachen, an denen ich früher viel mehr Zweifel hatte. Ich lasse also Zweifel, ist mir wichtig, aber nicht mehr so viel Raum, seit der Flut. Ja, ich habe auch wirklich das Gefühl, mich ein bisschen beeilen zu müssen. Ich möchte doch noch ein paar Bilder malen, dass mein Oeuvre nicht ganz so klein bleibt, wie es jetzt durch die Flut geworden ist. Und das gibt aber Schwung. Das ist auch das, was mich nach wie vor ins Ahrtal zieht. Dass da Leute jetzt sind, die sehr genau wissen, was sie wollen. Jeden Tag genau wissen, was sie zu tun haben. Und gar nicht so sehr mit Sinnfragen und den allgemeinen politischen Lagen beschäftigt sind, sondern damit beschäftigt sind, ihr Haus wieder aufzubauen. Dieses Basale, das gefällt mir da dran.
Das hat was Ehrliches. Die Leute sind wirklich mit ihrem Leben beschäftigt und die wollen alle was. Na ja, und so habe ich dann gedacht, dann kannst du da durch das Tal fahren mit Fahrrad, Anhänger hintendran, ein bisschen Kunst-Kram, dass die Leute malen können, dass ich malen kann.

Ich bin jetzt gut untergekommen. Bei einem Bekannten in Bonn. Das ist zwar kein gutes Atelier, aber da tun sich auch noch andere Möglichkeiten auf. Da sehe ich erst mal die Möglichkeiten, die ich habe. Und warum nicht Bonn? Dann bin ich eben hierhin gespült worden. Das ist nicht die Sache. Ich würde ins Tal ziehen, wenn das wirklich meine Bedingungen unterstützen würde. Oder zu den Bedingungen, die ich brauche für das, was ich vorhabe.

Ich fühle mich anders verbunden mit dem Ahrtal. Als ich damals angefangen habe, bin ich da obdachlos angekommen. Ich habe oft hinterm Kalvarienberg auf einem Privatgrundstück gelebt, was mir zur Verfügung gestellt worden ist, ich habe in einem Zelt gelebt und hatte einen Grill. Und habe dann quasi in der Fußgängerzone von Ahrweiler die erste mobile Beratungsstelle für Sehnsüchtige eröffnet. Diese Idee der mobilen Beratungsstelle ist sehr viel älter. Die habe ich in Köln gehabt und das ist nochmal eine lange Extra-Geschichte, wie es zu diesem Titel gekommen ist. Diese erste mobile Beratungsstelle damals vor 20 Jahren in der Fußgängerzone hat sehr gut funktioniert. Ich habe für circa 2 € maximal kleine Bilder verkauft. In der Straße hatte ich meinen Hund dabei. Und ich habe Werbung dafür gemacht, dass ich eine Wohnung brauche. Ich habe Werbung dafür gemacht, dass ich Leuten helfen kann, Danke zu sagen, dass ich Leuten helfen kann, sich zu entschuldigen. Weil gerade in Notzeiten ist ein Mensch meiner Meinung nach sehr viel dichter an seinen Sehnsüchten und hat oft auch die Chance, dass in diesen Notzeiten sich die Gelegenheiten so ergeben, dass endlich mal diese Sehnsucht erfüllt werden kann, weil es muss ja sowieso so viel erledigt werden, weil die Wohnung fehlt oder was gerade das Problem ist. Und das habe ich damals sehr deutlich gespürt. Ich habe durch diese Aktion in Ahrweiler eine Wohnung gekriegt. Ich habe die erste Basis von Freunden gehabt, nämlich Leuten, denen ich geholfen hatte, Danke zu sagen, sich zu entschuldigen. Ich habe Texte mit ihnen zusammen entworfen, ein Bild dafür gemalt.

Jeder Berater ist an der Stelle ein guter Berater, wenn er weiß, dass er Beratung braucht. Und ich brauche Tipps. Was können wir machen, wie wollen wir das handhaben? Ich habe mit jemandem vom Ordnungsamt über mein Projekt geredet und mich hat das so erfreut, wie der sagt, das ist nicht schlimm mit der Flut. Das wird nämlich jetzt alles viel schöner hier. Und ich sah seine Bilder im Kopf, wie da was gepflanzt wird. Und dieser Mann war so euphorisch und begeistert. Und er hat mir den Tag gerettet. Er hat mir dieses Gefühl gegeben. *Ja, ja, es wird schöner. Danke, liebe Flut:* Dieser Gedanke wäre dann das Größte, was ich erreichen könnte.

Für das Ahrtal speziell wünsche ich mir, dass es mehr ein Naturschutzgebiet wird – jetzt ist so viel kaputt, jetzt bauen wir mal nicht für jeden noch ein Haus dahin und noch eine Stelle, wo der Tourismus abkassiert werden kann, was ja eine wichtige Einnahmequelle ist. Aber wenn man jetzt ein bisschen geduldig daran geht, könnte ein Naturschutzgebiet entstehen, das neben dem Weinangebot und dem Wanderangebot steht. Ein Tourismusmagnet, naturfreundlicher. Diese Chance sehe ich. Ich sehe nur leider auch die wirtschaftlichen Interessen gieriger Geschäftsleute. Das ist so meine Sehnsucht, mein Wunsch, dass das tatsächlich schöner im Sinne von weniger kommerziell wird, dass große Flächen an der Ahr gelassen werden, dass man also gelassen auch eine Flut tatsächlich kommen lassen kann, wenn man wirklich sagt, nein, es geht nicht darum, so schnell wie möglich alles wieder aufzubauen, sondern so nachhaltig und so sinnvoll für die Bewohner, wie es geht. Das ist es, was ich mir wünsche. Für mich persönlich, dass jede Art von Kulturbetrieb wieder flott auf die Beine kommt, weil die Künstler Ausstellungsgelegenheiten brauchen, die müssen gefragt werden. Die haben im Moment viel zu sagen. Eine Stelle, die nicht schön aussieht, weil sie von der Flut kaputt gemacht ist, kann man zumindest temporär mit Kunst sehr schön gestalten und kann dann geduldig bei der Weitergestaltung bleiben. Das sind alles so Sachen, die ich angehen möchte.

Das Ahrtal ist von der Flut betroffen und die Menschen im Ahrtal sind von der Flut betroffen. Es sind aber zwei unterschiedliche Dinge, wie wir damit umgehen. Wir gehen einmal mit einer Landschaft um und da sind, finde ich, auch die Künstler sehr gefragt, wie sie gestaltet werden muss. Aber wir sollten auf jeden Fall auch mit den psychischen Schäden, die die Flut bei den einzelnen Menschen angerichtet hat, umgehen. Ich habe früher ein anderes Projekt gemacht, mit dem Untertitel „Die kreative Kraft verletzter Seelen". Es ist ein Bereich, der mich als Künstler enorm interessiert. Dass gerade dann, wenn es nicht funktioniert, wenn ein Mensch innerlich ins Schleudern kommt, wenn er Ängste hat, wenn er keine Zuversicht mehr hat, wenn er Hilfe braucht, hat er auf der anderen Seite oft ein großes Potenzial an Kreativität. Die Frage ist: wie ist der Zugang zu diesem Potenzial? Das hat oft etwas mit seiner Strukturierung, mit seinem sozialen Umfeld zu tun. Da bin ich dann auch als gelernter Kreativität-Schullehrer gerne bereit, Leuten zu helfen, wie sie diesen Zugang zu diesem Potenzial erhalten. Durch meine langjährige Arbeit weiß ich, dass dieses Potenzial oft enorm ist.
Wenn mich etwas angreift, nützt es nichts, dass ich dagegen kämpfe, dass ich weglaufe. Es wird mich einholen, es wird meistens stärker sein als ich.

Bin ich aber in der Lage, wie in den asiatischen Kampfsportmethoden, einen Angriff, die Energie dieses Angriffs, in eine für mich positive konstruktive Schiene zu verwandeln, habe ich ungeheure Energien, diese Ziele zu erreichen.
Deshalb bin ich dankbar für Angriffe. Ja, natürlich, ich muss sie überleben, das ist die Grundvoraussetzung. Aber dann kann ich sehr viel damit machen.
In der Nacht hatte ich Angst. Ich habe den Besuch von meiner Schwester erwartet und war auch entsprechend aufgeregt. Es regnete und regnete seit Tagen. Das hat mich total genervt. Ich habe immer mal den Wetterbericht geguckt. Soll ja wieder besser werden... Und abends wollte ich noch einen Kuchen backen. Und dann patsch, fiel der Strom aus. Ist das jetzt nur bei mir? Wieso fällt der Strom aus? Ich bin rausgegangen. Warum riecht das so komisch? Das riecht sogar nach Benzin. Bei den anderen ist der Strom auch ausgefallen. Das Wasser steigt, soll jetzt bald höher werden. Dann dachte ich an meine Zeichnungen, die unten auf der Erde lagen, meine Mappen, unterm Bett, unten im Arbeitstisch. Ich sagte mir, na ja, die holst du jetzt mal raus. Ich hatte die Vorstellung, ich werde maximal einen halben Meter Wasser in der Wohnung haben. Jetzt habe ich noch Zeit, die Sachen hochzulegen. Ich habe damit angefangen, alles nach oben zu räumen und mir dann Kerzen aufgestellt. Ich habe nur gedacht, der Besuch meiner Schwester, das wird man wohl verschieben. Und dann hörte ich, dass jemand meinen Namen ruft: „Komm schnell, gleich tun es die Türen nicht mehr." Dann habe ich erst wieder rausgeguckt und gesehen, wie hoch in der kurzen Zeit das Wasser stand. Und dann fing mein Herz zu rasen an. Ich habe in meinem Leben noch nie so viel Angst gehabt, denn diese Geschwindigkeit: die Warnung der Nachbarin war völlig richtig. Es stimmte, selbst wenn ich fliehen wollte, könnte ich gar keine Tür mehr aufmachen, weil dann zu viel Wasser davorstünde. Und ich komme nirgendwo mehr raus. Also da bin ich rüber gegangen, dann merkte ich, dass das Wasser mich schon zieht, dass ich wirklich konzentriert zu diesem Hauseingang gehen musste, der war 30 Meter entfernt. Die haben mich aus dem Wasser gezogen. Ich weiß, als ich dann in den trockenen Bereich der Wohnung kam, war mein erster Gedanke: *Ich versaue doch alles mit meinem Schlamm an der Hose.* Und die Hilfeschreie der Leute, das hat mich richtig aggressiv gemacht. Ja, wir wissen, dass das so ist. Es nützt nichts, Hilfe zu schreien, war mein Gedanke. Dir kann keiner helfen. Das war einfach mein Gefühl. Es ging mir einfach nur auf den Wecker. Als ich dann später merkte, ist ja meine Hilflosigkeit zu spüren, da passiert was und du kannst gar nichts machen. Man sieht nichts, es stinkt, es ist laut, es knallt.

Gegenüber stand eine Frittenbude, davor stand ein paar Treppen hoch eine Frau im Wasser, die stand mittlerweile bis zum Bauch im Wasser und schrie *Hilfe, Hilfe, Hilfe!* Konnte sich aber in den Zargen der Tür gut festhalten und wir haben ihr immerzu zugerufen, sie solle da auf jeden Fall bleiben und sie solle durchhalten. Das Wasser stieg. Die Frau stand also schon bis zur Brust im Wasser und schrie noch, und schrie... Irgendwann habe ich den anderen Nachbarn gesagt: „Naja, solange sie schreit, habe ich das Gefühl, sie hat noch Kraft. Also lass sie schreien." Das war aber so zentral plötzlich, die Not dieser Frau. Ich glaube, alle, die da auf dem Balkon dieser Frau zugeguckt haben, haben nicht mehr wirklich die Flut gesehen, sondern nur gedacht, wie können wir dieser Frau bloß helfen? Wie lange hält sie noch durch. Dann ist einer ins Wasser gesprungen. Andere brüllten, wie bekloppt das sei, haben dem ein Seil hinterhergeschmissen und dann war der wieder gerettet. Gott sei Dank, hat der Regen ja aufgehört in dieser Nacht. Und diese Frau wurde gerettet.

Und ja, da war ich sehr ängstlich und verzweifelt. Nachdem die Frau gerettet war, sagte die Frau, die uns in ihrer Wohnung aufgenommen hat: *„Hier könnt ihr bleiben, dann können wir ja jetzt noch ein paar Stunden schlafen."* Ich konnte überhaupt nicht schlafen. Ich war total aufgewühlt und habe mir dann das Sinken der Flut angeguckt, bis ich merkte, jetzt kannst du in deine Wohnung, weil mir klar wurde, da ist alles weg. Aber du hast auf dem einen Regal ganz oben noch Unterwäsche, die wirst du als nächstes brauchen. Klamotten kriegt man in Notsituationen überall geschenkt, aber Unterwäsche… Das ist das Problem. Und die waren auch von der Luftfeuchtigkeit noch nicht vollgesogen. Also da habe ich wirklich eine Handvoll Unterhosen eingepackt. Und ich weiß, die externe Festplatte, so matschig sie war, die habe ich auch eingepackt, Schuhe, die waren noch trocken. Und dann bin ich zu Freunden nach Karweiler gegangen, wo ich gewohnt habe, denn ich wollte erst mal nur auf den Berg. Ich wusste: Ich will hier weg.
Jetzt im Moment spüre ich eine Distanz. Das war vor zwei Monaten noch nicht so. Ich wurde sehr, sehr aufgeregt. Ich merke das auch jetzt noch, wenn ich zeichne, zum Beispiel. Ich zeichne einen Baum. Und dann kommt dieses schreiende Gesicht der Frau damit rein. Das sehe ich in jedem Zweig. Das sitzt noch tief in der Seele. Das merke ich auch, wenn ich jetzt erzähle, dass es mich nicht mehr so aufregt, dass ich eine Distanz dazu einnehmen kann. Es ist eben vorbei. Von mir weg. Da geht eine Wunde zu. Ich brauche nicht viel in meinem Leben, deshalb geht das auch immer relativ schnell.

Ich glaube, dass ich keinen Krieg beenden, keine Flucht verhindern kann, aber dass ich mein Leben gegen diese Ereignisse setzen kann, mithilfe meiner Malerei. Das habe ich mein Leben lang so gemacht. Und dadurch, dass ich das relativ schnell wieder konnte und eben 15–16 Arbeiten zum Thema Flut jetzt habe, mit denen ich auch zufrieden bin. Die sind nicht groß, aber ich habe das Gefühl, ja, das kann ich ausstellen. Ich male im Moment sogar auch wieder andere Themen. Ich beschäftige mich künstlerisch auch mit dem Krieg in der Ukraine.
Ich merke einfach: meine Arbeit geht weiter. Ich habe den Kontakt zu meinen Freunden nicht verloren. Das Basale, Wichtigste, nämlich die Beziehungen, mein Netzwerk mit den Freunden, meine Möglichkeiten zu arbeiten – die sind wieder da. Nicht so toll wie vorher. Aber das sind alles äußerliche Bedingungen. Damit lebe ich seit 60 Jahren.
Beim Ausräumen meiner Wohnung sind ein paar Sachen heil geblieben, zum Beispiel die Bilder, die noch an der Wand hingen, sehr alte Sachen von mir. Da freue ich mich sehr darüber, dass diese nicht kaputt gegangen sind. Da hat mir ein sehr, sehr guter Freund von mir geholfen. Der ist Syrer. Dessen Atelier wurde dreimal in seinem Leben ausgebombt und der kennt das: mit nichts auf der Flucht sein. Und ich kenne das eben auch.

Ich bin dreimal in meinem Leben obdachlos geworden. Und der hat mir damals gesagt, es ist ein sonderbares Gefühl der Freiheit. Es ist so ähnlich, als wäre man noch mal Kind. Man ist wie das Kind einer Gesellschaft, ausgeliefert als Obdachloser, weil wirklich plötzlich jeder meint, alles Mögliche mit einem anstellen zu können, einem etwas sagen zu können. Plötzlich ist man ganz unten. Aber es ist eben auch so ähnlich wie bei einem Kind. Man lernt andere Menschen kennen, wo man Fürsorge, Schutz erfährt und man ist gerade das, was man angezogen hat, die Klamotten, die man anhat. Das ist das, was einem nah ist. Alles andere ist weg. Man ist so im Hier und Jetzt. Das mag ich auch an Obdachlosigkeit. Ich mag diese Erinnerung daran, dass wir im Hier und Jetzt leben und nicht in irgendwelchen Komfortzonen, die wir uns sehr schön gebaut haben mögen, die aber alle einen sehr hohen Preis fordern. Das Schöne an diesem „wenig brauchen, ganz unten leben" ist, dass es wirklich preiswert ist und kein bisschen weniger genussreich. Das ist wichtig. Armut bedeutet nicht Verzicht auf Genuss. Es ist ein Irrtum, dass Lebensqualität nur mit Reichtum zu erreichen wäre. Also ich kann das bestätigen, dass oft weniger mehr ist. Mehr nach dem Motto, wenn ich weniger habe, werde ich auch glücklicher leben. Goethe hat da was sehr Schönes drübergeschrieben. Glück dadurch, dass man sich eingrenzt, dass man verzichtet.

Ich lerne plötzlich sehr viel Gleichgesinnte kennen, die plötzlich auch nichts mehr haben und sagen: „Irgendwie hat es was. Irgendwie ist das schön". Na ja, das Glück sich zu befreien. Die Leute schreien nach Freiheit, wollen aber alles behalten.

Eine große Menge Wasser kann schrecklich sein, aber auch schön. Diese Kälte kann wunderbar sein, kann mörderisch sein. Hitze? Ganz genau. Wir leben in einer Welt, die Paradies und Hölle gleichzeitig ist. Es liegt in meiner Wahl, wenn ich so frei bin. Stünde einer mit einer Maschinenpistole vor mir, würden meine Wahlmöglichkeiten enger. Meine Kindheit war eine einzige Katastrophe. Also das waren alles Katastrophen. Nur heute sage ich: was denn? Das Leben ist schön und man kann aus allem, was lernen. Dieses „Ich habe immer Pech und ich habe kein Glück und mir soll es wohl nie gut gehen" kann ich nicht hören. Solchen Menschen sage ich: „Warum gönnst du dir nicht, dass es dir gut geht? Warum? Warum gönnst du dir kein Glück? Warum bist du der Meinung, du hättest den Mut zum Glück nicht?" Und das sind nämlich nicht die anderen. Das sind nämlich nicht die Umstände, sondern das sind meine Schlussfolgerungen, die ich aus den Umständen ziehe. Da sag ich, oh, die schlimme Flut hat mir alles genommen. Jetzt habe ich keine Möglichkeiten mehr. Das ist wahr. Das kann man so stehen lassen. Das ist eine Interpretation dieses Geschehens. Aber es ist genauso richtig zu sagen: Oh, ich habe alles verloren. Und schön, jetzt endlich fühle ich mich frei. Und ich merke schon, wie man schneller und leichter wird und ich zu neuen Ufern kann, ich woanders hin kann. Das ist genauso wahr und richtig.
Goethe sagte: „Wage es, glücklich zu sein". *Und:* „Jeder Trost ist niederträchtig, Und Verzweiflung nur ist Pflicht." [1] Ein Satz, da könnte ich in die Knie gehen. Der ist so wunderschön. Dennoch gedenke zu leben. Wage es, glücklich zu sein, und wenn du glücklich bist, wirst du sehen, das ist gut für deine Gesundheit. Glück ist nicht hübsch. Ist es ein inneres „Ja sagen" und ein inneres Wahrnehmen. Und eben sich gestatten, dass es einem gut geht.

Rolf Habel
Bonn

Der Künstler Rolf Habel wohnt und arbeitet weiter künstlerisch in Bonn und Königswinter.

1 Goethe, Faust. Der Tragödie zweiter Teil, 1832

wut ist die kleine schwester der flut

steigt in meinem körper
vom bauch bis zum kopf
ohne vorwarnung

sie bringt treibholz
aus allen häusern
gärten, wiesen und
wäldern
aus der vergangenheit

ein familientreffen
in meinem körper

wiesen wassermelonen gärten ziegen schafe liebhaber paare kühe kinder
schmetterlinge hühner forellen buchenwälder eichen tannen

alle meine vorfahren atmen mit mir

es fühlt sich an wie neue wurzeln
wie frische luft und
vielleicht
nimmt die kleine schwester der flut
abschied von mir

Die Menschen müssen jetzt wieder so ein bisschen warm werden mit der Ahr, das geht mir auch so. Die Ahr ist beworben worden als die liebliche Ahr. Und sie hat uns ganz deutlich gezeigt, dass sie auch ganz schön garstig sein kann. Sie sieht so ein bisschen beängstigend aus, wenn man jetzt in das Wasser reinguckt.

Anton Simons
Bad Bodendorf

„Wer vernünftig ist, kann das nicht wollen: zurück“

Anton Simons

Anton Simons ist Journalist. Wir wohnen alle in einem Viertel von Bad Bodendorf. Im Gegensatz zu mir hat Anton (Toni) hier seine Wurzeln und Vorfahren. Ich bezeichne ihn als den „digitalen Chronisten" des Kreises Ahrweiler. Das von ihm vor Jahren gegründete regionale Wikipedia AW-Wiki *ist das größte regionale Wiki-Portal in Deutschland mit tausenden ehrenamtlichen Mitarbeitern aus der Region. Die Flut hat sein Einfamilienhaus schwer getroffen, so auch eine Familienwiese. Wir spazieren über die damals überfluteten Wiesen und Waldwege rund um Bad Bodendorf und sprechen darüber, was ihm nach der Flut geblieben ist.*

Meine Familie stammt von hier, also schon seit Generationen, aus Bodendorf und aus Sinzig. Ich selbst bin in Düsseldorf geboren, weil mein Vater damals in Düsseldorf gearbeitet hat. Aber ich wohne inzwischen mindestens seit Anfang der 80-er Jahre wieder fest hier.
Nach der Flut wollte ich zuerst weg. Aber das hat sich wieder gewandelt, weil meine Tochter unbedingt wieder da hin möchte, wo sie aufgewachsen ist: in unserem Haus. Es hat ein paar Tage oder Wochen gedauert, bis ich mir das im Kopf dann so zurechtgelegt hatte, dass ich mir dachte, dass es sinnvoll ist, hier zu bleiben, in unserem Haus und nicht wegzuziehen. Nach zwei Zwischenstationen sind wir also wieder eingezogen, nicht ins Erdgeschoss, was eben überflutet war, sondern ins Obergeschoss, wo unsere Töchter ihre Kinderzimmer hatten. Die haben wir dann auf die Schnelle umfunktioniert und von da aus bauen wir jetzt das Haus wieder auf.

Ich versuche auf meine Art herauszukriegen, wie man eine digitale Chronik macht, mit den Mitteln, die das Internet so zur Verfügung stellt: Facebook, Instagram, vor allem aber mit Wikipedia. Wir haben hier für unseren Kreis Ahrweiler eine kleine Wikipedia aufgesetzt. *AW-Wiki,* nach unserem Autokennzeichen. Im Herbst vor 15 Jahren wurde der erste Artikel hochgeladen. Wir sind das größte Regionalwiki in Deutschland mit über 30.000 Artikeln und mehr als 35.000 Fotos. Wir schreiben jeden Tag ein Stückchen weiter fort und versuchen, es immer auf dem neuesten Stand zu halten, mit allem, was dazugehört. So machen wir eine Universalchronik des Kreises Ahrweiler mit inzwischen mehr als 1000 Menschen. 1.300 haben sich da angemeldet und machen mit.

Wir haben inzwischen eine Riesendokumentation über die Flut angelegt. Fotos, Videos. Es sind hunderte, tausende Videos hochgeladen worden.

Zur Flut selbst, also vom 14./15. Juli, gibt es ein paar Leute, die haben dann mit ihren Handys mal aus dem Fenster fotografiert, sofern sie noch nicht überschwemmt waren und dann in den Tagen, Wochen, Monaten danach. Danach sind immer wieder Leute mit dem Motorrad oder so durchs Ahrtal gefahren oder durch einzelne Orte und haben das aufgenommen, wie es da in dem Moment aussah.

Die Flut war eine Katastrophe, auch für dieses Projekt, für AW-WIKI. Ich habe es gegründet und ich bezahle auch das Hosting und Software. Ich habe mir nach der Flut, also unmittelbar danach, gesagt, ich kann mir dieses Hobby, was schon ganz schön teuer ist, einfach nicht mehr leisten. Finanziell nicht und auch von der Zeit her nicht. Ich muss jetzt erst mal aufräumen. Wir haben unser Haus mit einem Doppelgrundstück, das abgesoffen war mit allem, was dazugehört. Wir haben ein weiteres Grundstück in der Nähe vom Duftgarten in Bad Bodendorf und noch ein größeres Grundstück auf der anderen Seite des Dorfes. Wir besitzen noch ein paar Weinberge in Ahrweiler. Die sind zum Glück nicht abgesoffen, aber die müssen eben auch versorgt werden.

Wir wollten eigentlich nicht wieder genau dahin, wo wir vor der Flut waren, sondern wir wollten irgendwo hin, wo es besser ist, sinnvoller, nachhaltiger, weniger hochwassergefährdet. Und das erfordert Zeit, sich genau zu überlegen: Wohin wollen wir, warum wollen wir dahin und wie kriegen wir das gebacken?
Wer vernünftig ist, kann das nicht wollen: Zurück.
Klar ist, ein Hochwasser werden wir nicht verhindern können. Aber jetzt allein alles auf die Klimaerwärmung zu schieben, damit macht man es sich auch viel zu einfach. Das stimmt nicht. Im Mittelalter gab es zwar schon schlimme Hochwasser und es gab Hochwasser im Winter. Die gibt es heute nicht mehr. Früher ist die Ahr regelmäßig zugefroren und wenn dann Tauwetter einsetzte, ist das aufgebrochen. Hat sich dann aufgestaut vor den Brücken. Die waren damals auch noch leichter gebaut als heute: sie wurden also eingerissen. Solche Hochwasser gab es mindestens zwei oder dreimal. Die haben wir jetzt durch die Klimaerwärmung nicht mehr.
Natürlich hat uns die Flut wahnsinnig viel Arbeit beschert. Zwei Jahre meines Lebens kostet sie mich irgendwie, in denen ich viel machen muss, obwohl ich jetzt nicht wirklich viel kann, was Bauarbeiten betrifft. Da ist man auf Fachleute angewiesen. Aber auch das ist schwierig, diese zu bekommen. Also man muss halt viel organisieren, mit Einschränkungen leben, aber das ist irgendwie verkraftbar. Bei uns hat es in der Verwandtschaft

und Bekanntschaft keinen Personenschaden gegeben. Insofern, es ist das alles noch okay. Aber ein Stück Urvertrauen ist da weg. Irgendwie denkt man, es wird sich schon alles zum Guten hin entwickeln. Wer religiös ist, der denkt vielleicht: *ja, der liebe Gott, der wird's schon richten. Das hat bestimmten Sinn, das Ganze.* Der Glaube daran, der ist mir richtig abhandengekommen. Ich bin schon seit Jahrzehnten kein religiöser Mensch mehr, aber jetzt ist mir dieses Vertrauen, dass das alles schon auf ein Ziel zuläuft, noch ein Stückchen weiter abhandengekommen.
Es gibt in Deutschland für alles und jedes Hierarchien. Aber es gibt niemanden, der sagt: *„Den Leuten, die mir untergeben sind, denen habe ich nicht gesagt, Freunde, da kommt was Dickes auf uns zu, veranlasst alles, was notwendig ist, um den Schaden so gering wie möglich zu halten."* Es hätte kein einziger sterben müssen, wenn man es früh genug gewusst hätte. Und dass eben niemand sagt: *„Ja, tut mir leid, Freunde, ich habe da wirklich einen Riesenfehler gemacht. Ich bitte alle, die dadurch beeinträchtigt worden sind, um Entschuldigung."*
Das finde ich hart. Jeden Tag bleibe ich an diesem Gedanken hängen. Seit der Flut.

Ich war hier immer viel unterwegs, aus diversen Gründen, beruflich, privat und sportlich, viel mit dem Fahrrad unterwegs. Und danach ging zuerst mal gar nichts mehr. In den ersten Tagen wusste man nicht mal, wie man mit dem Auto ans Haus kommt, wenn es überhaupt möglich war. Das musste man sich Stück für Stück wieder erarbeiten. Gestern bin ich ein Stück auf dem Radweg gefahren, was ich bisher noch nicht wieder gefahren bin. Da muss man geduldig sein. Ich glaube, Geduld ist jetzt eine wichtige Tugend, und in den nächsten Jahren. Es geht eben nicht alles so schnell, wie man es gerne hätte. So schnell ist es leider nicht wieder aufgebaut.
Man wird es immer irgendwo im Hinterkopf behalten, was da so drinsteckt in diesem normalerweise kleinen und beschaulichen Flüsschen.

Anton Simons
Mai 2022

Anton Simons lebt weiter in Bad Bodendorf. Die Familie hat sich nach der Flut entschieden, sich von den Weinbergen zu trennen.

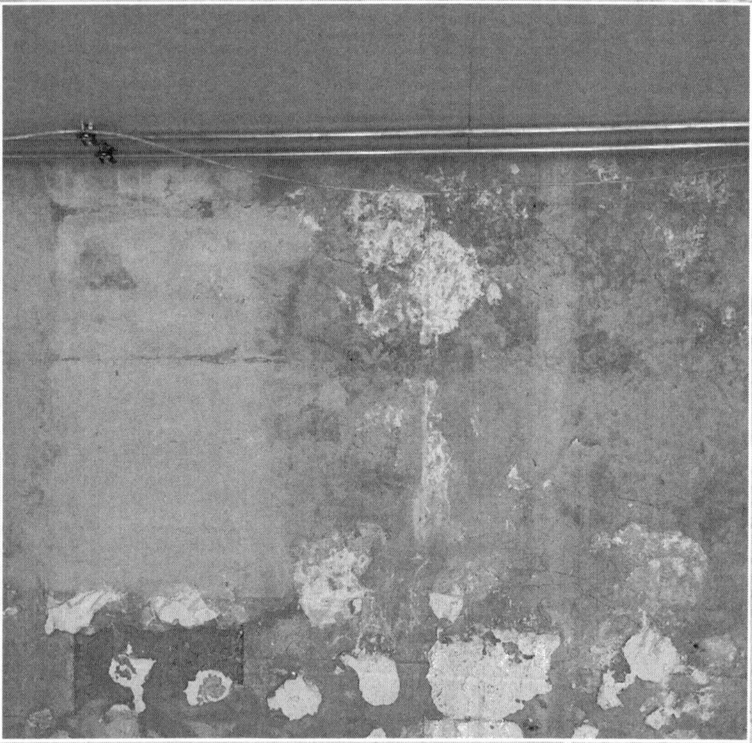

Abstand

Wir wohnen wieder in Bonn.
Das Erdgeschoss ist entkernt. Es gibt keine Heizung. Das Haus ist kalt.
Ich habe das Gefühl, ich verliere die Beziehung zu unserem Haus. Ich sage zu Martin, wir sollen Feuer in der Feuerschale machen, dem Haus etwas Wärme schenken.
Abstand hilft.
Die Südstadt. Die Halsbandsittiche im Garten. Vertraute Geräusche. Der große Walnussbaum. Weingläser und Lachen. Menschen gehen essen, schick angezogen.
Abstand hilft und macht spürbar: etwas ist anders.

In einer Kunstaktion 2012 in der Villa Waldberta in München wurde ich gefragt, welches deutsches Wort für mich eine besondere Bedeutung hat. Für mich war das das Wort „Abstand". Auf Bulgarisch „Abstand" ist eher etwas Negatives. Das deutsche Wort vermittelt mir aber etwas Gesundes, was ich in der bulgarischen Sprache für mich nicht habe. Interessant war „Abstand" ein Wort, das durch die Pandemie ganz neue Bedeutung bekommen hat. Und jetzt durch die Flut auch. Ich nehme Abstand von Dingen und Menschen, die mir nicht gut tun und von Plänen, die sowieso vorbei sind. Abstand von Träumen auch.

Dann siehst du hier auf dieser Brücke eine Kuh. Das war so ein großes Kalb. Ich glaube, es war bräunlich gefärbt und es hat immer wieder gemuht. Das Krasse war, die hat zwei, drei Tage, glaub ich, auf dieser Brücke hier überlebt, bis sie dann irgendwann von der Brücke heruntergeholt wurde, dann wurde sie auch gerettet. (...) Das war so was Surreales, dass diese Kuh, die angeblich aus Heimersheim kam, auf dieser Brücke hier überlebt hat, das war ihr sicherer Hafen. Da muss ich wirklich sagen, das war so ein Moment, wo du das Hochwasser einfach ausgeblendet hast und dich einfach gefreut hast, dass das passiert ist. Wahnsinn.

Karsten Janotta
Bad Bodendorf

„Was sich auf jeden Fall geändert hat, ist mein Blick auf materielle Dinge“

Karsten Janotta

Karsten Janotta ist Informatiker, bloggt, macht Musik und fotografiert in seiner Freizeit. Die Flutnacht vom 14./15. Juli erlebt er auf den Straßen von Bad Bodendorf. Diese Nacht hat sich in sein Gedächtnis eingebrannt. Einen Monat nach der Flut schreibt er ein Musikstück „Afterlife". Er wird aber ein ganzes Jahr brauchen, um diese Nacht in seinem Blog zu beschreiben. Ich treffe ihn bei der Gedenkfeier zur Flutkatastrophe in Bad Bodendorf 2021 und danach spazieren wir an einem heißen Sonntag Ende Juli durch die Straßen des Kurviertels in Bad Bodendorf, an der Ahr entlang, über die Bodendorfer Brücke. Er erzählt Geschichten, wir reden, schweigen, lachen ... Ich erfahre viel über ihn, seine Wünsche, seine Freunde, das Leben in Bad Bodendorf.

Ich hatte allerdings Glück im Unglück. Ich habe im ersten Obergeschoss gewohnt und das war für mich deswegen gut, weil ich tatsächlich *nur* den Inhalt meines Kellers verloren habe. Aber ich glaube, es war am zweiten oder dritten Tag nach der Flut, dass ich erst wieder zu mir in die Wohnung konnte, überhaupt ins Haus, weil hier noch tagelang das Wasser stand. Und da war schon so eine gewisse Ungewissheit. Also, was ist jetzt eigentlich passiert? Ist das Wasser vielleicht doch durch die Kanalisation hoch in die Wohnung gekommen? Hat es Schaden gegeben wegen Strom oder so was? In der Nacht und den Tagen danach war ich mit meiner Partnerin in der Josef-Hardt-Allee und habe da primär geholfen bei ihr, im Haus, bei ihren Nachbarn. Es gab sehr stark betroffene Nachbarn.
Unten im Souterrain hat ein älteres Ehepaar gewohnt, die kannten wir schon viele Jahre und die haben wirklich komplett alles verloren: die komplette Wohnung ist vom Hochwasser zerstört worden. Die sind jetzt beide Mitte 80, und sie haben nichts mehr. Das heißt, das komplette Leben, Erinnerungen, Fotografien an die eigenen Kinder, usw. Das ist alles weg. Gott sei Dank haben sie die Flut überlebt, weil sie gegen 11:30 Uhr am Abend noch mal von der Feuerwehr gewarnt wurden und dann sind sie rechtzeitig aus der Wohnung rausgegangen. Da hat ja keiner damit gerechnet, was da für Massen kommen und es wusste auch keiner, dass es wirklich zu so einer Flutkatastrophe kommt und dementsprechend hatten die auch nicht wirklich was aus der Wohnung geholt.
Sie haben zumindest noch ihr Kaffeeservice, was noch von der Hochzeit ist. Das ist das einzige, was sie an ihr altes Leben erinnert. Altes Leben ist irgendwie falsch ausgedrückt. Das Leben vor der Flut.

Ich habe so ein neutrales Gefühl, möchte ich sagen. Zum einen, weil ich Glück hatte, dass meinem Hab und Gut nichts passiert ist, dass mir nichts passiert ist. Zum anderen bin ich traurig, weil ich doch viele Erinnerungen verloren habe, die in meinem Keller waren. Und das sind Dinge, die ich nicht zurückbringen kann. Mir ist vor ein paar Tagen eingefallen, dass zum Beispiel auch Fotos von alten Schulfreunden aus der Grundschule noch im Keller waren …

Was ich sehr spannend finde, ist, dass hier, in diesem großen Gebäudekomplex, wo so viele Menschen wohnen, sich recht wenige kannten. Ich bin vor anderthalb Jahren dort eingezogen und hatte auch noch einen Zettel an die Tür gehängt und gesagt: *Hey, ich bin's, der Karsten, der neue Nachbar. Ich würde mich freuen, wenn man sich mal kennenlernen usw.* Und zwei Leute hatten dann drunter geschrieben: *Hallo, herzlich willkommen.* Und in der Josef-Hardt-Allee, wo tatsächlich in der Nacht das Wasser dann auch so ungefähr 1,60 m hoch stand …da war das ganz anders.
Da merkst du so einen absolut krassen Zusammenhalt. Jeder ist für den anderen da. Das macht Bodendorf aus. Hier in der Josef-Hardt-Allee, wir sind tagelang in dem Haus meiner Partnerin gewesen, im Nachbarhaus. Auch in den anderen Häusern, ein paar Meter weiter davor oder dahinter. Man ist irgendwo entlanggegangen, hat jemanden gesehen und hat einfach mal mit angepackt oder dafür gesorgt, dass jemand, der vielleicht noch keine Hilfe hatte, welche bekommen hat.

Ich habe ein Jahr gebraucht, um über die Flut zu schreiben. Ich habe deswegen so lange gebraucht, weil ich Angst hatte, wenn ich was schreibe und veröffentliche. Also ich habe einen kleinen Blog. Das ist mein Hobby. Ich fotografiere. Das Wissen auch viele hier im Dorf und ich schreibe ganz gerne meine Gedanken auf. Aber ich hatte Angst, dass ich, wenn ich das veröffentliche, etwas möchte, wie: *Hey, schaut her, ich bin betroffen. Ich habe hier was zu sagen bzw. möchte ich was sagen. Hört mir bitte zu.*
Ganz ehrlich, ich habe in den letzten Monaten viele Erfahrungen gemacht. Ich habe von vielen Leuten, wenn ich darüber geredet habe, von manchen gehört, *das tut mir leid.* Von anderen so was gehört wie: *Ja, aber du bist doch gar nicht so schlimm betroffen. Warum redest du jetzt darüber?* Ganz viele verschiedene Reaktionen habe ich da erfahren und ich fand das schlimm, weil jemand, der nicht dabei war, der sollte darüber kein Urteil bilden dürfen. Ob ich jetzt schlimm betroffen bin oder nicht, oder ob jemand anderes schlimm betroffen ist: Niemand weiß, was einzelne Personen durchgemacht haben. Ob es die Psyche ist, ob es materieller Verlust ist, Angst, was auch immer einen da getroffen hat in der Nacht. Man sollte

den Leuten vielmehr einfach zuhören und für sie da sein. Oder wenn man das möchte, kann man ein Gespräch suchen und das offene Ohr anbieten. Und genau das ist auch der Grund, warum ich gesagt habe, ich will das jetzt nicht zu Papier bringen, weil das ist dann was, was für ewig bleibt.
Tatsächlich hat sich da was gestaut bei mir. Die ersten paar Monate nach der Flut hat man halt geholfen. War in dieser Blase gefangen. Das war so eine neutrale Blase. Weder war es positiv noch negativ. Man hatte oft Momente der Trauer und der Enttäuschung über das, was hier passiert ist, auch über die negativen Dinge, die man so miterlebt hat. Ob es menschliche Aspekte waren oder behördliche Aspekte. Dann war all das Positive da, die Helfer, dieser Zusammenhalt, diese Solidarität.
Danach habe ich mal Abstand gewonnen. Ich bin auch bewusst nicht die Ahr heraufgefahren oder habe mir die anderen Ortschaften angeguckt. Ich wollte einfach nicht all das wieder irgendwie so aufrütteln. Also zum Selbstschutz. Tatsächlich, so weit war ich, dass ich das sagen konnte. Ja, und dann näherte sich dann irgendwann der Jahrestag, jetzt am 14. Juli.
Die Medien haben das ganze Thema wieder aufgegriffen. Man hat überall wieder irgendwo etwas gehört und es kam so viel wieder hoch. Und dann habe ich mir einfach gesagt okay, versuch's doch mal, setz dich doch einfach mal hin und all das, was du jetzt fühlst, fasse das mal in Worte. Da habe ich angefangen zu schreiben und war auf einmal so richtig angefühlt. Es war auch krass für mich zu schreiben, weil diese ganzen Emotionen wieder hochkamen. Das war mir wichtig, dass ich diese Erlebnisse so formuliere, wie ich sie erlebt habe. Dass es das wirklich ist, was ich durchgemacht habe. Und ich weiß, dass es vielen anderen auch so geht oder schlimmer ergangen sein muss. Und mir hat es gutgetan, das dann doch mal rauszulassen, weil einfach so ein gewisser Druck und physischer Druck von mir dadurch gegangen ist.
Das war tatsächlich das Heftigste, was ich miterlebt habe, weil die Situation an sich eigentlich relativ normal war. Ein Mensch braucht Hilfe, die Helfer kommen, die Helfer tun ihren Dienst. Aber das, was ich dort über Funk gehört habe und worüber das Sanitäterteam gesprochen hat, das hat mir einfach so die Sprache verschlagen. In dem Moment war ich erst mal ganz gefasst, habe das einfach nur realisiert, was da gerade gesagt wurde und irgendwann, ich weiß nicht, ob das Minuten oder Stunden später war, habe ich mich gefragt, ob *ich das gerade richtig gehört habe?* Ich habe es dann meiner Partnerin erzählt und die war auch total geschockt. Hier spreche ich einfach nicht darüber.

Es ist tatsächlich so, dass bis zu diesem Zeitpunkt keiner von uns hier in der Straße wusste, da bin ich mir ziemlich sicher, was noch kommt und was schon passiert ist.
Das hat mir einfach gezeigt, wie hilflos der Mensch in dem Moment ist und was diese Menschen für ein Schicksal erlitten haben müssen, was sie für Angst gehabt haben müssen. Und das hat mir wirklich zu schaffen gemacht. Und das macht es auch jetzt noch. Das war vielleicht auch ein Grund, warum ich das nicht mehr erzählen wollte oder niemandem mehr sagen wollte: weil echt viel Schlimmes passiert ist. Viele Menschen haben sehr viel Leid erfahren müssen, haben es am eigenen Leib erfahren, haben es vielleicht mit ihren eigenen Augen und Ohren gesehen und gehört, wie ein geliebter Mensch oder Angehörige gerade in dem Moment keine Hilfe mehr bekommt und man einfach machtlos ist.
Mir geht sowas sehr nahe, weil ich mich in die Situation versetzen kann. Vielleicht bin ich zu empathisch, ich weiß es nicht. Da brauche ich manchmal einen Schutz vor all dem. Der Mensch ist nicht dazu gemacht, so viel Leid ertragen zu können.
Das ist vielleicht auch ein Grund, warum ich dann nach einem Jahr gesagt habe, jetzt zum Jahrestag hin schreibe ich das alles auf, ich lasse das mal raus, weil vielleicht auch andere Menschen das genauso erlebt haben und immer noch fühlen wie ich. Die es vielleicht nicht schaffen, das mal auszusprechen. Vielleicht haben sie auch keinen, der zuhört? Vielleicht möchten sie nicht reden, sondern möchten viel lieber schreiben und haben da irgendwie eine Blockade oder haben genau das Gleiche gemacht wie ich, dass die das einfach nicht wollten und konnten.

Am Anfang hat mir die Musik sehr geholfen und eigentlich die Tatsache, dass ich dazu in der Lage war, ob es aus finanziellen Gründen ist oder aus körperlicher Kraft oder aus dem Willen, nach vorne zu blicken.
Ich habe im September letzten Jahres aus dem Fenster schauend das gesehen, wie es bei uns in der Straße aussah, das Nachbarhaus und immer noch dieser Schmutz auf den Straßen und ständig dieser Lärm. Und habe dann angefangen an einem Track zu basteln. Ich mache elektronische Musik. In diesem Track stecken diese Emotionen drin. Das hatte ich so gar nicht geplant und nach ein paar Tagen ist mir das erst mal aufgefallen: Ich habe gerade Musik genutzt, um das zu verarbeiten.

Ich glaube, es geht jetzt vielen noch so, dass sie gerne nach vorne blicken würden, aber viele sehen kein Ziel. Und vielleicht ist es gar nicht wichtig, dass man ein Ziel hat. Manchmal sagt man auch: der Weg ist das Ziel. Aber was ist denn jetzt gerade der Weg? Was möchte ich denn? Was kommt jetzt noch auf mich zu? Bekomme ich Hilfe? Unterstützung? Kann ich in mein altes Haus zurück? Ist die Gefahr gebannt oder ist die Gefahr noch da, dass es wieder passieren könnte? Das ist für viele und auch für mich aktuell erst mal wichtig rauszufinden. Was will ich denn? Was erwarte ich denn im Moment überhaupt?

Was sich auf jeden Fall geändert hat, ist mein Blick auf materielle Dinge. Es war vorher so, dass, wenn ich mir was gekauft habe, sei es Unterhaltungselektronik oder Musik, was auch immer, ich das Geld nicht zum Fenster rausgeschmissen habe und ich habe immer gesagt: *okay, das hätte ich jetzt gerne, das brauche ich jetzt, aber ich bin immer sehr sorgsam mit den Dingen umgegangen.* Jetzt ist es so, dass ich diese Sachen habe, aber weniger Bedeutung da drinsteckt, weil ich gelernt habe, wie schnell man alles verlieren kann und wie schnell Dinge einfach weg sein können. Dann ist doch die Frage, was bleibt? Und was dann im Endeffekt bleibt, ist Freundschaft, Zusammenhalt, Familie. Wenn man Glück hat, auch noch eine gute, starke Nachbarschaft. Was bringt dir ein teures Auto, wenn es in der Flut zerstört ist? Was bringt dir ein großes Haus mit tollem großem Garten, wenn du es nicht mehr nutzen kannst? Und wenn keine Nachbarn und Freunde da sind?
Wenn du etwas hast, was dir guttut, dann teile es doch mit anderen. Ob es dein Hab und Gut ist, ob es da eine Freude ist oder was du gerade erfahren hast oder was dich glücklich gemacht hat. Das nur für sich zu behalten, finde ich egoistisch. Man sollte die Dinge teilen, auch wenn es um Emotionen geht, zum Beispiel.

Das hat sich auf jeden Fall seit der Flut geändert.

Karsten Janotta
Juli 2022

Nachtrag im Juli 2023:

Seit dem ersten Jahrestag der Flut 2022 hat sich vor allem eins geändert: Mein Umgang mit dem Konsum von Nachrichten. Ich habe erst alles an Informationen reduziert und dann seit September 2022 gar nichts mehr gelesen oder gesehen. Ich schreibe weiterhin Texte, aber habe alle Veröffentlichungen offline genommen. Ich mache weiterhin Musik, aber auch „Afterlife" ist mittlerweile offline. Ich komme mit diesen Erinnerungen nicht mehr gut zurecht.
Ich fokussiere mich aktuell „nur noch" auf die Fotografie. Und drücke mich über diese Kunstform aus. Zudem singe ich sehr viel. Musik gibt mir weiterhin sehr viel Kraft. Musik ist meine Psycho-Hygiene.

sehnsucht

nach
sinn
nach
biographischem verstehen

sehnsucht
nach einem körper ohne
schmerzen ohne
erschöpfung ohne
entzündung

sehnsucht
nach ausatmen und nach
auszeit

sehnsucht
nach vernunft nach
menschen und behörden ohne flutdemenz

sehnsucht
nichts zu suchen
nichts zu bereuen
nichts zu tun

Das musste man lernen. Irgendwie in dem Chaos, dass man nicht warten kann, bis das vorbei ist, sondern dass man zwischendrin auch weiterlebt. Man muss weiterleben, weiter Freude haben. Kleine Freuden. Man kann eine Blume betrachten oder mal den Kopf in den Nacken legen und sagen: „Sind das tolle Wolken!" Oder Musik hören. Wenn's auch nur kurz ist. Aber dann mit Hingabe.

Hildegard Ginzler
Sinzig

„Wir haben eine Katastrophe *de luxe* erlebt"

Hildegard Ginzler

Hildegard Ginzler arbeitet als Journalistin in Sinzig. Sie war selber von der Flut betroffen: „Die ganze Wohnung im Erdgeschoss war im Eimer und Keller und Garage und alles, was drin war." Ich lerne sie durch gemeinsame Freunde kennen und sie besucht mich in Bad Bodendorf an einem sonnigen Tag 2022. Wir sitzen auf der Terrasse und ich spüre diese Freude, die ich vor der Flut nicht kannte – als Betroffene mit einer Betroffenen zu sprechen.

Ich war bisher nie Betroffene. Das ist mir auch zu Bewusstsein gekommen, dass diese Art Katastrophen eigentlich immer weit weg waren. Naturkatastrophen, aber auch Krieg. Wir leben in einem der reichsten Länder der Welt, und das ist schon eine Art Ungerechtigkeit. Wir werden da hineingeboren, ohne etwas dazu getan zu haben. Wir haben ein funktionierendes Gesundheitssystem, wir leben in einer Demokratie, wo also wir nicht durch Willkür von oben geknechtet werden. Und normalerweise sind die großen Naturkatastrophen, Vulkanausbrüche, Überschwemmungen, Erdbeben in Lateinamerika, in Indien, in Afrika, in Indonesien, aber nicht hier. Ein bisschen finde ich schon, vom Empfinden her, dass es jetzt irgendwie eine ausgleichende Gerechtigkeit ist. Wie kann man erwarten, dass das immer so weitergeht. Das es die anderen trifft, uns aber nicht?

Noch mit der Flut haben wir eine Katastrophe *de luxe* erlebt. Wir hatten immer zu essen, wir hatten immer genug anzuziehen, weil uns Freunde alles geschenkt haben oder Helfer von Fern herkamen. Leute haben gesammelt. Also wir haben keine körperliche Not gelitten, bis auf den Schock, der auch körperliche Auswirkungen zeitigt.
Ich äußere das nur bei Menschen, die ich entweder so weit kenne, dass ich weiß, sie denken auch differenziert und sind sich bewusst darüber, dass man auch widerstreitende Empfindungen haben kann. Natürlich habe ich auch gelitten unter der Situation in unterschiedlichster Weise. Aber diese Gedanken kamen mir sehr schnell, muss ich sagen.
Wenn ich mir vorstelle, ich würde in einem Land leben, wo meine Kinder Zwangsarbeiter wären, weil die Familie Schulden hat und deswegen müsste ich die Kinder von der Schule nehmen und sie müssten irgendwelche Ziegel aufschichten und nicht mal diese Verträge würden eingehalten. Die Kinder, die ganze Familie hat eigentlich nie richtig satt zu essen. Sie haben keine Bleibe, wo sie richtig geschützt sind vor den Temperaturen und auch nicht genug Platz, um Intimsphäre zu haben, um lernen zu können, kreativ zu sein usw.
Das hatten wir hier die ganze Zeit.

Wir wohnen jetzt im ersten Stock unseres eigenen Hauses. Über der Baustelle. Es war auch eine Beruhigung für mich, immer im Haus zu sein. Im eigenen Haus. Ich habe die Menschen bemitleidet, die immer erst von ihrer Notunterkunft anreisen mussten. Wir waren zur Stelle. Wenn ständig Handwerker und Helfer kamen, konnten wir das immer irgendwie kanalisieren und darauf reagieren. Sofort. Das habe ich als hilfreich empfunden.

Als ich das ganze Wasser am Morgen nach der Flut sah, da waren zwei Dinge sofort da. Zuerst ein wahnsinniges Erstaunen, also ein unglaubliches Staunen. Der Schreck war da in dem Moment gar nicht so stark, der Schreck kam in der Nacht und dann war ich mir aber schon darüber im Klaren, dass das jetzt für uns ein Desaster bedeutet. Und für alle Menschen drumherum natürlich. Da dachte ich, jetzt musst du mal überlegen, ob du schon mal was Schlimmeres erlebt hast, dann könntest du das relativieren. Da sind mir zwei schlimmere Dinge eingefallen. Einmal, als ich mir schreckliche Sorgen um einen meiner Söhne gemacht habe. Und auch ein schlimmer Liebeskummer war schlimmer als das Naturereignis. Das hat mir dann geholfen in dem ersten Moment. Später bin ich dann nicht mehr darauf zurückgekommen.
Wir hatten um Viertel nach 11 Uhr am Abend des 14. Juli einen Feuerwehrmann an der Tür, der sehr ruhig sagte: *„Wasser wird kommen. Sie können aber noch was aus dem Keller holen. Nur versprechen Sie, nicht im Keller zu bleiben."* Da ich nie nachts im Keller bleibe, habe ich mir so ein bisschen das Lachen verkniffen und das dann versprochen. Mein Mann war schon zu Bett gegangen. Der ist dann aufgestanden und wir sind in unserer Straße zu einem Glascontainer gegangen, weil das so ein offener Platz ist als Verbindung zu dem Fußgänger- und Radweg an der Ahr. Da standen schon mehrere andere Leute, um zu schauen, ob man erkennen kann, wie weit das Wasser kommt. Da sah man auch Wasser. Aber das war nicht hoch, sondern das kroch quasi über den Boden. Ich habe mich auf eine Stelle konzentriert und gesehen, dass es innerhalb von paar Sekunden zehn Zentimeter vorangekommen war. Da wurde mir schlagartig klar, das geht nicht gut.
Ich habe zu meinem Mann gesagt: „Lass uns nach Hause gehen, das bleibt nicht im Keller." Wir drehten uns um und sind vielleicht 50 Meter gegangen. Bis zur nächsten Straßenlaterne. Da ging schlagartig die Straßenbeleuchtung im ganzen Viertel aus. Da dachte ich, wenn ich einen Horrorfilm drehen würde, wäre das ein guter Regieeinfall für eine Apokalypse, schon mal das Licht abzustellen. Dann gingen wir nach Hause, haben uns noch ganz kurz auf unser Sofa gesetzt und einen Schluck Rotwein getrunken.

Dann hörte ich das komische Geräusch von der Terrassentür her. Da kam Wasser aus dem Garten der Nachbarn. Aber kein Rinnsal, sondern flächendeckend von deren Garten in unsere Richtung. Also braunes Wasser. Und da war ich geschockt und habe das meinem Mann so halb schreiend mitgeteilt. Der dachte nur an seine Motorräder in der unter Hofniveau liegenden Garage. Ich sollte helfen, die Motorräder mit rauszuschieben. Ich wollte nicht, aber ich befürchtete, dass er es dann auch allein gemacht hätte und er hätte ausrutschen können und ich ihn im Dunkeln aus dem braunen Wasser nicht hätte retten können.
So habe ich also geholfen. Inzwischen kam das Wasser auch von der Straßenseite. Wären wir auf dieser niedrigen Ebene geblieben, wären wir von dem Wasser nach ein paar Sekunden eingeschlossen gewesen. Das war aufregend. Danach sind wir beide, ohne miteinander zu sprechen, durch die Wohnung gegangen. Ich habe meine Handtasche genommen. Das Stammbuch. Sachen, die mit der Bank zu tun haben. Alles in meine Handtasche geknallt, dann den Impfpass gesehen, auch noch reingetan. Dann bin ich noch einmal mit dem Arm an der Garderobe vorbeigegangen, mit dem Gedanken „Jacken wird man auch später noch brauchen". Aber leider nicht an die Schuhe gedacht. Und bin dann mit meinem Mann in den ersten Stock gegangen.
Wir haben uns erst oben die Beute mitgeteilt. Er sagte stolz: „Ich glaub, ich habe die PCs gerettet". Also da war auch schon Wasser da. Und ich sagte, „Hier sind die Dokumente". Dann sahen wir einen Nachbarn auf der gegenüberliegenden Straßenseite mit der Taschenlampe in der Haustür, der stand und schrie *Aaaaaaah!* So ganz hohl und verzweifelt. Und ich wollte ihm aus dem Fenster herausrufend mitteilen *„Wir sind ja auch da. Ja, ist schlimm."* Irgendwie ihm spiegeln, wir finden das auch unfassbar, Verbundenheit signalisieren. Er konnte uns aber nicht hören, wegen der Ahr, die dahinter tosend laut dahinschoss. Das war schrecklich.

Im Nachhinein habe ich erfahren, dass vorher Nachbarn zu ihm und seiner Frau gekommen waren und beide, weil sie schon älter sind, mitnehmen wollten zu sich ins Haus. Die Frau ist mitgekommen, der Mann aber nicht. Und nun hatte er wahrscheinlich Not. Was ist mit seiner Frau? Und überhaupt diese Situation, die man ja gar nicht einordnen kann. Und ja, er war schon in einer furchtbaren Verfassung, ist dann auch am übernächsten Tag gefallen ... Er war ganz neben der Spur, wie man so sagt. Aber jetzt geht es ihm, glaube ich, auch wieder besser. Und dann dieses Gefühl. Man wusste nicht, wie weit das Wasser hochsteigen würde. Wir haben uns ins Bett gelegt. Wir hatten Gott sei Dank unser Schlafzimmer oben. Und ich fragte dann jede halbe Stunde. *Sollen wir nicht doch noch höher gehen?* Also ins Dachgeschoss. Die Möglichkeit hätte es gegeben, aber wir waren so müde, so aufgeregt, sind abwechselnd gucken gegangen, wie viele Treppenstufen das Wasser jetzt in Richtung erster Stock kommt. Der Höhepunkt war dann ungefähr um 5.30 Uhr, dann ist das Wasser nicht mehr gestiegen.

In der ersten Zeit nach der Flut, da waren wir alle so froh, dass wir am Leben waren und die anderen auch. Da ist man sich so um den Hals gefallen und Leute, die man eigentlich kaum kannte oder nur gegrüßt hatte, die kennt man dann alle mit Vornamen und weiß ganz viel über die und hat sich Sachen ausgeliehen. Es war also auf einmal eine viel größere Verbundenheit da. Ich hatte direkt Angst, dass das, was sehr schön war, dass das auch ganz schnell wieder weggehen würde. Zum Teil ist es so, aber zum Teil ist es auch geblieben. Jetzt grüßt man sich mit viel mehr Nachbarn, man bleibt bei viel mehr unterschiedlichen Leuten stehen und fragt, wie es geht oder bringt mal was vorbei, ruft sich was Freundliches zu. Also das hat sich nicht ganz aufgelöst.

Was mir jetzt Sorge macht, ist, wie wird nun Vorsorge getroffen vor weiteren Überflutungen? Dadurch, dass die Ahr ein Gebirgsfluss ist, ist sie unberechenbar. Das habe ich in der Bedeutungstiefe erst nach der Flut richtig erfahren. Im Gegensatz zu den großen Flüssen wie dem Rhein oder der Donau, die langsamer steigen – und da ist das eingeübt, wie man auf den Notfall reagiert, das ist ein ganz bestimmter Takt des Vorgehens, das sieht man schon in Remagen bei den Bewohnern, die bleiben ganz ruhig. Dann fahren sie mal ihre Autos weg und ergreifen nach und nach bewährte Maßnahmen.
Bei den Gebirgsflüssen ist es eben anders. Die werden von diesen unzähligen Rinnsalen und Bächen aus der Höhe gespeist, die dann jeder für sich eben nicht mehr kalkulierbar sind und zusammen erst recht nicht. Ich meine, dass man jetzt also über die Mittelahr hinausgehend, bei jedem dieser möglichen Zuflüsse irgendwie ein Rückhaltereservoir oder eine Rinne, eine Abzweigung oder so etwas schaffen müsste.
Man denkt auch über sich selber nach. Ich bin sehr vergesslich geworden. Ich bin nicht nicht mehr so konzentriert seitdem. Ich bin dünnhäutig, wenn etwas passiert, was mir zusetzt. Es fällt mir viel schwerer, da eine Distanz zu haben. Und insgesamt hat man das Gefühl, dass man irgendwie schneller gealtert ist und dass da vielleicht noch was kommt.

Ich habe etwas gelernt. Teils kann ich es noch nicht praktisch umsetzen, aber ich weiß, dass es wichtig ist in diesem anstrengenden Leben, was wir ja auch haben, jeden Tag.

Die Geräusche, die Gerüche, der enorme Staub waren am Anfang eine unglaubliche Belästigung. Wenn wir aus der Etagenwohnung das Treppenhaus betraten, wenn die Tür schon nur so einen Spalt aufging, dann kam einem wieder dieser furchtbare Gestank entgegen. Bis es nach Monaten getrocknet war. Jetzt fangen einige Leute erst an, richtig bauliche Maßnahmen zu ergreifen. Nach dem Frühstück ist das erste Geräusch, was wir hören, Piep, piep, piep, piep. Das ist dieser Signalton der Bagger, die entweder etwas wegräumen oder etwas transportieren. Das nervt. Und den ganzen Tag über, irgendwas, Sägen, Stemmen, Verkehr … Der LKW, der den Mutterboden für den Garten bringt, macht eben mal die Treppe kaputt. Ich rege mich auf. Mein Mann sagt, das ist mir scheißegal (weil die Treppe eh unterspült war und eine neue hinmuss). Das ist alles anstrengend.
Und die vielen Entscheidungen. Mein Mann sagte, wir müssen so viel entscheiden, was wir sonst in zehn Jahren nicht entschieden haben. Soll die Wand da weg, wo soll die Tür hin, wie breit soll die sein? Sollen wir die Dusche seniorengerecht machen? Sollen wir noch mal diese eingebaute, jetzt zerstörte Schrankwand rekonstruieren oder zwei Schiebetüren einsetzen? Welche Farben? Die Fliesen, welchen Maler … immer weiter. Das ist bei jedem so und bei manchen ganz schlimm, die eben noch drauf warten, ob sie wieder aufbauen können. Dann will man auch nicht klagen. Aber wenn jemand kommt und unbefangen sagt: *„Na, ist alles wieder gut"*, dann möchte man darauf manchmal gar nichts antworten.

Da gab es Tage, da wollte ich nur mit Betroffenen zusammen sein, konnte keinen anderen irgendwie ertragen. Manchmal sagt man auch gar nichts. Die Männer trinken meistens ein Bier. Und ständig wird Kaffee getrunken. Dann sitzt man da und dann geht das auch manchmal so wie bei den alten Leuten: *Ach ja, ist schon alles Mist ...Es wird aber wieder ... Ja, stimmt.* Da kann man sich manchmal auch drin wohlfühlen.

Sinzig ist schon lange eine pluralistische Stadt. Da gibt es schon früh die Gruppe Italiener, die wegen der Arbeit hierherkamen, weil hier auch ein bisschen Industrie ist, das Fliesenwerk. Dann gibt es Portugiesen, eine eigene Gruppe. Die sind in den 1960ern, glaube ich, nach Sinzig gekommen. Sinzig liegt auch am Rhein. Der Rhein ist halt die große Straße, die

verschiedene Menschen verbindet und Anbindungen schafft. Es ist sicher überzogen, aber mir kam es so vor, dass die Flutbetroffenen in Sinzig Randständige waren, dass die betroffenen Gebiete von der Mehrheit der Nichtbetroffenen wie die Gegend von Parias, wie die Slums gesehen werden. Ich habe diese Unterstützung durch kostenloses Essen, das organisiert wurde, erfahren, das nennt sich ja offiziell Versorgungsstation. Ich habe dann so spaßeshalber gesagt: *„Wir gehen wieder zum ‚Armen-Essen'"*. Ja, also ich hatte oft das Gefühl, dass die Sinziger, die weg von der Flutschneise wohnten, die nichts damit zu tun hatten, dass die sich auch zum Teil nicht damit befasst haben. Das war manchmal schon schräg, hatte etwas Kränkendes, während von weit her, von überall her Menschen kamen, die ja überall geholfen haben. Drei Missionarinnen aus Thüringen haben singend die Tapete abgerissen und aus dem Norden kam jemand, der war beruflich in Koblenz, hat dann davon gehört, ist sofort gekommen. Der hat die Türen und Zargen mit rausgerissen. So viele waren da.
Auch von der Straße kamen Leute mit Lieferwagen und sagten etwa: *„Hier, können sie Eimer gebrauchen?" „Ich sagte, ja, vielleicht einen."* Manche haben gesagt, dann nehmen sie zwei, und dann wurde einem etwas zusammengestellt, weil die besser wussten, was man braucht als man selber, weil man ja noch mit dem Bewusstsein von vorher handelte, dass man nichts haben möchte, was einem nicht zusteht, dass man nichts verschwenden möchte. Diese spontane Hilfe, die Zugewandheit, das war also das Tollste. Für ein Moment lang, wie eine Utopie, die wahr wurde. Alle Menschen werden Brüder, also unglaublich.
Ich habe auch meine Hemmungen verloren. Ich habe dann einfach einen Baggerführer angesprochen. *„Das war toll, was Sie machen. Und ich bin Hilde."* Dann sagte er: „Ich bin Stephan". Ich dann, direkt zum Punkt kommend: *„Stephan, es wäre irre gut, wenn du bei uns im Garten vielleicht auch noch was von dem Lehm rausholst."* Also ich stand dann so neben mir und dachte: *„Wer ist das? Was für eine Hilde ist denn jetzt das?"* Aber ich war auch belustigt irgendwie. Man hat sich selbst auch noch mal um ein, zwei Facetten anders kennengelernt.

Die Ahr sieht jetzt interessant aus, also nicht gerade schön, aber ich war ihr auch nie böse. Also das ist ein Fluss, der läuft, wie er läuft und mal so, mal so, Ich wundere mich eigentlich eher über die Menschen, dass das so vergessen werden konnte. Das Hochwasser von 1804 und 1910. Ich war vor Jahren in einer Ausstellung in Ahrweiler, da ging es um das Ahr-Hochwasser und ich empfand mich als sehr empathisch, habe mir die Bilder angeguckt, ich habe gesagt: *„Ach, wie schrecklich."* Aber erst jetzt, als ich mir die

Fotos erneut angesehen habe, habe ich verstanden, was das war. Also das Vorher war nur so ein Scheinverständnis von außen. Ich wusste gar nichts. Ich habe wohl die dramatische Konstellation wahrgenommen auf den Bildern. Jetzt aber habe ich gewusst, wie sich das anfühlt. Ich habe die Leute im Wasser gesehen und es war plötzlich alles ganz nah und ein wirkliches Verständnis war da. Und auch, wie sich alles wiederholt hat. Auch damals haben in Deutschland überall Menschen gespendet.
Auch damals wurden Postkarten gedruckt von den kaputten Brücken und verkauft, um den Erlös den Betroffenen zugutekommen zu lassen. Solche kleinen Maßnahmen waren da auch. Von behördlicher Seite ist da viel Unterstützung gekommen.

Was ich noch spannend fand, teils erschreckend, teils aber auch einfach wirklich sehr interessant: was mit meinem Kopf passiert ist. Ich hatte für mich schon mal so einen Begriff gefunden: „Flut im Kopf". Also mir sind an manchen Tagen so alte Hits durchs Hirn gerauscht, Oldies, Werbung. Oder Stellen aus Büchern. Ganz viele aus ganz vielen verschiedenen Büchern oder Urlaubsorte. Und auch Bibelzitate und so Sprüche, jede Menge Sprüche. Das lief automatisch. Ganz merkwürdig. Als ob das Hirn noch mal versucht hat, so ein Setup zu machen, was ist noch da? Ist das wichtig? Ist das interessant? Das hat mich dann teils amüsiert, als ich dachte: *„Ja, guck mal an, was für ein Zauber da oben los ist und das alles ohne Drogen, so von der Flut aufgequirlt …"*
Das fand ich interessant und das habe ich aber auch fast kaum jemandem erzählt, weil ich da schon fürchtete, dass man dann gedacht hätte: *„Jaja, jetzt hat sie wirklich einen größeren Schaden als ihr selber bewusst ist."*
Das empfand ich als etwas sehr Intimes, wie auch manche Träume, die ich gehabt habe. In den Tagen nach der Flut gab es zwei grauenhafte Träume. Die habe ich nur meinem Mann erzählt und einer sehr guten Freundin. Das Fluterleben hat einen von unten aufgerollt. Es war vermutlich Todesangst da, ohne dass man sich das eingestanden hat … Ich denke, der Mensch ist ein wunderbarer, komplexer Apparat, Geist, Seele, Körper. Man kann viel wegdrücken, aber es kommt dann doch anderswo wieder hoch. Die Flut, vielleicht war sie schon für etwas gut, aber ich würde das niemals stellvertretend für eine größere Gruppe Menschen sagen. Ich würde sagen, ich habe an mehreren Stellen entdeckt, dass ich da dran vielleicht wachsen kann in der einen oder anderen Beziehung. Ich habe über manches gestaunt. Was mir, glaube ich, geholfen hat, waren so gütige Gedanken. Was eigentlich alle Religionen im Kern wollen, dass die Menschen friedlich miteinander leben, dass sie geduldig miteinander sind, dass sie sich helfen, dass

Aussehen nicht wichtig ist und was einer erreicht hat, was man so an der Oberfläche sieht, sondern dass einfach jedes Leben seine Berechtigung hat und man das schützen und unterstützen soll. Dass man das viel mehr machen soll, dass dafür wahrscheinlich das Leben da ist, um mehr zu lieben und mehr zu helfen und Gutes zu hinterlassen. Also das ist jetzt bei mir kein neuer Gedanke.
Ich habe schon, als mein Vater starb, sehr stark empfunden, dass, obwohl ich mich in meiner Jugend unterdrückt fühlte durch meinen autoritären Vater, dass ich hinterher gerührt war, wie viel Gutes er in die Welt gegeben hat, das konnte ich auf einmal ganz klar sehen und dachte: *Ja, da muss ich auch noch weiter arbeiten.* Und das muss ja jeder für sich sehen. Also für manche ist das vielleicht zu viel, sich so Gedanken zu machen. Die sind vielleicht dann eher auf der tätigen Schiene weiter, empfinden das als vordringlich. Aber ich habe auch alles mitgemacht, Steine geschleppt und gehämmert und immer wieder sauber gemacht. Die ersten Wochen dachte man, die Arme fallen einem ab. Ich lag im Bett. Und alles tat dann weh vom Muskelkater. Mein Mann, der eigentlich handwerklich supergut ist und früher ganz viel Kraft hatte, der hatte auch nicht mehr dieses Training und ich als Schreibtischtier schon gar nicht.

Wir hatten eine schöne Möglichkeit, manchmal bei meiner Schwägerin abends rauszukommen, zu duschen und zu essen, die wohnt ein paar Orte weiter. Sinzig lag zeitweilig in so einer rötlich-braunen Dunstglocke, von dem ganzen Staub, weil nur die Brücke von Bodendorf befahrbar war. Da fuhren die ganzen Schwerlastfahrzeuge, Krankenwagen, Polizei und Bagger durch die Landskroner Straße und dann über den Berg. Es hat sich gestaut, so wie ein Smog, wie so eine Glocke, so ein Dunst.
Wenn wir die Stadt verließen, dann war auf einmal alles weg. Da machte ich nach zwei Kilometern das Fenster im Auto auf und es wurde richtig Luft geholt. Das war das Paradies. Auf einmal breitet sich auf der Höhe vor Königsfeld weit die Landschaft aus. Da habe ich zu meinem Mann gesagt: *Guck mal, alles noch da, so schön,* weil irgendwie war man so gefangen, in dem Dreck und Chaos. Danach haben wir entschieden, dass sonntags nichts mehr gemacht wird. Werktags ging es rein, raus. Wenn Leute sonntags kommen wollten, haben wir gesagt: Nein, sonntags wollen wir allein sein und schlafen oder meine Mutter besuchen und Leute, mit denen wir sehr verbunden sind …

Und das musste man lernen. Irgendwie in dem Chaos, dass man nicht warten kann, bis das vorbei ist, sondern dass man zwischendrin auch weiterlebt. Man muss weiterleben, weiter Freude haben. Kleine Freuden. Man kann eine Blume betrachten oder mal den Kopf in den Nacken legen und sagen: „Sind das tolle Wolken." Oder Musik hören. Wenn's auch nur kurz ist. Aber dann mit Hingabe.

Hildegard Ginzler, Sinzig
Mai 2022

Nachtrag:
Im Oktober 2022 sind wir aus der „Notwohnung" im ersten Stock wieder ins Erdgeschoss gezogen. Vieles müssen wir noch in Ordnung bringen. Aber wir blicken wieder ins Grüne im Garten nach fast zwei Jahren Ödnis. Auch das haben wir Helfern zu verdanken. Ohne die helfenden Menschen, Freunde und von Fern her Kommende, wären wir verloren gewesen.

Nichtwissen

Ich glaube, ich bin in mancher Hinsicht viel sensibler geworden. In Bereichen, die ich nicht kannte. Vielleicht auch verletzlicher. Dieser lange Modus des Reparierens macht etwas mit mir. Dieses Nichtwissen, wie es enden wird. Ich merke, wie schwierig es für mich ist, lange in diesem Nichtwissen zu verweilen. Manchmal werde ich sehr reizbar. Ich merke, wie viele Menschen nicht wissen, was sie uns sagen sollen. Ich weiß noch nicht, wozu diese Sensibilität gut ist. Manchmal habe ich den Gedanken, dass die Flut jetzt eine Vorbereitung ist, für eine neue Zeit, die beginnt.... Aber ich lasse diesen Gedanken einfach stehen.

TRAUN
ücke
passiert
alle

Ich glaube, am Schwierigsten für mich, nach wie vor, ist der Verlust von Freunden und Bekannten, die gestorben sind. An die denke ich sehr häufig. Auch die Art und Weise, so ums Leben zu kommen, ist eine grausame Vorstellung.

Stephan Maria Glöckner,
Bad Neuenahr

TRAUMATAL.

„Ich finde es schlimm, dass dieses Tal so nachhaltig zerstört ist."

Stephan Maria Glöckner

Stephan Maria Glöckner kennt im Ahrtal fast jeder. Der Musiker und Künstler aus Bad Neuenahr, der durch die Flut stark betroffen wurde und jetzt woanders wohnt, spricht mit seiner Gitarre, persönlichen Texten, Worten und sanfter Ausstrahlung vielen aus der Seele. Sein Bild „TRAUMATAL" wird eine Metapher für das Erleben der Menschen im Ahrtal – und wird auch Titelbild der Ausstellung #AHRt im ARP-Museum, Rolandseck, die 2022 zum Jahrestag der Flutkatastrophe eröffnet wurde. Wir treffen uns und sprechen miteinander im ARP Museum.

Ich habe manchmal das Gefühl, dass diese Ruhe nach der Flut irgendwann nochmal richtig hochkommt. Was es langfristig mit mir gemacht hat, ob ich beispielsweise traumatisiert bin, weiß ich noch nicht, weil ich immer aktiv bin. Und das lenkt natürlich davon ab, dass man sich auch innerlich diese Fragen selber stellen muss.
Wenn man allein in der oberen Etage hängt, sieht das Wasser direkt vor den Füßen und denkt, wie komme ich jetzt auf's Dach und wie geht es weiter? Und ich habe weder zu essen noch zu trinken, keinen Strom, kein Wasser. Ich bin erstaunlich ruhig geblieben, aber ich weiß eben nicht, was das psychisch mit einem macht. Also ich sage jetzt mal ehrlich: keine Ahnung, ob ich traumatisiert bin, denn ich fühle mich gut. Manchmal kommen solche Dinge ja auch erst viel, viel später raus.
Ich war zu Hause und habe alles, was ich an Kunst, Musik und an Erinnerungen hatte, aus dem Keller nach oben geräumt, nicht wissend, dass es dort zwei, drei Stunden später komplett geflutet würde. Niemand wusste, wie schlimm es wird. Mir fallen auch jetzt noch immer Dinge ein, wo ich sage: Ach, wo war das noch mal. Ach nee, auch kaputt. Auch kaputt. Auch kaputt … Ist schon viel verloren gegangen. Aber ich bin eben auch ein sehr spiritueller Mensch und deswegen denke ich mir, wir können am Ende eh nichts mitnehmen, wir sind geistige Wesen und dann das ist nur Material, dann machen wir was Neues.
Ich glaube, Ablenkung hilft ja immer, aber man muss vorsichtig sein mit dem Umgang mit Ablenkung. Wenn man sich nur noch ablenkt, so dass du gar nicht mehr zu dir selbst kommst, ist das nicht gesund. Aber Ablenkung ist grundsätzlich natürlich gut. Ich kenne auch Menschen, die sitzen zu Hause seitdem und sind hochdepressiv und kommen gar nicht mehr so richtig auf die Beine. Das finde ich schlimmer. Das möchte ich nicht. Ich kann nur anderen helfen. Das tue ich auch nach Kräften, da wo es geht. Wenn wir Künstler irgendwie etwas zu tun haben, sind wir ja froh.

Ich glaube, am schwierigsten für mich, nach wie vor, ist der Verlust von Freunden und Bekannten, die gestorben sind. An die denke ich sehr häufig. Auch die Art und Weise, so ums Leben zu kommen, ist grausam. Ich finde es schlimm, dass dieses Tal so nachhaltig zerstört ist. Ich bin da aufgewachsen, ich kenne mich aus und ich erkenne jetzt so viele Dinge nicht mehr wieder. Vieles sieht so anders aus. Da, wo ich meine Kindheit verbracht habe, am Weinberg, gab es wunderschöne, sehr romantische und idyllische Auen, die sind einfach nicht mehr da. Ja, so etwas macht was mit mir, wenn man spazieren geht, wenn man mit dem Fahrrad fährt und man erkennt teilweise die eigene Heimat nicht mehr. Die Zerstörung, die ist nachhaltig. Das dauert viele Jahre und es wird auch nie wieder so sein, wie es war. Es wird halt anders. Aber das ist die Veränderung im Leben.
Wir sind in einer Zeit und in einer Situation großgeworden, wo wir materiell unglaublich versorgt sind. Wir kannten kaum Mangel in dem Sinne. Also meine Eltern und Großeltern, die haben ja noch den Krieg erlebt, aber wir nicht. Krassen Mangel haben wir nicht gehabt. Und obwohl ich als Kind auch noch auf Dinge verzichten musste im Vergleich zu vielen jungen Menschen heute, finde ich es so wichtig, sich mal im Klaren zu sein darüber: was wollen wir eigentlich? Das Materielle, das begleitet uns im Leben, aber das befriedigt uns nicht. Innerlich, spirituell müssen wir einen ganz anderen Weg suchen. Wir müssen wieder lernen, miteinander zu tun zu haben. Wir Menschen müssen mehr auf uns gegenseitig aufpassen.
Alles, was passiert, hat immer zwei Seiten, egal ob es positiv oder negativ bewertet wird. Nach der Flut gab es eine weitere Flut von Helfenden, von Solidarität, von Neuausrichtungen, von unglaublich intensiven zwischenmenschlichen Kontakten. Und das ist ein Riesenvorteil und ganz wichtig, finde ich, für unsere Seelen. Ich hoffe, dass das nicht nachlässt. Ich meine, viele helfen, viele sind jetzt weg und wir müssen wieder selber gucken. Aber ich glaube, wir haben was dazugelernt. Wir haben wieder gelernt, was entscheidend ist im Leben. Hoffentlich.
Ich erzähle oft über die Nacht. Ich gehöre zu den Menschen, die nicht am Schlimmsten betroffen sind. Also abgesehen von den Verstorbenen und von den Verletzten. Ich habe in meinem Bekanntenkreis ganz schlimme Fälle. Menschen, die wirklich alles verloren haben. Auch Künstlerkollegen. Oder auch Menschen, die einfach gar keine Perspektive mehr haben. Ich kann für mich ganz gut sagen, es geht weiter. Wenn wir jetzt da nicht wohnen, dann wären wir woanders. Wenn wir da nicht mehr wohnen können, dann finden wir wieder was. Aber es gibt alte Menschen, die können sich

gar nicht vorstellen, irgendwas anders zu machen als gewohnt. Und die tun mir schon sehr leid.
Ich bin sehr katholisch erzogen worden. Ich bin immer noch in der katholischen Kirche, aber heute eher agnostisch. Es ist irgendwas da, was tief in uns ist, was uns unsere Rückverbindung schafft zum Ursprung von allem. Davon bin ich fest überzeugt. Ich persönlich glaube, dass alles geistig ist. Ja, auch die Materie ist ja nichts anderes als eine mit Informationen aufgeladene Energie, die wir als Materie akzeptieren.

Es ist etwas passiert, was so noch nie in der Intensität unser Leben verändert hat. Und dann reagiert man einfach nur, ohne zu überlegen, wo wird Hilfe gebraucht? Was brauchen wir jetzt? Was kann ich tun? Wen muss ich anrufen? Zu wem muss ich gehen? Was muss ich als nächstes tun? Das ist alles sehr unüberlegt gewesen. Und diese ersten Schritte waren aber eine unglaublich intensive und spannende Erfahrung für mein Leben. Zu sehen, dass es auch in so einer Situation irgendwie weitergeht.
Da gab es Schritte, die mich selbst überrascht haben. Wir hatten einen Auftritt mit der Band in der Nähe von Berlin. Der war durch die Pandemie schon mal verschoben worden, für ein Jahr. Das war zehn Tage nach der Flut. Wir waren mitten im Schlamm, mitten in der ganzen Aufräum-Aktion. Als meine Bandkollegen gesagt haben: Was ist denn jetzt mit dir? Sollen wir dahinfahren oder nicht? Ich habe gesagt, ich fühle mich im Moment gar nicht danach, dahinzufahren. Dann haben sie gesagt: Ja, aber wir sind nicht betroffen und wir haben schon mal verschoben. Da habe ich gesagt, ihr kommt mich abholen, ich fahre nicht selbst, aber ich fahre mit, und ich will diesen Auftritt mit euch machen. Das war eine total positive Überraschung. Erstens sind wir da ganz positiv empfangen worden. Und zweitens konnte ich als Betroffener dann erzählen. Am Schluss haben die sogar noch Spenden gesammelt. Außerdem war für mich diese Erfahrung, einfach mal zwei Tage raus zu sein aus diesem Schlamm, ganz wichtig. Ich konnte mir Zeit nehmen. Durch die Musik.

Stephan Maria Glöckner, Bad Neuenahr
Juli 2022

Stephan Maria Glöckner arbeitet weiter als Musiker und Grafiker. Er lebt nicht mehr im Ahrtal.

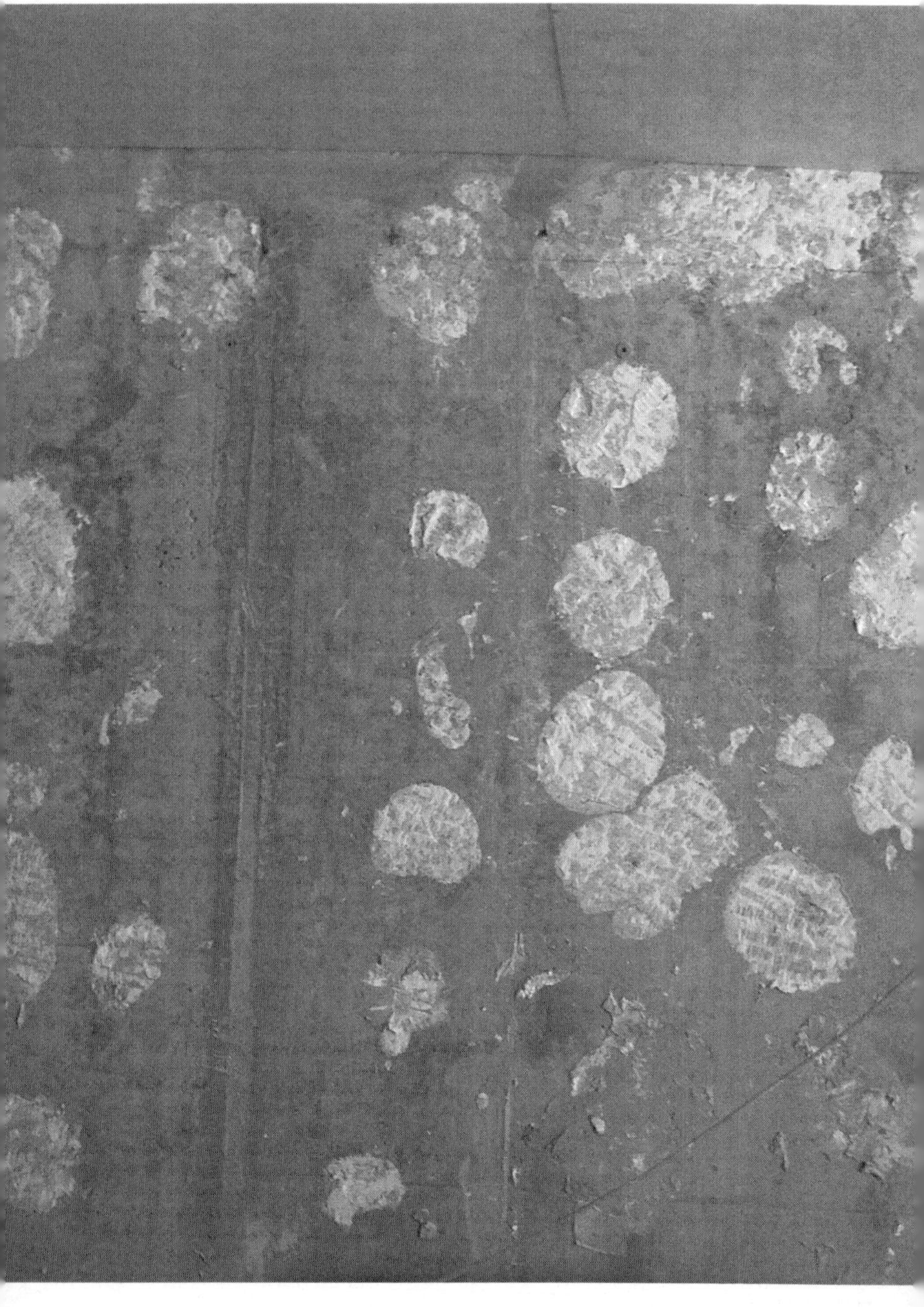

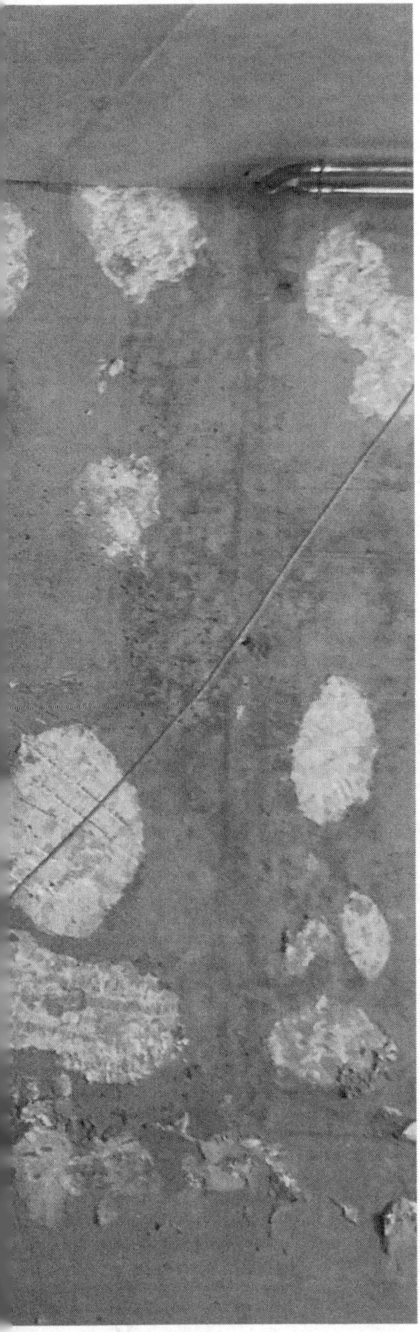

Liebe Ahr
ein Monster seist du geworden
Erzählt man sich
Heute
So, wie man ein Jahrhundert lang
Dich pries
Als Lieblich harmlos
Reizende Tochter des Rheins
Rebenumkränztes Versprechen
Garantin für heiter sorglose Stunden
Auf ewig

Nicht wissend wie sehr du immer
Nur du selbst
warst
und immer und ewig
eine wilde schöne Freiheit
bist.

Joachim Heyna, Walporzheim
August 2022

„Die Ahr ist kein Monster“

Joachim Heyna

Joachim Heyna arbeitet in Bonn und lebt in Walporzheim. Man kann ihn unterschiedlich beschreiben, und ich glaube, er wäre mit allen Beschreibungen einverstanden – Gästeführer, Schriftsteller, Brotbäcker.
Ich lerne ihn im heißen Sommer 2022 kennen. Von ihm bekomme ich den ersten Sauerteig nach der Flut, und damit backe ich mein erstes Brot nach der Flut. Er zeigt mir eine Stelle mit neuen Befestigungen an der Ahr, wir sehen dort Kinder schwimmen, wie ehedem, als wäre nie etwas geschehen. Und Joachim liest ein Gedicht vor, das er nach der Flut als Liebeserklärung an die Ahr und auch ein wenig zur Herstellung ihrer Reputation schrieb.

In dem Prolog zu meinem Roman „Natürlich Brot und Wein – Ein Ahrtaldrama" heißt es:

„Eine unfassbare Dimension und spontane Hilfe von außen stieß auf die von Wut und Trotz geprägte Mentalität der Bewohner und fügte sich zu einem energetischen Gemisch des Wiederaufbaus nach der Flut. Die dabei gemachten Erlebnisse und Erfahrungen gaben meinem Entschluss, hier zu leben, den Ritterschlag."

Heute sage ich:
„Mit der Flut hat sich das verfestigt. Ich hatte bisher gute Motive, aber jetzt habe ich so einen Herzensgrund, hier zu bleiben und zumal ja auch alle anderen hierbleiben, also die meist die allermeisten, bleiben ja hier. Mit gutem Grund."

Brot backen. Das ist eine lustige Begebenheit. Ich hatte als 15-Jähriger keinen Bock mehr auf Schule und also eine Bäckerlehre angefangen. Die hat aber nicht lange gedauert, weil ich gemerkt habe, wie cool Schule im Vergleich zu harter Arbeit ist. Ich bin also reumütig wieder zurück zur Schule. Aber dieses Backen an sich hat mich immer fasziniert. Schon als 18-Jähriger habe ich angefangen regelmäßig zu backen. Meine Leidenschaft war die Weihnachtsbäckerei. Das Brotbacken mit Sauerteig habe ich dann tatsächlich vor vier Jahren erst intensiv angefangen.
Die Sanierung des Hauses hat viel Energie geraubt. Als wir dann eingezogen waren und uns etabliert hatten, kamen langsam Kraft und Lust wieder. Und plötzlich war klar: Ich will eine richtige Backstube. Und da steht jetzt tatsächlich wieder ein Holzofen und etwa einmal im Monat wird richtig gebacken – Pizza, Brot, Kuchen. Selbstgebackenes Brot, das biete ich auch gerne zu meinen Weinproben an. Brot und Wein, das ist nicht nur ein biblischer Begriff, daran kann man die einfachsten und wunderbarsten

Dinge fest machen. Wenn man die Fermentation nimmt, finden bei Brot und Wein ähnliche Prozesse statt. Und noch etwas ist beiden gemeinsam: Ihre Herstellung braucht Geduld und Demut. Wie bei der Schriftstellerei. Wenn man seine Leidenschaft gefunden hat und sie ausübt und in diesen *Flow* gerät, das ist die beste Therapie. Da therapiere ich mich selber durch die Herzenswärme, die ich mir schenke.
Schreiben, das ist meine Hauptleidenschaft, neben Brotbacken und Weinwanderungen. Mit elf, zwölf Jahren habe ich angefangen, Hörspiele zu schreiben. Und Gedichte. Das schönste Mittel in der Pubertät, mit der eigenen Gefühlslage klarzukommen. Dann Drehbücher, Kurzgeschichten, und irgendwann Romane. Im Jahre 2021, kurz nach der Flut, bekam ich das Angebot, meinen zweiten Roman zu verlegen. Natürlich Brot und Wein – Ein Ahrtaldrama ist dann im April 2022 im Rhein-Mosel-Verlag erschienen. Es thematisiert, rein zufällig, den sorglosen Umgang des Menschen mit der Natur.
Die Weinwanderungen, das ist reine Leidenschaft. Ich habe gerne mit Leuten zu tun und ich kriege ja auch was zurück. Ich unterhalte mich viel mit den Leuten. Und ich stelle immer wieder erstaunt fest, wie wenige Leute das Ahrtal wirklich kennen, obwohl sie in der Nähe wohnen. Und finde, das muss man ändern. Gerade jetzt. Im Moment ist viel Neugier auf's Ahrtal. Da sind die ganzen Helfer und Helferinnen gekommen, da sind viele, die bleiben, die kommen immer wieder. Toll.

Kurios: Ich hatte tatsächlich am ersten Tag nach der Flut schon eine Anfrage für eine wandernde Weinprobe. Da habe ich zurückgeschrieben: Wie man wohl aus den öffentlichen Medien erfahren konnte, hatten wir hier ein „kleines Problem" im Ahrtal. Dann kam da nichts mehr.
Wochen und Monate danach haben die Leute vorsichtig gefragt: *Dürfen wir denn überhaupt schon kommen? Ist das kein Katastrophentourismus?* Ich sagte bald schon: *Nein, wir brauchen euch, und es ist immer besser, ihr habt mal hautnah mitgekriegt, wie das hier aussieht. Ihr behindert keine Rettungsarbeiten mehr.* Das war vielleicht in den ersten Wochen der Fall, aber jetzt sind doch alle herzlich willkommen.

Ich hatte eine Wanderung im Angebot, die in dieser Form im Moment nicht mehr möglich ist, weil die Brücke zum Calvarienberg nicht mehr da ist. Und dann fiel mir spontan ein: Du gehst jetzt eine andere Route. Das ist die „Aus der Flut Geborene". Die Flut hat mir praktisch den Weg gewiesen, und das hat sich als Volltreffer erwiesen.

Gerade diese Wanderung wird sehr gut angenommen. Wenn die Gruppe will, gehen wir sogar durch Ahrweiler. Mittlerweile kann man ja sagen und zeigen, was alles schon wieder geht oder wiederaufgebaut wurde. Und dann gehen wir in die Weinberge, fernab vom Flutgeschehen, und es ist eigentlich wieder eine normale wandernde Weinprobe mit Weinverkostung, mit Historie, mit Anekdoten und Gedichten übers Ahrtal.

Am Tag der Flut waren wir zu Hause. Wir wussten, dass es stark regnen würde, aber was macht man mit so einer abstrakten Nachricht: „200 Liter pro Quadratmeter"? Heute würde ich das anders einschätzen, klar. Aber wir saßen relativ ruhig hier, und dann bekam ich eine WhatsApp von einem Freund aus Köln: *Was ist bei euch los?* Was soll denn bei uns los sein? *Schaut euch mal den Pegel in Altenahr an!*
Dann hat er uns per WhatsApp diesen Film geschickt, der überall geteilt wurde, wo die Fässer von Lukas Sermann und das Auto mit den Lichtern, die plötzlich angehen, die Ahr hinunter schwimmen. Das hat mich fasziniert. Nicht im positiven Sinne, aber das hat mich schon beeindruckt. Aber ich habe immer noch nicht den Transfer hinbekommen, also: Was da oben gerade passiert, passiert bei uns in drei, vier Stunden. Dann sind wir an den PC gegangen, haben uns den Pegel angeschaut. Die Feuerwehr fuhr durch die Walporzheimer Straße und machte Durchsagen. Ich bin nach draußen, wollte mir mal anhören, was die genau sagen, weil die relativ schnell hier durch sind, und man verstand nichts. Da bin ich hinterher gelaufen, habe so was gehört wie: Nicht in den Keller gehen. Also Sachen, die man eh weiss. Dann bin ich weiter zur Ahr gelaufen, zu der Brücke, die zum Calvarienberg führt. Da habe ich einen Bekannten getroffen und wir haben uns unterhalten. *Das Hochwasser soll heute noch 2 Meter höher sein als 2016!?* Weil ich 2016 noch nicht hier war, fragte ich nach: Wie hoch war denn das Wasser 2016? *Hier über der Brücke, so einen guten Meter über der Brücke.* Das war schon ziemlich viel. Aber auch jetzt noch habe ich mehr als interessierter Tourist reagiert denn als möglicherweise betroffener Einheimischer. Wobei es schon nahe lag, mal eine gedachte Linie zu unserem Haus zu schlagen. Und zu sehen: *Dann hast du ein Problem!* Darauf bin ich nicht gekommen. Auch bei der nächsten Brücke haben wir uns das noch mal angeschaut. Da sind schon dicke Baumstämme geschwommen. Ich bin nach Hause gegangen, nach dem Motto: Da hast du was zu erzählen. Das war 21:30. Gegen 22:30 haben wir noch einmal den Pegel in Altenahr geguckt, da gab es schon nur noch eine Prognose: Über 7 Meter. Und wieder: Was heißt das für uns?

Ja, und auf einmal war der Strom weg. Oh, sag ich, das ist jetzt blöd. Computer aus. Alles aus. Wir hatten, muss ich sagen, schon ein paar Vorkehrungen getroffen. Nach dem Motto: Wenn das Wasser durch den Kanal ins Haus drückt, also stellen wir die Sachen im Keller besser hoch. So 20 Zentimeter. Das haben wir gemacht. Und dann haben wir draußen die Polizei gesehen. Und jede Menge Autos, die in Richtung Ahrweiler fuhren. Man sah auch ein erstes Rinnsal über die Walporzheimer Straße fließen. Da habe ich zu meiner Frau gesagt: Tue mir einen Gefallen, fahr das Auto weg, ich mache im Keller weiter.

Ich bin in den Keller gegangen und habe weiter geräumt. Nach einer halben Stunde wurde ich unruhig. Meine Frau war noch nicht zurück. Ich habe versucht, sie anzurufen. Kein Empfang. Es hat eine ganze Stunde gedauert, bis ich sie endlich erreicht habe. Diese Stunde möchte ich nie wieder erleben! Als ich sie dann erreicht habe, war es vielleicht halb zwei. Ich weiß es nicht mehr. Wo bist du? *Ich bin im Weinberg.* Gottseidank!! Bleib da. Mittlerweile steigt das Wasser hier auf der Straße weiter. Waren es 30, 50 oder 80 Zentimeter? Ich weiß nicht mehr, ich bin nicht der Typ, der mit dem Handy draufhält und filmt. Dafür bin ich nicht gemacht. Ich war froh, dass meine Frau in Sicherheit war, im Weinberg übernachtet hat. Sie war mit vielen anderen Leuten. Auch Nachbarn. Das war beruhigend.
Dann versuchte ich mich selber zu beruhigen. Aber ich konnte nicht schlafen. Ich habe Tagebuch geschrieben. Wenn man heute sieht, wie das aussieht, mit so einer zittrigen Schrift … Das muss das Adrenalin gewesen sein. Ich hab dann immer aus dem Fenster geguckt, wie hoch geht das eigentlich noch? Dann rauschte es durch die Hintertür ins Haus, hinunter in den Keller. Aber ich hab nicht nachgeguckt, weil ich mir das nicht antun wollte. Warum soll ich da gucken? Ist doch eh alles nass. Ich habe nur gewartet, bis der Pegel den Höchststand erreicht hatte. Der Strom war sowieso weg. Das Licht war weg, alles war weg.
Endlich sank der Pegel. Da habe ich mich bis auf die Unterhose ausgezogen, bin in den Keller gegangen und habe versucht, Sachen herauszuholen. Im Keller stand das Wasser etwa einen Meter hoch. Das wäre weiter vollgelaufen, aber wie gesagt, die Flut war ebenso schnell hier durch, wie sie gekommen war. Glück im Unglück. Also habe ich die Weinflaschen hochgestellt, weil ich damals noch gedacht habe, na ja, der Wein verträgt das nicht. Ich habe sogar den Sicherungskasten zugeklebt, weil ich dachte, das ist besser, falls es doch wieder steigt. Also eigentlich hab ich überhaupt eher verrückte Sachen gemacht. Aber ich sage heute, das war Therapie, Beschäftigungstherapie. Ich wollte mich ablenken. Nach zwei

Stunden war ich so ausgekühlt, dass ich gedacht habe: Jetzt reicht's. Dann bin ich nach oben gegangen, duschen. Da kam noch eine halbe Minute warmes Wasser. Dann war auch der letzte Druck weg. So bin ich ins Bett gegangen. Es war gegen 4 Uhr, glaube ich. Ich wollte mich ein bisschen ausruhen. Mir war kalt. Das war wahrscheinlich auch der Stress. Ich habe drei Zudecken übereinandergelegt. Ich habe immer weiter gefroren.
Gegen 6 Uhr schau ich wieder raus: Das Wasser ist weg! Da hab ich meine Frau angerufen und gesagt, du kannst jetzt kommen. Gegen 6:30 Uhr oder so war sie zurück. Wir haben Cappuccino gemacht. Auf dem Gasgrill. Der hat uns gewissermaßen „das Leben gerettet". Es war in diesen Tagen so viel wert, dass wir morgens Kaffee machen konnten. Sogar die Nachbarn kamen: *Ah, ihr habt Kaffee!* Da merkt man erst, was es heißt, eine Tasse Kaffee zu haben. Mit dem Grill haben wir auch gekocht. Gott sei Dank hatte ich noch zwei volle Gasflaschen. Wir haben wochenlang auf diesem Grill gekocht.
Und dann kam das, was wahrscheinlich Tausende von Menschen wie wir erlebt haben: Diese unglaubliche Hilfsbereitschaft. Auch unser Freund aus Köln kam, ohne weiter zu fragen. Der rief einfach an und sagte: *Was soll ich mitbringen?* Wir haben eine Liste gemacht, was dringend gebraucht wird. Er hat Stromaggregate mitgebracht, ein großes Fass Wasser, das waren so Geschenke des Himmels. Gemeinsam haben wir angefangen, den Keller auszuräumen. Freunde und Familie. Ich hatte auch schnellen Kontakt zur Versicherung, guten Kontakt, weil ich dreieinhalb Wochen vorher einen riesigen Blitzeinschlag hatte. Da war alles kaputt, die ganzen elektronischen Geräte. Wir hatten gerade alles wieder notdürftig zusammen. Da kam die Flut. Ich sagte also zu der Versicherung: Ich bin's wieder. Was soll ich machen? Antwort: *Alles rausholen. Fotografieren. Wegwerfen. Wir glauben Ihnen.* Fand ich Klasse.

Wir haben vier Wochen gebraucht, bis es einigermaßen so war, dass man ans Trocknen der Räume gehen konnte. Aber die Bautrockner, die waren alle ausverkauft. Da hat man Leute in halb Deutschland mobilisiert. Hast du Trockengeräte? Irgendwo auf einem Rastplatz, ich glaube bei Koblenz, fand die Übergabe statt. Trockner aus Hördt in der Pfalz. Wir haben noch gescherzt, das ist ja wie bei der Mafia, als würden Drogen getauscht oder so. Also das sind alles so Erlebnisse, wo ich immer sage: Ja, die Flut war echt dramatisch und schlimm, aber man hat auch schöne Sachen erlebt. Und da halte ich mich dran, natürlich, weil ich auch sagen kann, ich habe niemanden verloren.

Also wenn ich das so vergleichen soll, unser eigenes Drama war für uns erst mal der Wahnsinn, klar. Dann brauchten wir dringend einen Gummi-Abzieher, den hat meine Frau jemandem geliehen. Die wohnen weiter hinten an der Ahr. Wir also los in die Seitenstraße. Erst da haben wir gesehen, was links und rechts passiert ist, das war echt krass. Dass in Walporzheim und Ahrweiler die totale Katastrophe war, haben wir erst Tage später erlebt und bewusst wahrgenommen. Wir sind Richtung Ahr gegangen, auf unserem Lieblingsspaziergang, den wir fast jeden Abend machen. Da haben wir geweint. Da war kein Baum mehr, da war nichts mehr. Die Brücken waren weg, alles war weg. Ich habe gesagt, ich muss nach Hause. Ich kann das nicht mehr sehen. Das ist mir jetzt zu viel.
Ich erzähle oft davon. Meinen Freunden, natürlich auch meinen Wanderern. Im Rahmen dieser wandernden Weinproben, die ich hier mache, die fragen natürlich. Erzählen ist auch ein bisschen Therapie.
Was hat sich verändert? Vielleicht die Art und Weise, wie ich das Ganze hier sehe. Verändert würde ich gar nicht sagen. Ich würde eher sagen verdichtet. Gefestigt. Also mein Eindruck, den ich vom Ahrtal habe und vor allem von den Bewohnern von Ahrweiler, Dernau, Altenahr … Der hat sich verfestigt.
Ich habe ihn gespürt, diesen Zusammenhalt, dieses „Wir sind was Besonderes". Das glauben viele von sich. Aber die Menschen hier sind so besonders, dass ich auch verstehe, warum, zum Beispiel, Ahrweiler so schnell wieder aufgebaut wird. Wenn man dann durchgeht, denkt man sich: *Das kann doch gar nicht sein, dass die schon wieder aufmachen.* Diese Läden, die da alle aufmachen, ich finde das schnell. Ich weiß, dass es woanders langsamer geht. Bad Neuenahr zum Beispiel. Aber dazu muss man wissen, Bad Neuenahr hat eine ganz andere Bevölkerungsstruktur.

Ich bin Kölner. Ahrweiler gehörte lange zu Kurköln. Heute ist das Erzbistum Trier. Aber ich glaube, die Verbundenheit zu Köln, die ist immer noch da. Wir haben zum Beispiel gedacht, wenn wir nach Ahrweiler ziehen, dann haben wir mit dem Karneval nicht mehr viel zu tun. Aber das Gegenteil ist der Fall. Als Gästeführer beschäftige ich mich ein bisschen mit der Geschichte. Ich kann das alles nachvollziehen. Das ist eine alte Verbundenheit. Auch die Konkurrenz oder die „Feindschaft" zu Bad Neuenahr. Das ist alles historisch bedingt. Mittlerweile kann man darüber lachen, aber die Geschichten, die man jetzt darüber erzählen kann, die sind Gold wert.
Heimat ist für mich so ein Gefühl. Wenn ich zum Beispiel nach Hause komme, von der Arbeit von Bonn, von der Autobahn hier runterfahre und

guck da auf die Landskrone, auf den Weinberg und dann merke ich, wie mein Herz aufgeht.
Ich hatte bisher gute Motive, aber jetzt habe ich so einen Herzensgrund, hier zu bleiben und zumal ja auch alle anderen hierbleiben, also die allermeisten, bleiben ja hier. Mit gutem Grund.

Ich kann verstehen, dass die Leute die Ahr momentan nicht so mögen. Aber wenn man das genau nimmt, die Ahr hat keine Schuld, an nichts. Die Ahr bringt nur das Wasser, was in der Eifel runterkommt, zum Rhein hin. Wir waren so dreist, uns ihr in den Weg zu stellen. Wir haben dort Häuser gebaut, wo man keine bauen sollte. Man muss sich nur die alten Karten anschauen. Und die Ahr jetzt zu verteufeln, das verstehe ich nicht. Vor 2 Millionen Jahren floss die Ahr noch ganz woanders, über die Grafschaft in den Swistbach und die Erft in den Rhein. Erst später nahm sie hier unten ihren Weg. Da, wo heute Bad Neuenahr sich ausbreitet, das war früher ein Sumpfgebiet, dort hat die Ahr einen Kilometer hin und her mäandert. Das wurde begradigt und trockengelegt, um den Kurgarten anzulegen. Und jetzt, wenn die Ahr ihr altes Bett braucht, ihr die Schuld zu geben … das finde ich schräg.
Ich musste ein Gedicht schreiben, um der Ahr die Reputation ein bisschen zurückzugeben.

Joachim Heyna
August 2022

Joachim Heyna lebt weiter in Walporzheim.

HOPE

Ich bin aus Polen hierhergezogen und Dernau war natürlich mein Leben. Es gibt nichts mehr davon. Ich hatte meine polnischen Freundinnen, die haben mir noch ein paar Bilder gerettet. Die haben die Fotoalben schön aus dem Schlamm rausgeholt, Bild für Bild sauber gemacht, auf der Wäscheleine getrocknet. Da kann man noch was zusammenbasteln. Aber der Rest ist weg.

Edyta Bertram
Dernau

„Das Schwierigste für mich war erst mal: Hilfe anzunehmen“

Edyta Bertram

Edyta Bertram ist Lehrerin, Mutter von zwei Kindern und seit zwanzig Jahren in Dernau verheiratet. Geboren in Polen, findet sie in Dernau ihre zweite Heimat. Die Flut nimmt ihr alles und hinterlässt tiefe Spuren – das Familienhaus wird abgerissen, die Familie lebt bis heute getrennt in anderen Wohnungen, bis das Haus des Schwiegervaters bewohnbar wird. Edyta erlebt selbst tiefe innere Veränderungen. Zuerst denkt sie: „Ich bin auserwählt, die Welt zu retten". Sie bemalt mit Freunden das Haus des Schwiegervaters – mit den Worten „AUFGEBEN IST KEINE OPTION". Wir treffen uns an einem heißen Tag im August 2022, sie erzählt zuerst auf einer Bank, dann zeigt sie mir das bemalte Haus und sagt: „Die Flut hat doch etwas Gutes gebracht". Es ist wieder so eine Situation, wo ich tiefe Dankbarkeit und eine Leichtigkeit spüre, dass wir so spontan ins Gespräch kommen. Wir sprechen über vieles anderes – über Polen und Bulgarien, über Sprachen. Und über die Schritte, durch das Trauma, durch das Verstehen, über den Moment jetzt.

Wir hatten Glück gehabt. Wir sind in Bad Bodendorf untergebracht worden und da hatten wir eine schöne Zeit mit einer ganz netten Familie. Alle waren fleißig am Helfen und es war eigentlich eine total schöne Zeit. Direkt nach der Flut. Wir waren auch sehr dankbar, mit der Familie da zu leben. Da waren noch Oma und Opa und es war richtig schön. Das hat uns so ein gutes Gefühl gegeben. Unser Haus in Dernau wurde abgerissen, aber direkt daneben ist das bunte Haus mit „Aufgeben ist keine Option", das ist das Haus von dem Schwiegervater und da wollten wir und müssten wir einziehen.
Es hat mit Plänen und Umbau alles so super funktioniert und wir hatten gewusst, die Zeit rennt, aber wir schaffen es, im Mai umzuziehen. Ja, bis die Estrichleger kamen. Dann erst hat es ein paar Wochen getrocknet und dann kam der Fliesenleger und wollte loslegen und ruft uns an, *Liebe Leute, ich werde hier auf diesen Estrich keine einzige Fliese legen. Alles ist schief.* Wir mussten tatsächlich den Gutachter holen. Und dann wurde der Estrich das zweite Mal wieder falsch gelegt. Also, das war echt skandalös. Ich dachte, ich höre nicht richtig. Das hat uns sehr viel Kraft und Nerven gekostet.
Wir wohnen jetzt in Ahrweiler. Wir haben uns räumlich getrennt. Wir sind vier erwachsene Personen und da gibt es nur zwei Betten, sodass mein Mann in einem Tiny Haus wohnt, in Dernau.
Ich bin Lehrerin von Beruf. Ich arbeite in der Schule, auf dem Gymnasium in Ahrweiler.

Ich hatte wieder viel Glück und bin sehr dankbar, dass die Schulleiterin mich super unterstützt hat. Am Anfang war ich krankgeschrieben, weil ich ein richtiges, akutes Trauma hatte, mit allem. Ich hatte Verfolgungswahn. Also mein Gehirn hat ganz anders gearbeitet. Ich bin Aktivistin und ich habe da auch gedacht, ich kann die Welt retten und mich konnte man leider nicht unter die Kinder schicken. Sie hat das früh genug erkannt und ich war erst mal krankgeschrieben, ein paar Wochen lang.

Wir waren an diesem Tag bei dem Schwiegervater im Haus, allerdings getrennt von den Kindern. Der Sohn hatte Abiball-Nachfeier, weil er wegen Corona keinen Abiball hatte, im Sommer sollte es nachgeholt werden. Wir haben ihn abends noch nach Ahrweiler gefahren, schick, elegant gekleidet mit seiner Freundin. Mit der Absprache, dass wir die beiden in der Nacht abholen. Und wir haben schon hier gemerkt, irgendwie stimmt was nicht. Da fahren Feuerwehrautos direkt daneben. Ich bin noch mit dem Hund spazieren gegangen. Da habe ich auch gedacht, die Ahr ist ziemlich hoch. Ich bin nach Hause gekommen und habe zu meinem Mann gesagt, *wir müssen die Waschmaschine und Trockner auf die Wasserkästen stellen.* Schade, dass sie nasse Füße kriegen. Ja, und dann sind wir noch von unserem Haus zum Schwiegervater hingegangen, da hatte ich meinen Waschraum. Wie lange braucht man dafür? Ein paar Minuten. Zu zweit haben wir die beiden Geräte auf die Kästen gestellt. Die Tochter Luisa ist in unserem Haus geblieben. Dann wollten wir durch den Hof wieder ins Haus gehen und die Tür ließ sich nicht mehr aufmachen. So waren wir abgeschottet von der Tochter. Dann haben wir gemerkt, *Oh, wir kommen mit dem Auto nicht mehr raus.* Ich habe den Sohn direkt angerufen, *rettet euch, wir können euch nicht abholen.* Dann hat man Kontakt verloren zu den Kindern in Ahrweiler. Die haben sich noch rechtzeitig gerettet. Sie sind tatsächlich nach Bodendorf mit einem Auto, glaube ich, neun Personen, gefahren. Glück gehabt. Luisa war allein in dem Haus nebenan. Sie ist ein sehr sozialer Mensch, hat nur geweint und hat die Stimmen von den Menschen gehört, die da um Hilfe gerufen haben. Sie wollte die ganze Zeit rausgehen und sagte: *Mama, wir müssen den Menschen helfen, die brauchen unsere Hilfe.* Und ich habe gesagt: *Luisa, wir können uns selber nicht helfen, das geht nicht.*

Das Wasser war etwa viereinhalb Meter hoch. Also das Auto und alles, was da im Hof war, kam ganz hoch nach oben. Der Schwiegervater hätte es nicht überlebt.

Ich habe in der Nacht also Angst um das Leben unserer Kinder gehabt. Ich habe an mich nicht so gedacht. Weil alles, was vorbeischoss … Wir haben dann mit der Taschenlampe von dem Handy geleuchtet. Ich habe da gesehen, dass da Baumstämme, Teile von Wohnzimmern, Öltanks vorbeischossen ... Unser Haus steht an einer Kurve und alle Gegenstände sind gegen unser Haus geknallt, mit großem Knall. Dann habe ich meinen Mann gefragt: *Das ist so ein altes Haus, was meinst du, das Haus wird doch nicht mitgerissen von der Flut?* Also habe ich nur gedacht: *hoffentlich bleibt das Haus stehen.*

Unser Haus war von 1911. Es wurde inzwischen abgerissen. So schnell haben wir nicht aufgegeben. Auf dem bunten Haus steht: *Aufgeben ist keine Option.* Wir haben gedacht, dass das Haus von uns tatsächlich gerettet werden kann. Es war so kontaminiert, die Laborwerte! Es war schon klar, dass das nicht mehr zu retten ist. Das muss abgerissen werden. Für mich war es schwierig. Ich habe da 20 Jahre gewohnt, aber ganz schwierig war es für meinen Mann. Der ist groß geworden in dem Haus bzw. in dem Haus seiner Eltern. Und für die Kinder war es schwierig. Ich hatte nicht gedacht, dass sie so darunter leiden werden. Ich bin aus Polen weggezogen und das war natürlich mein Leben. Es gibt nichts mehr davon. Ich hatte meine polnischen Freundinnen, die haben mir noch ein paar Bilder gerettet. Die haben Fotoalben aus dem Schlamm rausgeholt und Bild für Bild sauber gemacht, auf der Wäscheleine getrocknet. Ich hoffe, da kann man noch was zusammenbasteln. Aber der Rest ist weg.

Ich bin auf jeden Fall sehr dankbar. Dass wir alle vier am Leben geblieben sind. Ich habe in der Nacht schon andere Bilder im Kopf gehabt. Ich habe mich immer wieder aufgeregt über diese Handwerker-Geschichte, über viele Sachen. Aber zum Jahrestag der Flut habe ich bei dieser Gedenkfeier teilgenommen an der Kirche in Dernau. Und ich habe da mir das Ganze überlegt und noch mal durchdacht. Diese Feier war superschön gemacht. Es gab einen tollen Herzstein und auf dem Stein stehen alle Namen der Flutopfer. Und für jeden Namen wurde dann eine Kerze angezündet und der Name des Opfers laut ausgesprochen. Die Familie durfte die Kerze anzünden und weitergehen. Und da habe ich nur gedacht: *Gott sei Dank, ich muss nicht nach vorne gehen.* Alles, was mit dem Estrich zu tun hat, das ist so unwichtig. Ich bin so dankbar, dass wir so viele Hilfe gekriegt haben, dass es so viel Unterstützung von Freunden, Bekannten, Arbeitskollegen gab. Einfach nur große Dankbarkeit.

Ich bin, wie schon gesagt, ein Mensch, der ständig in Aktion ist. Und nach der Flut, vielleicht eine Woche später, habe ich gemerkt, dass ich auserwählt bin. Irgendwie hatte ich dieses Trauma schon, dieses akute Trauma. Ich wusste, ich muss die Welt retten. Ich kann Berge versetzen. Ich habe dabei gesehen, wie mein Mann von Tag zu Tag immer schlimmer in der Trauer war und sich dann zurückgezogen hat. Ich war da mit Ellenbogen nach vorne. Ich muss solche Menschen retten und habe dann vieles gemacht. Ich habe überlegt, dass wir zum Schluss *Flashmobs* machen, alle als Dankeschön, schönen Tanz und was weiß ich. Ich habe da ganz viele Projekte geplant, dass meine Kinder schon das Wort „Projekt" nicht mehr hören wollten und sagten: *Mama spricht bitte das Wort Projekt nicht mehr aus, weil das schon uns auf die Nerven geht.*

Ich selbst habe gar nicht gemerkt, dass ich traumatisiert bin. Ich war sicher, ich habe Recht und bin auf jeden Fall gesund. Alle, die denken, dass ich ein Trauma habe und Hilfe brauche, die sind krank. Weil sie wissen nicht, dass wir manipuliert wurden und es jetzt unsere letzte Chance ist, die Welt zu retten. Und irgendwann sagten mein Mann und meine Kinder, *Mama, du brauchst Hilfe. Du musst unbedingt zum Doktor.* Ich sage, ich werde zu keinem Doktor gehen. Und ich möchte keine Tabletten kriegen, denn fast jeder hat hier Tabletten gekriegt. Ich fand, dass mein Mann krank ist, nach dieser Dosis von den Medikamenten, weil er von Tag zu Tag immer trauriger war und schlimmer drauf war. Irgendwann haben sie Seelsorger eingeladen. Und da habe ich gesagt: *Okay, lasst den Seelsorger nach Hause kommen.* Dann kamen sie zu uns und haben direkt gemerkt, wo ich bin, weil ich ja sehr oft von Gott gesprochen habe. Ich fühlte mich auserwählt und ich habe da immer gedacht, der Gott weiß Bescheid. Sie haben das so gut angesprochen mit einem Gebet. Das war echt. Da habe ich gesagt, *die sind auf meiner Seite.* Sie haben auch gesagt, das wären normale Reaktionen, akute Reaktionen. Und danach habe ich gemerkt, dass ich begonnen habe, ganz normal zu ticken und nicht mehr mit diesem Drang, Berge zu versetzen und Projekte zu machen.
In dieser aktiven Phase ist mir die Idee gekommen, dass ich das Haus besprühen kann. Ich habe da Freunde gefragt, die Familie hat mich dabei unterstützt, ehemalige Schüler haben mitgeholfen, das war, glaube ich, sechs Wochen nach der Flut … Nach der Zeit, wo wir so viel geschuftet haben und die Jugendlichen haben so geholfen. Ich habe die Farben besorgt und dann haben wir die Wände besprüht mit verschiedenen Botschaften. Die Hauptbotschaft ist „Aufgeben ist keine Option". Und das Haus wurde zum *Fluthaus Hoffnung*.

Ich muss auch ehrlich sagen, ich hatte schon Phasen, zum Beispiel heute, dass ich nach schwarzem Spray gesucht habe und wollte da noch dazwischen oder obendrauf schreiben „Aufgeben ist auch eine Option", weil ich ja so wütend war und sauer auf die ganze Welt.
Ich habe es trotzdem nicht gemacht. Ich habe immer noch diese Botschaft. Und das bleibt hoffentlich so. Mit dem Spruch. Das alte, was gut war, nehmen wir mit und das Neue, was es noch nicht gibt, bauen wir gemeinsam auf.

Das hier ist meine Heimat. Ich bin der Meinung, Heimat ist da, wo man arbeitet, wo man sich wohlfühlt, wo man seine Familie hat. Und hier habe ich meine Familie gegründet und da hatte ich auch Heimatgefühle. Ich bin auch froh, wenn ich meine Familie in Polen besuche. Aber ich freue mich genauso, wenn ich wieder nach Deutschland zurückkomme, nach Dernau. Ich kann jetzt nicht sagen, dass ich mich hier fremd gefühlt habe. Ich habe jemanden aus Dernau geheiratet, dann hat man direkt einen Bonus in Dernau und wird akzeptiert. Wenn ich noch vor der Wahl stünde, ich würde es genauso wieder machen.
Ich hatte schon mal das Gefühl, dass ich nicht unbedingt zurück nach Dernau muss. Dann habe ich aber festgestellt, dass meine Kinder hier verwurzelt sind. Mein Mann sowieso. Und wenn alle ausziehen und alle unser Dorf verlassen, dann gibt es kein Dernau mehr. Von daher. Meine Tochter brennt für Dernau. Es wird anders, aber es wird bestimmt schön sein. Schade, dass es sehr lange dauern wird.

Bis zu den Herbstferien war ich krankgeschrieben, quasi vor einem Jahr, und dann habe ich langsam Schritt für Schritt angefangen. Die Schule hat mir ein gutes Gefühl gegeben. In der Schule war alles wie vor der Flut. Der Schlüssel hat gepasst, die Wände waren gleich, die Räume, die Kollegen, die Kinder. Das hat so ein Gefühl der Stabilität gegeben. Das war gut so, da war ich froh darüber und glücklich, dass ich weiterarbeiten kann.
Ich persönlich kann über keinen einzigen Tag sprechen, dass die Normalität zurückgekehrt ist. Das ist leider nicht der Fall und ich weiß, dass es lange nicht so wird. Wir haben uns vielleicht daran gewöhnt, aber normal ist es nicht.
Es gibt gute Zeiten und es gibt aber auch schlechte Zeiten. Das kann ich besonders bei meiner Tochter merken, dass die auch am Anfang Probleme in der Schule hatte. Sie ist eine gute Schülerin und geht gern in die Schule. Aber sie war mit sich unzufrieden, mit ihrer Leistung unzufrieden. Sie hatte keine Konzentration, sie hat keine Kraft gehabt und die Phasen hat sie

immer noch, wo sie darunter leidet, und sagt *Mama, ich pack das nicht, ich kriege das nicht gebacken.* Sie ist jetzt auch in psychologischer Behandlung, ohne hätte sie das gar nicht gepackt. Klar, mit der Zeit ist sie schon besser dran, aber vergessen hat sie noch nicht und nicht wirklich verarbeitet.

Das Schwierigste für mich war es erst einmal, Hilfe anzunehmen. Das ist bis heute noch mein Problem. Aber ich habe viel gelernt, dass es ohne nicht geht. Ich meinte, ich müsste mich immer revanchieren und ich habe immer versucht, allein klarzukommen und immer Hilfe abgesagt. Aber man kommt nicht klar. Man ist auf die Hilfe angewiesen. Wir sind auch dankbar, dass die Hilfe von jeder Seite kommt, vor allem von den privaten, fremden Menschen, die Helfer, die hier in Massen kamen. Das war unfassbar. Das war so großartig.
Meine erste Begegnung mit den Helfern: Als wir an dem Morgen nach der Nacht ins Haus kamen, habe ich meine Räume gesehen, die Küche, das Wohnzimmer und alles. Da habe ich gedacht, die Welt ist untergegangen, alles ist vorbei.
Ich habe draußen auf der Straße gestanden. Da habe ich natürlich geweint. Dann kam eine Frau, ganz schick angezogen, guckt mich an und sagte: *„Darf ich Ihnen helfen?"* Ich sage: ich glaube, mir kann man gar nicht helfen. *Oh doch!* Und dann hat sie eine Schaufel oder irgendwelche Besen gepackt aus dem Hof und hat versucht, den Eingang ein bisschen freizuschaufeln, ein bisschen Schlamm zu schippen. Dann habe ich sie angeguckt und ich sagte, sie werden gleich ganz dreckig. Das ist mir egal. Dann dachte ich, muss ich ja doch auch helfen. Habe ich aus Solidarität auch mitgemacht. Man verliert die Zeit, man weiß nicht, wie lange es gedauert hat. Zwei Stunden oder fünf. Da waren wir dann irgendwann richtig erschöpft. Sie ist dreckig und sie hat mich gedrückt und sagte: *„Vielen Dank, dass ich Ihnen helfen durfte."* Da habe ich gesagt: *„Warum? Warum bedanken Sie sich bei mir?Ich muss mich bei Ihnen bedanken. Sie haben mir doch geholfen."*

Dann hat es Klick gemacht und ich habe mir gesagt: Die Welt ist doch in Ordnung. Das war so ein Impuls, wo ich gedacht habe, wenn es mehrere von der Sorte gibt, dann ist es vielleicht doch nicht das Ende der Welt.
Aber Hilfe annehmen, ist schon am Anfang schwierig gewesen. Und vor allem, es war immer so selbstlose Hilfe. Wir hatten Helfer, die an der Ostsee im Urlaub waren und haben diese Situation mitbekommen, haben die Strandtücher zusammengerollt, ins Auto gepackt und sind hierhergekommen. Da habe ich gedacht: *Oh Gott, hätte ich das auch gemacht?*

Jetzt weiß ich es ganz genau. Wenn irgendwo eine Katastrophe ist, bin ich auf jeden Fall dabei. Egal, ob ich da Brötchen schmiere oder Kaffee koche oder ... Diese Solidarität, ich habe nicht gewusst, dass es so etwas gibt. Und die Jugendlichen, die waren echt super. Die haben sich super organisiert, die haben gearbeitet ohne Ende. Das war der Wahnsinn. Die Jugendlichen, also von wegen Handy-Generation oder nur zocken.

Wir dürfen bauen, nach langem Hin und Her. Ohne Keller, ohne Stelzen. Und wir dürfen im Erdgeschoss keine Wohnfläche haben. Nur Garage plus Hauswirtschaftsraum und Waschraum.

Es war auf jeden Fall für irgendwas gut und ich kann jetzt schon ein paar Sachen nennen, wofür das gut war. Es ist eine große Katastrophe. Wir hätten gerne darauf verzichtet, klar. Aber ja, wir haben viel daraus gelernt. Ich auf jeden Fall. Meine Familie, meine Bekannten, meine Freunde, kann ich behaupten. Dass man mit weniger mehr zufrieden ist. Dass man dankbar sein muss. Also ich bin minimalistisch geworden. Dankbarkeit ist so wichtig. Dass nicht alles selbstverständlich ist. Dass jeder Tag ein Geschenk ist, dass wir den Tag genießen sollen, so wie der ist und weil wir nicht wissen, wie es morgen, in einer Woche aussieht. Das hat uns die Flut beigebracht. Es ist nicht nur meine Meinung, das ist auch eine Aussage von vielen, die auch sagen: Ja, wir leben jetzt von Tag zu Tag und in Dankbarkeit.

Edyta Bertram
August 2022

Das war merkwürdig. Meine Schwester kam 14 Tage nach der Flut her, hat geholfen und hat gesagt, ihr habt alle denselben Ausdruck in den Augen. Es war alles ein Blick.

Angelika Furth
Ahrbrück

„Süßigkeiten. Das war ganz wichtig. Nervennahrung. Das war der Renner nach der Flut."

Angelika Furth

Angelika Furth ist Künstlerin. Wir treffen uns zum ersten Mal im ARP-Museum am 1. Jahrestag der Flut bei der Ausstellung #AHRT. Danach treffen wir uns bei verschiedenen Projekten im Ahrtal. Ihr Atelier in Altenahr wird in der Flutnacht weggespült. In Ahrbrück, wo sie wohnt, bleibt ihr Haus verschont. In den Tagen, Wochen und Monaten nach der Flut wird die Künstlerin zur Köchin für Helfer und Betroffene. Ein Kochbuch mit Rezepten aus dem Versorgungszelt in Ahrbrück – herausgegeben als gemeinsame Erinnerung an diese Zeit – steht nun im Mittelpunkt unseres Treffens.

Ich war nicht betroffen. Wir haben es auch gar nicht gemerkt, ich habe keine Sirenen gehört an dem Abend, gar nichts. Ich habe nur gesehen, dass der Kesselinger Bach sehr viel Wasser hat, und bin dann runter gelaufen, zu unserer Nachbarin, weil die schon älter ist, und habe gefragt, wie es ihr geht. Ja, wahrscheinlich wird der Keller wieder was abkriegen, aber sonst wird da nichts sein, und wir sind dann wieder hochgegangen. Dann war kein Strom mehr da, kein Telefon… OK, diesmal ist es was Größeres… Und dann kam die Nachbarin von unten hoch und hat gesagt, ganz Ahrbrück sitzt in der Grundschule, und die haben nichts mehr, da ist alles zerstört, und die brauchen alles, die haben gar nichts mehr. Da hat man natürlich überlegt, was macht man jetzt? Dann habe ich alles, was ich so gefunden habe, wo ich dachte, was die Leute jetzt brauchen können, ohne viel zu überlegen, von Bettzeug bis Besteck, obwohl man natürlich im Nachhinein sagen muss, was sollen die mit Besteck? Die haben kein Haus mehr, aber gut, es ist halt so. Und ich ging dann runter, und dann saßen die da, und das war ein Blick, das war fürchterlich. Man hat das Gefühl gehabt, man muss jetzt sofort helfen.
Aber das war dann auch irgendwie eine merkwürdige Situation, es waren natürlich schon wieder Menschen da, die auch mitgemacht haben. Ich hatte eigentlich das Gefühl, dass ich nur gestört habe. Dann bin ich wieder heimgegangen. Ich habe überlegt, was ich noch machen kann, habe dann versucht, noch mal meine Tochter zu erreichen, die lebt in Berlin. Es ging halt gar nichts mehr. Und dann bin ich am nächsten Tag runter gegangen, hab gesagt: *So, wenn ich jetzt helfe, helfe ich hier, egal, was ich mache.* So bin ich dann in der Küche gelandet, und bin darauf fast das ganze Jahr geblieben.

Am Anfang haben wir „Glück" gehabt, dass der „Penny" auch betroffen war. Das hört sich jetzt blöd an, aber da waren natürlich sehr viel Lebensmittel, die man verwenden konnte, und damit wurde gearbeitet. Alles, was es so

gab, wurde genommen: Unmengen von Pfirsichen und Tomaten, es war alles gestapelt, keine Kühlung, und dann muss man gucken, wie man alles irgendwie verarbeitet. Wir hatten dann den Koch, Daniel Stein, alles wurde verbraucht, was es gab, damit man die Leute versorgen kann, und das hat, glaube ich, ganz gut funktioniert.
Das Essen war so wichtig. Ja, man hat es auch gemerkt, wir haben ganz viel Süßes gebraucht. Das war einfach wichtig. Wir haben eine Frau gehabt, die hat jeden Tag gebacken, die hat also wirklich 250 Kuchen gebacken. Und die waren auch weg. Die Helfer, die haben das gebraucht, auch Süßigkeiten. Das war ganz wichtig. Das ist halt Nervennahrung, hört sich immer ein bisschen blöd an, aber es ist so, Kaffee und was Süßes. Das war der Renner nach der Flut.
Ich habe schon immer gekocht und große Mengen machen mir nichts aus. Ich muss immer das machen, was ich gerade dahabe. Was am Spannendsten war, war der Teufelsalat. Da hat man immer das genommen, was man gerade in der Kühlung gefunden hatte. Die größte Herausforderung war rote Bete. 100 Kilo rote Bete! Wir haben Sachen kreiert, die gab's vorher garantiert noch nie.
Wir haben dann überlegt, das muss irgendwie bleiben. Also das kann nicht nur so ein Jahr gewesen sein, das eben vorbei ist, sondern am Schluss kam eben die Idee, dass jeder sein Lieblingsrezept mal aufschreibt und macht. Die wurden auch angefertigt, die Salate und alles, und auch im Zelt, dann für alle in großen Mengen, und das wurde dann aufgeschrieben und fotografiert. Dann kommt immer mehr und immer mehr, und man erinnert sich an viele Sachen erst im Nachhinein so richtig, wie beeindruckend das war, wie es einen eigentlich auch mitgenommen hat, die Leute, die man vorher gekannt hat, so zerstört gesehen…

Viele Freunde haben ihre Häuser verloren, und zwei haben leider auch ihr Leben verloren. Die waren in Altenahr, das war ein altes Haus aus dem 19 Jahrhundert, ganz massiv. Also, das war eine zweieinhalbstöckige Villa, und die wurde einfach weggerissen mit den beiden drin, und der Hund war noch dabei… Die Tochter, die war im Nachbarhaus, die musste alles mit ansehen. Also, das war schon ziemlich schlimm… Und ja, es ist halt nichts mehr, wie es war…
Mein Atelier in Altenahr war komplett zerstört. Ich habe Fotos gekriegt, nach 14 Tagen, denn wir konnten am Anfang nicht nach Altenahr fahren, die Straße war zerstört. Das heißt, ich konnte nur abwarten. In der Zwischenzeit kam dann meine Tochter. Die hat gesagt, es ist nichts mehr da, alles ist ausgeräumt, da ist alles weg. Und ich hatte dann mit meinem

Vermieter noch gesprochen, es war natürlich vieles kaputt und dann haben sie halt weggeworfen ... Muss man jetzt so nehmen, wie es ist. Ich hab dann die Holzschnittplatte nochmal gefunden, die war dann verarbeitet zur Tür an ein Nachbarhaus. Es war jetzt gut, dass ich das eine Jahr gearbeitet habe, so wirklich im Tunnel. Aber ich merke auch, dass es jetzt weitergehen muss und dass meine Restlaufzeit auch nicht so groß ist. Also, ich muss wieder anfangen zu malen.
Ich hatte eine Ausstellung vorbereitet, zusammen mit drei anderen Druckgrafikerinnen, und ich dachte ja, dann nehme ich alle meine Platten mit, die besten Sachen stellt man ja aus... und ja, es war halt alles weg, es ist nichts mehr da.

Am Anfang hat man den Eindruck, du verbringst deinen Lebensabend hier in der Region, und es ist alles zerstört, und du wirst es wahrscheinlich oder möglicherweise nicht mehr erleben, bis wieder alles so in Ordnung ist.
Das ist so ein Gedanke, der zwischendrin mal kam. Die Kombination von Corona und Flut war, glaube ich, das größte Problem. Zuerst konnten wir nichts mehr machen, da war ja dann alles zu. Und genau an dem Wochenende, ich weiß noch genau, wie alle gesagt haben, jetzt können wir wieder anfangen... das wird besser, und jeder hat nochmal renoviert und sich vorbereitet auf dieses Wochenende, und genau in dem Moment kam die Flut. Also, das war schon sehr merkwürdig. Und wie gesagt, das kann sich wirklich keiner vorstellen, dass sowas passiert. Ich glaube, dass es in der Form nicht nochmal passieren wird, weil die Konstellation völlig anders ist. Wir haben diese ganzen Campingplätze jetzt nicht, wo sich das ganze aufstaut. Ich glaube, Wasser allein ist was anderes als das, was wir da hatten, diese Mischung von allem, was es so gibt.
Es wurde das Gefühl weggespült, dass man in einer schönen Gegend wohnt. Die ganzen Orte, wenn man da durchfährt, das sind nicht mehr dieselben Orte, es sind auch nicht mehr dieselben Menschen. Die Flut hat mit jedem was gemacht.
Ich vermisse so manche Punkte, Fixpunkte, die man hatte im Tal. Altenburg, das beste Beispiel, der Weg zum Jugendbüro. Das ist hinten an der Schule, und da gibt es eine Straße, die erste rechts, da standen immer Häuser, und ich habe mich immer über das rosa Haus aufgeregt, dahinter muss ich dann abbiegen. Jetzt sind die Häuser weg, und dann überlege ich jedes Mal, wo ich abbiegen muss. Oder, der Ortskern von Ahrbrück ist eigentlich auch zerstört. Da fehlen bestimmt auf der einen Seite vier Häuser, auf der anderen Seite sind bestimmt drei weg, dann vorne das eine

Haus, die zwei Häuser, wo die sieben Toten sind, diese ehemalige Schule, beziehungsweise das Pfarrhaus, ist zerstört, soll ja abgerissen werden, die Kirche steht auf der Kippe... Die gewohnte Umgebung ist nicht mehr da. Man fühlt sich immer noch heimisch, aber es ist anders.
Wir hatten in Ahrbrück eigentlich das Glück, dass bei uns das Ganze zügig abgewickelt wurde, dass man einen Helfer hatte, der alles koordiniert hat, der gesagt hat, die Helfer gehen jetzt in dieses Haus, und wenn das Haus fertig ist, gehen wir ins nächste, und so wurde es ganz konsequent abgearbeitet. Ich glaube, da sind wir schon weit. Wobei, das ist alles relativ. Gerade in Altenburg sagte eine Bekannte, *ich baue da zwar wieder auf, aber ich kann dir nicht sagen, ob ich wieder einziehe.*
Sind auch viele weg, aber viele sagen, wie eine Bekannte, die ihr Haus in Laach komplett verloren hat, *mir fehlt die Ahr, das fehlt mir einfach. Ich möchte nicht runterziehen, das kommt nicht mal in Frage, aber sie fehlt mir trotzdem.*
Von der Dimension her ist es immer noch unbegreiflich, weil es eben die ganze Region betroffen hat. Wenn man das dann mal von Ort zu Ort durchgeht, gerade zum Anfang – kein Bäcker, kein Metzger, die ganze Infrastruktur zerstört. Das ist unglaublich.

Reden hilft sehr. Das merke ich. Ich mache Mittwochs Mittags immer noch dieses Dorf Café, da kommen viele Senioren in den Achtzigern, und die freuen sich tierisch drauf, wenn sie da einfach reden können. Viele sagen, da muss man mal ein Programm machen, aber das wollen die eigentlich gar nicht, die wollen einfach nur reden. Ich denke auch, die Gemeinschaft macht viel aus. Es haben sich Leute getroffen, die sich sonst nie getroffen hätten. Das merke ich bei den *Küchengeistern*. Wir sind eine Gruppe, wir haben uns vorher nicht gekannt, obwohl wir im selben Ort wohnen, zum Teil. Also, das ist unglaublich!
Auch die Helfer, die haben dann immer angerufen. *Ich bin jetzt gerade da und komme dann morgen vorbei zum Frühstück*. Oder wir haben einen Helfer, der fragt immer, *was soll ich denn mitbringen, Maultaschen, dann gibt's mal wieder Maultaschen bei den Senioren*. Oder es fährt immer noch einer von der Ahrhilfe. Der ist auch unheimlich rührig und ist jedes Wochenende da und versorgt noch ältere Leute mit Lebensmitteln. Es ist schon beeindruckend, was da kam! Und was geblieben ist.
Am Anfang hat mir die Arbeit geholfen. Ich bin morgens da runter, abends wieder heim und war in meinem Tunnel. Jetzt muss ich gucken, dass ich wieder anfange, was zu machen. Ich muss jetzt wieder kreativ werden.

Ich habe das Gefühl, ich muss jetzt unbedingt loslegen. Und meine Enkel helfen wir natürlich auch.
Fange ich jetzt nochmal an oder fange ich überhaupt nochmal an, wieder was Kreatives zu machen, ein Atelier zu machen, weil jeder gesagt hat, du bist jetzt aber schon so alt, fängst du jetzt wirklich nochmal an? Also ich wollte eigentlich immer die Kombination Atelier, Galerie, Café. Dann hatte ich das für drei Jahre, also bis auf's Café. Ich hatte, was ich wollte. Und dann war es halt weg. Das ist ein Bruch, klar. Aber ich glaube auch, dass es weitergeht.
Ich muss sagen, dass Familie schon wichtig ist, denn auch da ist die Zeit begrenzt, Wie meine Enkelin gesagt hat, wenn ich groß bin, lebt ihr nicht mehr.

Angelika Furth
Juni 2023

Angelika Furth hat mittlerweile ein neues Atelier in Ahrbrück.

Noch Öl im
Bis 20.08. melde
unter 0171/225
THW, 16.08.

Wir werden hier nicht mehr wohnen. Das war uns schnell klar. Wir haben vier Kinder und zwei sind zumindest fachlich in der Lage, den Betrieb hier weiterzuführen. Ich habe sofort gesagt: Schön, macht es, aber nicht hier. Nur an einem sicheren Ort.

Paul Schumacher
Marienthal

„Der Begriff *Jahrhundert-hochwasser*, den sollte man streichen“

Paul Schumacher

Der Name „Weingut Paul Schumacher" in Marienthal ist Weinliebhabern sofort ein Begriff – hervorragendes Weingut, Qualität, erstklassige Straußwirtschaft. Das Weingut und das Wohnhaus der Familie wurden durch die Flut komplett zerstört. „Wir werden hier nicht mehr wohnen. Das war uns schnell klar. Jetzt machen wir etwas Neues. Jammern ist nicht mein Ding." Das sind Worte von Paul Schumacher bei unserem ersten Gespräch. Ich besuche das Weingut und er zeigt mir alles – wo sie gewohnt haben, wo sie in der Flutnacht waren, wie es jetzt aussieht.

Hier war alles kaputt. Es gab keine Tür mehr in dem ganzen Betrieb.
Der Keller ist jetzt fertig. Mehrere Feuerwehrler haben sich hier beschäftigt. Drei Wochen. Es sind mehrere Schlammpumpen hier unten kaputt gegangen. Sie haben teilweise Wasser von der Ahr hier rein zurückgepumpt, gespült, wieder Wasser raus, rein. Damit der Schlamm raus ist. Es war schon chaotisch.
Wir haben das Haus 2006 gekauft und komplett saniert. Das Gebäude ist von 1808. Ich glaube, selbst bei der letzten Jahrhundertflut 1910 war dieses Gebäude nicht betroffen.
Es war ja im Grunde genommen noch nie betroffen. Mit den Mengen Wasser hat keiner gerechnet. Ich auch nicht. Also man hätte mitrechnen können, wenn die Behörden, an diesem Nachmittag, ein bisschen mehr nachgedacht hätten, um es vorsichtig auszudrücken.
Also da ging es so gegen 21:45 Uhr los. Ungefähr der Wasserstand von 2016, das letzte Jahrhundert-Hochwasser, da war die Straße draußen noch nicht betroffen. Und dann die nächsten 5 Meter. Ging extrem schnell.
Wir waren auf dem Dach. Ich weiß nicht, wie viele Stunden. Irgendwann ging das Wasser wieder runter. Der Höchststand war hier so gegen 00:00. Ich weiß es nicht mehr. Ich würde sagen, nach ungefähr drei Stunden sind wir wenigstens wieder oben in unsere Wohnung reingekommen. Klar, alles kaputt. Schlamm, Wasser. Morgens um 10:30, da war noch Wasser auf der Straße, aber keine Strömung mehr. Da sind wir erst mal den Berg rauf zum Försterhof, da wohnt ein Freund von uns, haben Kaffee getrunken und sind dann am Nachmittag wieder runter. Da sind dann auch schon die ersten Helfer hier gewesen. Das waren die Landwirte aus der Grafschaft. Dann kamen unsere Kinder alle hier vorbei. Es wurde einfach hier aufgeräumt.

Ich glaube, das Ganze kann man nur überstehen, wenn man gar nicht registriert hat, was alles kaputt ist. Ich glaube, das ist auch gut so! Wenn man

das von Anfang an gewusst hätte, dann hätte man sich ins Auto gesetzt oder wäre weggefahren. Keine Ahnung.
Wir werden auch hier nicht mehr wohnen. Das stand für uns ziemlich schnell fest. Ich habe keine Angst vor dem nächsten Hochwasser. Was bestimmt kommen wird. Man wird das dann mit Sicherheit früher erfahren. Wir wissen selber, worauf wir achten müssen. Wir werden das Haus wiederherstellen. Aber wir werden nicht mehr hier wohnen, weil … Das muss man nicht zweimal haben.
Da werden wir wahrscheinlich Ferienwohnungen draus machen. Drei Ferienwohnungen. Ob wir selber hier wieder eine Straußwirtschaft machen werden, das wissen wir noch nicht. Wir haben dieses Jahr eine Alternative gefunden. Gott sei Dank. Hier oben, oberhalb vom Trotzberg auf dem Berg, da haben wir ein sehr, sehr großes und sehr schönes Grundstück in den Weinbergen, am Waldrand, eine Wiese mit Obstbäumen. Wir haben die Straußwirtschaft praktisch draußen im Freien gemacht. Von Juli bis Ende Oktober. War sehr gut.

Aufgeben? Nein, da haben wir nie daran gedacht. Das war nie eine Option. Wir haben auch jetzt verschiedene Optionen. Wir machen weiter. Klar. Mit dem Weingut, wenn es geht. Nicht hier unten, sondern oben auf dem Berg. Das ist ein Grundstück von 12.000 Quadratmetern, ideal gelegen. Plan A ist, da oben weiterzumachen, zu bauen. Es gibt natürlich noch Plan B, Plan C. Im Moment ist es eine ungünstige Zeit zum Bauen.
Aber es gibt viele hier, die wahrscheinlich aus Mangel an Alternativen einfach wieder an wirklich gefährlichen Stellen bauen und so tun, als wäre nichts passiert. Das verstehe ich nicht – das einfach ignorieren, verdrängen. Oder es gibt einfach keine Alternative. Aber die muss man vielleicht auch suchen.
Ich sage mal, jetzt alles wiederherzustellen, wie es vorher war und dann weiterzumachen, da wo wir am 14. Juli aufgehört haben, das geht sowieso nicht. Also bei uns ging das nicht. Zum Beispiel diese Straußwirtschaft, die wir jetzt oben auf der Wiese gemacht haben, ist sehr, sehr erfolgreich gelaufen. Natürlich war das logistisch eine Herausforderung: sehr aufwendig. Aber wir haben da einfach angefangen und es hat sehr gut funktioniert. Wir haben auch investiert, aber für uns war einfach klar – lieber was Neues machen, als zu versuchen, das Alte ganz schnell zu reparieren und wieder da anzufangen. Was Neues macht einfach mehr Spaß. Es ist eine Gelegenheit, nachzudenken: Okay, was machen wir jetzt?
Dieser erste Gedanke, den wir hatten, das war auch nur ein paar Tage nach der Flut, war einfach: es gäbe ein Projekt da oben. Das Bauen geht nur für

Landwirte und das Verfahren dauert normalerweise mindestens vier Jahre. Wir haben dann mit den entsprechenden Behörden, also Stadt und Kreis gesprochen, haben gesagt, *so und so, das ist unser Vorhaben.* Wir wurden bisher total unterstützt. Es läuft im Moment sehr unbürokratisch. Wir haben sofort gesagt: *Leute, egal, wie ihr entscheidet, ob man da oben darf oder nicht, ihr müsst schnell entscheiden. Das heißt, wir müssen möglichst schnell Klarheit und eine Perspektive haben.* Das Hängen in der Luft, das ist ganz schlimm. Wenn man ein Ziel hat, auch wenn es schwierig ist, dann wird die Sache schon einfacher. Natürlich ist es schon eine ganz schwierige Aktion da oben, ohne Zweifel. Aber einfach kann jeder.

Ich denke mal, Chaos ist an jedem Ort immer noch. Ich würde fast behaupten, Marienthal ist einer der ersten Orte, wo es wieder vernünftig aussieht und vernünftig läuft. Da bin ich mir ziemlich sicher.
Unser Nachbar Rolf Schmidt, der hat die Initiative sehr schnell übernommen, hat organisiert, geregelt, es ist schon ein Dorfwärmenetz entstanden. Es gibt Häuser, die hängen schon dran und die haben gar keine Heizung mehr. Wir werden uns auch anschließen lassen. Das ist eine gute Sache, wir brauchen keine Heizung mehr. Wir haben dann die Räume gespart dafür. Das funktioniert alles sehr, sehr gut hier. Ich denke, es ist auch einfach, weil Marienthal ein winziger Ort ist. Vielleicht 60, 70 Einwohner.
Ansonsten, wenn wir jetzt das ganze Ahrtal von Bad Neuenahr bis Altenahr nehmen, also wo der weinbauliche Teil sich abspielt, damit es wieder einigermaßen vernünftig aussieht, wird es fünf bis zehn Jahre dauern. Die Baustelle ist einfach zu groß. Infrastruktur, vernünftige Straßen, Bahnverbindungen, Radwege, Hotels, Übernachtungsmöglichkeiten, Restaurants, was man eben braucht. Das, denke ich, wird schwierig. Ich glaube, die wirtschaftlich schwierige Zeit, die kommt noch, die kommt garantiert noch. Wir haben ja nicht nur die Flut, sondern wir haben ja noch andere Probleme auf der Welt im Moment.
Die Winzer machen alle weiter. Die Winzer-Betriebe, die es hier gibt, es gibt ja die drei Genossenschaften und ich denke mal so 35 Weingüter, die machen alle weiter. Da habe ich von Anfang an gar nicht daran gezweifelt, weil die Weinberge eigentlich nicht betroffen waren. Wir, wie auch die meisten anderen Weingüter, wir sind einfach gewohnt zu improvisieren, schnelle Entscheidungen zu treffen. Man kann zwar planen, aber das Wetter macht einen Strich durch die Rechnung. Wir hatten im Gegensatz zu Hotels und Einzelhandelsrestaurants im letzten Jahr, auch dieses Jahr, noch die Möglichkeit, Wein zu verkaufen. Es ist nicht alles vernichtet

worden. Es gibt ein paar Weingüter, die aus dem Tal wegwollen, weil sie wirklich auf sehr gefährlichen Standorten stehen.
Hier im Flachen sind 40-50 Hektar betroffen gewesen. Wir haben nur einen kleinen Teil im Flachen. Unsere Verluste waren schon erheblich, aber es war ja auch noch Wein da. Das heißt, wir konnten im Grunde dann zwei, drei Wochen nach der Flut sofort wieder anfangen. Wir haben das irgendwie organisiert, dass wir wieder Wein verkaufen. Da kam Geld rein, das war ja gar nicht schlimm.

Mit der Solidarität und den Helfern: Das war einfach klasse. Oder ist es heute noch. Anders hätte es gar nicht funktionieren können. Das war absolut notwendig in den ersten Monaten, das hätte man gar nicht schaffen können. Bei uns waren in den ersten Wochen immer zwischen dreißig und fünfzig Leute hier, die gearbeitet haben, wo man im Grunde genommen überhaupt keinen kannte. Nicht nur Privatleute, die einfach mit angepackt haben, sondern auch viele Firmen, die unterstützt haben. Das ist schon großartig. Wenn man sich da nur auf unseren Staat verlassen hätte, dann wären wir verloren gewesen. Das ist völlig klar. Hier wurde einfach gemacht. Das war auch ein bisschen Anarchie und das war natürlich in den ersten Monaten auch notwendig. Alles andere hätte nicht funktioniert. Jeder hat was gemacht, weil er gedacht hat, das ist jetzt wichtig und deswegen hat es einigermaßen funktioniert.

Hier haben ganze Straßenabschnitte gefehlt, da war nichts. Ich weiß nicht, wie viele Wochen wir keinen Strom oder kein Wasser hatten. Das war schwierig. Wir haben eine Fläche von ungefähr 1.000 Quadratmetern hier. Totales Chaos. 1.000 Quadratmeter Schlamm. Ohne diese vielen Helfer hätte man gar nichts regeln können. Und natürlich Feuerwehren, die die Keller ausgepumpt haben. Das war schon wichtig.
Im Grunde haben wir die Doppelbelastung seit Juli 2021. Also sehr, sehr viel Arbeit, weil es nicht anders geht. Der Betrieb musste von Anfang an weiterlaufen und dann der andere Kram noch. Das wird uns auch noch eine Zeit lang begleiten, bis dieses Gebäude fertig ist. Das wird noch mindestens zwei Jahre dauern. Obwohl, ich habe ziemlich schnell auch gesagt, es gibt Leute, denen geht es schlechter. Wir leben noch. Wir haben zu essen und zu trinken. Alles andere macht keinen Sinn. Also Jammern und sich Hinsetzen und Jammern, dann kommt man nicht so richtig vom Fleck.
Wir haben sehr schnell gelernt, dass Dinge, die man für unmöglich hält, doch passieren können. Wie gesagt, Hochwasser ist hier in der Nähe nichts

Neues. 2016 standen hier auf der anderen Seite alle Häuser im Wasser. Natürlich schlimm, aber ja, Peanuts im Vergleich zu dem, was 2021 passiert ist. Nach dem Motto: Es gibt nichts, was es nicht gibt. Für mich ist ganz klar, ich habe mich ziemlich früh und auch heute noch intensiv damit beschäftigt. Es wird darüber diskutiert, aber das hängt auch mit dem Klimawandel zusammen. Natürlich gab es 1804 und 1910 vergleichbare Ereignisse. Wobei es 1910 nur die Hälfte des Wassers war, das hier runterkam. 1810 muss ähnlich gewesen sein.

Also der Begriff Jahrhundert-Hochwasser, den sollte man streichen. Ich meine, man muss sich nur umschauen, was auf der Welt passiert. Es kommt einfach alles zusammen. Die Situation ist eine andere. Das ist auch ein Grund, unseren Kindern zu sagen, diesen Beruf hier nicht mehr auszuüben. Wir haben vier Kinder und zwei sind zumindest fachlich in der Lage, den Betrieb hier weiterzuführen. Da habe ich sofort gesagt: *gut, aber nicht hier. Nur an einem sicheren Ort.* Auch wenn man es selbst nicht mehr erlebt, will man auch nicht, dass die nächste Generation es nochmal erlebt. Weil, wenn das nochmal passiert, weiß ich nicht, ob das mit den staatlichen Hilfen nochmal so funktioniert.
Ich habe nur Wein gemacht. Mein erster Job war in Köln. Dann war ich 13 Jahre Betriebsleiter von der Genossenschaft und habe vor acht Jahren Wein für ein aufsteigendes Weingut gemacht. Dann habe ich angefangen mich selbstständig zu machen.

Paul Schumacher
Februar 2023

Paul Schumacher ist 2023 weiter mit dem Aufbau beschäftigt.

Diese Erfahrung habe ich erst durch den Verlust meines Zuhauses gemacht: das anhaltende Gefühl zu schwimmen, auch wenn das Hochwasser weg ist. Innerlich schwimmt man immer noch und weiß nicht, wohin mit sich und was die Zukunft bringt. Wie man die Gegenwart stemmt und die Vergangenheit verarbeitet. Ich habe tatsächlich festgestellt, dass Heimat das ist, was in mir ist. Und wo ich bin. (…) Das heißt, gleich wo ich bin, ist Heimat. Ich habe sie in mir. Das ist mir jetzt erst bewusst geworden.

Martina Schneider
Kreuzberg (Altenahr)

„In der Flutnacht habe ich mich schon von meinem Haus verabschiedet“

Martina Schneider

Martina Schneider ist sowohl Journalistin als auch Heilpraktikerin im Altenahrer Ortsteil Kreuzberg. Der erste Schritt, die erste Entscheidung, die sie in der Flutnacht in ihrem überfluteten Haus trifft, ist, Kreuzberg zu verlassen.
Ich führe das Gespräch im Herbst 2022 in ihrer temporären Wohnung in der Hohen Eifel.

Ich werde mein Haus in Kreuzberg verkaufen, weil ich nicht geeignet bin für Großbaustellen. Ich schaffe das mental nicht. Ich sehe es auch bei anderen. Dieses Warten auf Handwerker, auf Material und auf irgendetwas, was dann nicht kommt. Das hätte mich alles enorm gestresst. Ich habe mich stattdessen für eine Odyssee entschieden, bei der mein Stress erträglich bleibt, von Übergangswohnung zu Übergangswohnung, bis ich mein neues Haus gefunden habe. Und das suche ich hier in der Eifel.

Der Sahrbach hat mein komplettes Erdgeschoss inklusive Naturheilpraxis, Keller, Heizraum und Innenhof überflutet. Ich lebe zwei Berufe, als Heilpraktikerin und als Journalistin. Im Erdgeschoss hatte ich meine Praxis, im Dach das Redaktionsbüro – das hat natürlich überlebt. Es ist auch mobil, so kann ich überall arbeiten, aber die Praxis ist für alle Zeiten weg. Das war meine Hauptexistenzgrundlage. Es ist, wie es ist.
Die Entscheidung von hier wegzugehen, ist in der Flutnacht entstanden. Ich habe im ersten Stock gesessen und dem Wasser zugeschaut, wie es die Treppe hochkam und nur gebetet, es möge den ersten Stock verschonen, was es auch getan hat. Drei Treppenstufen fehlten noch, dann wäre auch der erste Stock geflutet gewesen. Und ab 22 Uhr ging es ja dann auch langsam wieder zurück. Also ein bisschen Glück im Unglück.
In dieser Nacht habe ich mich schon von meinem Haus verabschiedet. Für mich war klar, dass ich nicht wieder aufbauen und zurückkehren werde. Ich wusste, dass ich gehen würde. Das war für mich auch in Ordnung. Ich kann es nicht anders beschreiben. Es war in Ordnung zu akzeptieren. Gut, jetzt beginnt irgendwo ein neuer Lebensabschnitt. Und er ist nicht in Kreuzberg. Und auch nicht in einer Praxis. Also nicht das, was ich bisher alles gemacht hatte. Ein paar Möbel bleiben. Ansonsten ist alles weg.
In Kreuzberg habe ich von 2004 bis 2021 gelebt. Ich war hier sehr gerne. Es ist ein schöner Ort. Im Moment zwar nicht, aber das wird ja wieder kommen. Nichtsdestotrotz habe ich gefühlt, mein Weg ist woanders und mein Ziel dann auch. Ich möchte nicht mehr ins Tal.

Die Feuerwehr hatte uns schon gewarnt. Trotzdem hat keiner mit diesen Wassermassen und dem so hohem Wasserstand gerechnet. Ich habe erst gedacht, ja, das wird wahrscheinlich wieder wie 2016, wo ich dann ein „Kneippbecken" im Keller hatte und ansonsten nichts Schlimmes passiert ist. Und ich bin dann erst mal in den Keller gegangen und habe Sachen vom unteren Bord im Regal einfach ins obere getan. Doch dann merkte ich, dass das diesmal nicht reicht. Und es ging ja dann auf einmal sehr schnell. Ich habe es noch geschafft, vier Stunden lang ein paar Dinge vom Erdgeschoss in den ersten Stock bzw. ins Dach zu bringen, vor allem die gesamten Patientenakten. Das fiel mir irgendwann ein. Ich hatte nur das Wort „Patienten" auf einmal vor meinem inneren Auge. Und dass ich die Akten rette. Und ja, da habe ich gut Sport gemacht. Nur als mir das Wasser fast bis zum Oberschenkel reichte, habe ich mich ins Obergeschoss verzogen, denn leider kann man wirklich im eigenen Wohnzimmer ertrinken. Es ging alles so schnell. Auch unerwartet in dieser Form. So etwas habe ich noch nie erlebt. Das hat keiner von uns, es hat auch niemand mit diesem Ausmaß rechnen können. Unser Bächlein, mein Sahrbach vor der Tür. Von 70 Zentimeter auf 6 Meter irgendwas. Das kann man sich nicht vorstellen. Ich habe dann noch aus einem Dachfenster heraus am nächsten Tag Bilder gemacht mit dem Handy. Selbst wenn ich sie heute sehe, kann ich es mir schon wieder nicht vorstellen, dass der Sahrbach so hochgestiegen ist. Obwohl ich es erlebt habe, dass es so ausgesehen hat, ist es schon wieder unvorstellbar. Ich könnte auch deshalb schon nicht zurück. Wieder der Sahrbach vor der Tür. Zwar wird jetzt erweitert und dieses und jenes gemacht, aber man weiß natürlich nicht, ob als Hochwasserschutz das reicht. Ich hätte bei jedem Gewitter, bei jedem Regen Angst, und das kann nicht sein. Unter Dauerspannung zu leben, ist nicht sehr gesund.

Ich habe den Eindruck, die meisten kehren doch zurück. Oder wenn sie mit dem Gedanken gespielt haben zu gehen, haben sie ihn inzwischen wieder verworfen.

Ich kann in ganz Deutschland, im Wald, auf der Wiese, hier, wo auch immer ich will, coachen. Und das mache ich. Sobald ich weiß, wo ich wirklich meine Heimat finde, meine neue Heimat, kann ich mein Coaching und meine Beratungen auch aufbauen.

Ich habe es gelernt, Abschied zu nehmen. Es war ein langer Weg. Es ist ein langer Weg des Akzeptierenlernens. Das hat nichts mit Aufgeben oder Resignieren zu tun. Es geht darum, das Leben so zu nehmen, wie es gerade ist. Und das habe ich zu meiner Freude jetzt bestätigt gesehen, dass ich es wirklich gelernt habe. Sonst wäre ich mental anders an die Sache herangegangen. Das finde ich sehr beruhigend. Das hat mich auch vor einem

Trauma bewahrt. Schock ja, aber kein Trauma. Und diese Akzeptanz birgt dann wieder Energie und Motivation, um seinen Weg weiterhin zu finden und zu gehen.

Ein Trauma kann ich nicht zu Hause allein lösen. Da brauche ich einen Therapeuten, der mich unterstützt. Das halte ich auch für ganz, ganz wichtig, weil ein Trauma, das sich festsetzt, noch – wir wissen es ja heute – bis zu zwanzig, dreißig Jahre später in eine Belastungsstörung münden kann, die spät erst hervortritt. Dann kommen vielleicht noch Traumata hinzu, die bisher verschüttet waren und dann wieder hochkommen. Wir wissen auch heute aus Erkenntnissen der Epigenetik, dass Traumata unserer Vorfahren sich auf uns vererbt haben. Das potenziert sich und das kann ich nicht allein lösen. Ich kann jetzt nicht sagen, es gibt den und den Weg, für ein ganzes Tal. Das geht nicht. Das kann nur jeder Einzelne für sich aufarbeiten – mithilfe eines Therapeuten.

Ich denke, dass es jetzt wichtig wäre, dieses ganzheitliche Konzept zu verfolgen, gleich ob als Arzt oder als Heilpraktiker. Als Psychologe oder Psychotherapeut. Man darf nicht vergessen, dass der Mensch eben nicht nur ein Körper ist, sondern auch Geist und Seele. Da ist es wichtig, sich auch mal neuen Konzepten zu öffnen. Das fände ich eine gute Tat. Wenn das gelingen würde. Ich weiß nicht, ob das gelingt. Das kann ich jetzt nicht beurteilen. Ich kann es nur wünschen und hoffen. Zum Beispiel die Pflanzenwelt: Dort gibt es noch so viel zu entdecken, was Menschen helfen kann, mehr als das, was wir bisher wissen. So könnte in eine Gesprächs- oder Verhaltenstherapie auch einiges aus der Pflanzenheilkunde einfließen. Oder aus der Homöopathie, wenn ich der Meinung bin, dass mir das hilft. Das ist immer eine persönliche Entscheidung. Sie setzt allerdings voraus, dass gerade jetzt in ärztlichen Gruppen eine Akzeptanz oder Offenheit entsteht. Ärzte dürfen nicht mit Heilpraktikern zusammenarbeiten. Das geht nun mal nicht aufgrund des Standesrechtes in Deutschland. Aber sie dürfen zumindest miteinander sprechen und vielleicht sich austauschen oder sich einfach öffnen für andere Methoden und sie nicht per se abtun. Unsere Medizin fußt immer noch auf dem sehr überholten Bild, dass Leib und Seele getrennt sind. Das halte ich für grundlegend falsch.

Da braucht es viele, die sich dann an einen Tisch setzen und sich für andere Sichtweisen und Erfahrungen öffnen. Nur die Menschen haben jetzt noch keine Zeit dazu, weil sie aufbauen und versuchen, ihren Stress in den Griff zu bekommen. Stress durch das Bauen, durch das Warten, durch die Umgebung, die nicht sehr schön ist. Da sind jetzt erstmal andere Dinge wichtig. Zum Beispiel, dass Menschen wieder ihre Heimat finden, sich nicht mehr entwurzelt fühlen, wieder nach Hause kommen können. Sich

einrichten können in einem neuen Leben. Das sind ja nicht nur die neuen Möbel, das sind dann auch neue Energie und neue Motivation, neue Hoffnung, neue Ziele. Und erst, wenn das getan ist, was sicherlich noch eine ganze Weile dauern wird, erst wenn die Infrastruktur wieder so ist, dass man nicht mehr um alles Mögliche kämpfen muss, allein schon, um das Kind in die Schule zu bringen, erst wenn die Schule überhaupt wieder steht und nicht in irgendeinem Container ist, dann erst können solche Konzepte erdacht werden. Die Zeit ist noch nicht reif. Und sobald es soweit ist, gibt es vielleicht bis dahin schon wieder ganz neue Möglichkeiten. Die Helfer haben zum Beispiel einen wunderschönen Barfußpfad in Kreuzberg angelegt. Es ist angenehm für überlastete Füße. Jetzt im Frühling konnte man ihn wieder gehen, um den gesamten Körper zu regenerieren. Der Barfußpfad hat mehrere Abschnitte mit verschiedenen Untergründen, über die man geht, so dass alle Akupunkturpunkte an der Sohle und an den Zehen aktiviert werden. Das fand ich eine richtig klasse Idee.
Ich suche nicht nach Erklärungen, wie diese Katastrophe geschehen konnte, außerdem sind sie ja teilweise schon da. Von Meteorologen, von Klimaforschern. Da gibt es für mich nichts zu suchen. Für mich ist eher wichtig, in meinem kleinen Reich noch nachhaltiger zu leben und mich noch mehr auf Dinge einzustellen, die kommen. Und noch mehr dafür zu sorgen, dass sich zumindest schon mal über mein kleines Reich das Klima nicht weiter verschlechtern muss.
Aber auch das wird Zeit brauchen. Eine Nachhaltigkeit muss erst mal in meinem Gehirn beginnen, dass ich mir überhaupt Dinge vorstellen kann, die ich ändern möchte.
Was soll ich mir erklären? Es ist nun mal da gewesen. Ich muss das Beste draus machen. Das, was ich an Erklärungen gerne habe, sind die Dinge, die mir helfen, wie ich es in Zukunft besser machen kann. Sie bekomme ich – über Zeitung, Internet, über Gespräche mit Experten. Soweit sie es auch wissen. Viele Dinge weiß man immer noch nicht so genau.

Zerstörung ist etwas, was nicht per se schlecht ist, wie alles im Leben. Es gibt nicht nur Schwarz und Weiß und Gut und Böse. Das ist eine philosophische Frage. In meinem Verständnis gilt das Prinzip „Stirb und Werde", wie die Natur es uns im Jahresverlauf zeigt, und wir sind Teil der Natur. Der Mensch mag sich gerne über sie erheben oder sich selbst ausgrenzen. Nichtsdestotrotz ist er Teil der Natur. Wir haben jeden Tag Zellen, die sterben, und welche, die neu entstehen. Selbstzerstörung. Das ist verbunden mit Assoziationen, die nicht sehr schön sind, aber generell ist es eine Zerstörung. Etwas, was dann gestorben ist, ist nicht mehr da. Nicht mehr in

dieser Form. Das heißt aber nicht, dass es nie wieder eine andere Form haben kann. Das wäre wider die Natur. Aus dem, was zerstört worden ist, bleibt immer etwas übrig. Und genau aus dem erwächst das Neue.
Manchmal ist Zerstörung sogar notwendig, um Menschen begreiflich zu machen, dass es so nicht mehr weitergeht. Mit Gedankenlosigkeit und Rücksichtslosigkeit. Wenn man so will, könnte man auch meinen, dass die Natur sich wehrt. Nicht rächt, das liegt ihr nicht. Aber sie wehrt sich. Und Wasser ist etwas, das überall seinen Weg findet. Und je mehr man es versiegelt und unten halten will, umso mehr bricht es irgendwann hervor. Eine Zerstörung zeigt mir eher auf, was ich falsch gedacht und dann verkehrt gemacht habe. Wo ich nicht in einer Gleichwertigkeit mit der Natur in mir, mit der Natur um mich herum umgegangen bin. Es ist keine Natur, wenn ich immer weiter Flächen versiegele.
Zerstörung. Wenn man sie nach einer gewissen Zeit, nach Überwindung des Schocks betrachten kann, sieht man, was daraus werden kann. Es ist ja nicht so, dass nichts mehr da ist. Aus dem was da ist, erwächst etwas anderes, vielleicht auch etwas, was jetzt erst möglich ist. Es braucht aber Zeit. Jeder Mensch hat seinen eigenen Rhythmus und seine eigene Zeit, in der er verstehen und begreifen kann, erkennen, umsetzen kann. Ungeduld ist da, genau wie Angst, ein schlechter Ratgeber. Ich kann verstehen, dass Menschen ungeduldig sind, wenn sie nach Hause möchten. Ich kann es aber zum Beispiel nicht verstehen, dass man Häuser nicht erst mal ganz trocknen lässt, ehe man sie – schimmelfrei – wieder aufbaut.
Der erste Schritt war sicherlich, mich von meinem Haus zu verabschieden und von Kreuzberg. Und zu akzeptieren, dass ein neues Leben für mich beginnt. Wo auch immer. Mit wem auch immer.
Der zweite Schritt war, meine Freunde um Hilfe zu bitten. Ganz konkret. Ich sitze hier in einer Art Wüste und brauche Hilfe, und ich habe sie auch sofort bekommen, sobald es auch wieder Empfang gab über Handy. Ich konnte direkt zu meiner Freundin ziehen und durfte sogar meine beiden Katzen mitbringen. Und meine Nachbarin hatte sogar noch einen Transportkorb für mich. Ich wollte nicht in einem kaputten Haus ausharren, was einige gemacht haben. Bei meiner Freundin konnte ich ein paar Monate bleiben. Wo finde ich dann eine Wohnung? Und das hat Gott sei Dank auch funktioniert, ich habe sie bei Adenau gefunden. Nun ist mein nächster Schritt, mein Haus zu finden. Mein neues Zuhause, wo auch immer es ist, und dort dann eine Coaching -Praxis aufzubauen. Und mein Redaktionsbüro … Das sind meine nächsten Schritte. Und gut, sie sind verbunden mit diversen Umzügen. Aber dann ist es so. Die können auch Freude machen.

Es gibt diesen schönen Satz: Am Ende wird alles gut, und wenn es noch nicht gut ist, ist es noch nicht zu Ende. Nur es ist dann gut. Irgendwann. Und darauf freue ich mich. Und diese Vorfreude, die nimmt viel an Schwere weg. Ich habe eine schöne Wohngemeinschaft mit meinen Tieren. Das finde ich ganz wunderbar.

Jahrelang habe ich für Menschen mit Schlafstörungen eine Schlafschule angeboten. Jetzt habe ich meine Schule für mich selbst genutzt, weil ich nicht mehr gut schlafen konnte. Auch wenn ich viele Techniken beherrsche, um aus einer Schlafstörung herauszukommen, war es schon eine Umstellung, auch in einem erstmal fremden Lebensumfeld wieder in den eigenen Rhythmus zu kommen. Und das geht nur mit Disziplin. Ich kann es nur empfehlen, sich Wecker und Wochenkalender anzuschaffen, jeden Tag zur selben Zeit zu Bett zu gehen und aufzustehen und jeden Termin einzutragen und auszuführen, selbst wenn es das Einkaufen ist. Es ist so wichtig, wieder in eine Struktur zu kommen. Diese Struktur gibt Halt. Und über den Halt komme ich auch wieder in die Ruhe. Mit der Ruhe kehrt auch die Kreativität zurück, dass ich dann wieder weiß, was könnte ich denn jetzt anstellen oder wo will ich hin?

Diese Erfahrung habe ich erst durch den Verlust meines Zuhauses gemacht: das anhaltende Gefühl zu schwimmen, auch wenn das Hochwasser weg ist. Innerlich schwimmt man immer noch und weiß nicht, wohin mit sich und was die Zukunft bringt. Wie man überhaupt die Gegenwart stemmt und die Vergangenheit verarbeitet. Das ist alles sehr schwammig. Ich habe tatsächlich festgestellt, dass Heimat das ist, was in mir ist. Und wo ich bin. Wo ein paar Dinge noch sind, die ich habe retten können. Wo meine Tiere sind. Meine Pflanzen, die ich habe retten können. Diese Symbiosen, sie sind ja immer noch da und sie sind dann auch in mir. Heimat macht sich für mich nicht mehr an äußeren vier Wänden fest. Ich bin sehr dankbar, dass ich dahin gekommen bin, Heimat nicht mehr nur mit einem Haus zu verbinden. Ein Haus ist eine Funktion, ist ein Stein oder ein Holz, was da verarbeitet worden ist. Aber das Haus wird ja erst zur Heimat mit dem, was ich darunter verstehe und welche Energie ich auch hineingebe. Und diese Energie ist in mir. Das heißt, gleich wo ich bin, ist Heimat. Ich habe sie in mir. Aber das ist mir jetzt erst bewusst geworden. Das ist tröstlich und beruhigend. Und damit hört die Sehnsucht auf.

Ich denke auch sonst, dass Sehnsucht etwas ist, was einen kaputt machen kann, wenn man sich immer nach Dingen sehnt, die nie da sind. Wie der Name schon sagt, ist die *Sucht* des Sehnens etwas Krankes. Und das hört auf, wenn ich in mir rund bin, weil alles da ist. Alles, was ich brauche, ist in mir. Das setzt voraus, dass ich diese schreckliche Erfahrung verarbeitet habe. Nicht verdrängt, nicht unterdrückt, sondern verarbeitet.

Martina Schneider
November 2022

Im Sommer 2023 hat Martina Schneider ihr neues Haus in Gerolstein gefunden und ist nun in der Vulkaneifel zuhause.

Vor einiger Zeit kam ein Feuerwehrmann zu mir, der hier in der Flutnacht im Einsatz war. Er stand hinten auf einer Mauer und hat mich die ganze Nacht beobachtet. Und irgendwann, nach einem Jahr, hat er mich angesprochen. Er konnte die Situation nicht ertragen, dass er damals hilflos dastehen musste, während ich hier mit dem Tod rang ...

Oliver Griess
Insul

„Wir gehören zu den 34 Häusern, die im Ahrtal nicht mehr an der gleichen Stelle bauen dürfen."

Oliver Griess

Oliver Griess wird in der Flutnacht vom Wasser in seinem Haus in Insul weggespült und überlebt neben einem Baum. 15 Stunden nass im Bademantel. Darüber hat er schon öfter erzählt, bei ARTE, ZDF usw. Mich berührt seine Geschichte sehr. Wir treffen uns an einem Wintertag in Insul, spazieren zu dem Baum an der Ahr und sprechen darüber, was bei ihm nach dem Erlebtem bleibt und wie es weitergeht.

Wir haben alle eine dünnere Haut bekommen, durch die Flut. Merkt man ja. Auf der anderen Seite, man sieht jetzt alles nicht mehr so eng, ich ärgere mich nicht, wenn ich Auto fahre und im Stau sitze. Ich bin geduldiger geworden. Schlimm sind die persönlichen Sachen, die weg sind. Ich hätte theoretisch eine neue Identität anfangen können. Wenn ich für vermisst erklärt wäre...
Vor einiger Zeit kam ein Feuerwehrmann zu mir, der hier in der Flutnacht im Einsatz war. Er stand hinten auf einer Mauer und hat mich die ganze Nacht beobachtet. Und irgendwann, nach einem Jahr, hat er mich angesprochen. Er konnte die Situation nicht ertragen, dass er hilflos dastehen musste, während ich hier mit dem Tod rang. Wir haben uns hier bei der Linde getroffen. Und ich habe zu ihm gesagt: „Du brauchst dir keine Vorwürfe zu machen, du hättest nichts machen können". Ich war bei der Feuerwehr und hatte selbst Situationen, wo ich nichts machen konnte, obwohl ich es wollte. Das hat ihm sehr geholfen, er konnte endlich damit abschließen.

Hier ist der Baum. Das ist eine Linde. Da habe ich mich darüber immer geärgert, denn die hat im Herbst immer so viele Blätter runtergeworfen. Die landeten alle auf unserem Grundstück und die musste alle weg machen. Die Dachrinne, das Dach sauber machen. Und im Endeffekt hat mir aber diese Linde das Leben gerettet, weil das der einzige Baum war, der tatsächlich gehalten hat.
Hier war ich 15 Stunden in der Nacht. Ich habe mich an den Baumstamm gesetzt. Ich habe die ganze Zeit überprüft, wie stabil ist der Baum, wie nass es ist. Da bin ich dann rübergegangen in die Mitte. Damit der Hubschrauber dort besser anfliegen konnte.

Ich bin aus dem Westerwald. Ich bin 2009 ins Ahrtal gekommen. Meine Lebensgefährtin hat 2007 mit ihrem Ex-Mann das Haus gekauft. Ich hatte schon vorher in Insul gewohnt und 2015, als sie sich getrennt haben, bin ich unten eingezogen in die Eigentumswohnung. Dann irgendwann kamen wir zusammen. Das war ein Traumhaus, direkt am Wasser. Es war nie diese Idee da, dass was passieren kann beim Hochwasser oder so. 2016 hatten wir Hochwasser hier unten. Das Wasser kam bis zur Grundstücksgrenze und irgendwann ist es wieder runtergegangen. Aber diesmal eben nicht.

Auf jeden Fall tut es mir jetzt gut zu erzählen. Aber ich kann es auch nur, weil ich weiß, wir haben eigentlich alle überlebt. Es ist keiner zu Schaden gekommen. Ich sage mal, das Schlimmste an der ganzen Geschichte war ja, *als ich hier stand und dachte – alle sind tot.* Ich hatte bis auf den Bademantel nichts mehr, eigentlich gar nichts mehr. Als das Haus weg war und ich das gesehen habe, für mich waren die ja alle tot.

Meine Freundin war mit den zwei Hunden und mit der Katze auf dem Dachboden, aus der Nachbarschaft Freund und Freundin mit dem 10-jährigen Jungen. Ich bin da weggespült worden und bin dann am Baum zum Hängen gekommen, habe den Rest des Hauses noch zusammenbrechen gesehen und dann habe ich mir gedacht, das kann ja keiner überlebt haben. Ich wusste nicht, dass sie sich auf dem Dach so gedreht haben, und zum anderen Haus reingegangen sind. Für mich war das eigentlich abgeschlossen. Ich habe gesagt, *du bist der einzige Überlebende*. Ich bin ganz konzentriert an dem Baum gestanden. Ich habe das Wasser beobachtet, wie soll ich mich festhalten und wo, wenn das Wasser noch gestiegen wäre. Es war so eine Strömung! Und da floss alles Mögliche vorbei, Betonplatten, Wohnwagen … Ich hatte die ganze Nacht über Todesangst. Da habe ich gesagt, ich mache nichts unter Schmerzen. Wenn das Wasser so hochsteigt, dass ich mich nicht festhalten kann, dann wäre ich gesprungen, dann hätte ich einen Zeitpunkt abgewartet und wäre dann von selbst gesprungen.

Meine Freundin und unsere Nachbarn wiederum haben dann irgendwann von oben aus dem Dachfenster gesehen, dass hier am Baum Bewegung war. Ich habe um Hilfe gerufen. Dass mich jetzt keiner holen konnte, das war mir klar. Aber ich wollte, dass die Leute die Taschenlampen nicht ausmachten und wussten, es ist immer noch einer da. Die haben mich dann irgendwann in der Nacht wahrgenommen. Die Nachbarin hat gesagt, *da unten ruft einer um Hilfe. Das hört sich an, als wäre da der Oliver.* Sie haben tatsächlich immer wieder geguckt. Und mich dann erkannt. Ich konnte niemanden sehen und durch die Geräuschkulisse konnte ich auch nichts wahrnehmen.

Am nächsten Morgen, als ich dann von dem Baum runtergegangen bin, und dann quasi in die Mitte gegangen bin, damit der Hubschrauber mich holen konnte, habe ich mich hingesetzt. Dann guckte ich oben in das

Dachfenster rein, da stand meine Freundin. Ich habe ihr erst zwei Finger gezeigt, für die Hunde, ob alle zwei Hunde noch da waren. Dann hat sie mir nur einen Daumen zurückgezeigt. Der eine war wohl da, mit der Leine, der andere hatte aber kein Geschirr an. Dann habe ich drei Finger gemacht, quasi für die Nachbarn, sie hat drei zurück gemacht. Da wusste ich schon, die lebten jetzt alle. Der zweite Hund wurde später sechs Kilometer weiter unten aus dem Wasser gezogen, ohne Verletzungen, ohne alles. Er wurde zum Tierarzt gebracht und anhand vom Chip konnte man ihn zuordnen und dann haben wir den auch wiederbekommen.

Man geht schon anders an die Geschichte ran. Das war vorher alles Friede, Freude, Eierkuchen. Jetzt hast du schon ziemlich viel Stress, mit Baumaßnahmen, Grundstück, schlechten Nachrichten. Die Beziehung hat schon ein bisschen gelitten.

Aufbauen dürfen wir hier nicht. Wir gehören quasi zu den 34 Häusern, die im Ahrtal da nicht mehr an der gleichen Stelle aufbauen dürfen.
Meine Lebensgefährtin macht eine Therapie. Das ist richtig. Aber ich mache keine Therapie. Ich komme so mit meinen Freunden einigermaßen klar, die wissen, wie die mich zu nehmen haben. Wir reden über alles. Ich habe mal einen Aufenthalt gehabt in der Dr. von Ehrenwall'schen Klinik in Bad Neuenahr, und das kam mir so vor wie eine Massenabfertigung. Ich habe bei einem Therapeuten gesessen, der mit mir zehn Minuten gesprochen hat und dann über den Fall vor mir redete. Die waren alle so belastet. Ich musste irgendwo anders hin.

Wenn es jetzt anfängt zu regnen und ich bin in der Dachgeschosswohnung und der Regen plätschert so auf die Fenster obendrauf, dann muss ich schon die Musik ein bisschen lauter drehen, damit ich alles nicht so mitbekomme. Dann habe ich manchmal schlaflose Nächte, man denkt immer wieder darüber nach. Ich gucke mir immer die Fotos an. Aber ich habe auch teilweise einen Filmriss. Teilweise weiß ich auch nicht mehr so genau, wo was passiert ist und wie. Der eine sagt, ich habe dich da noch gesehen, ich sage, kann gar nicht sein, weil ich zu dem Zeitpunkt noch nicht da war …
Mein Fuß wurde verletzt bei der Flut. Er wurde schon dreimal operiert. Mir haben bei der einen Operation die Ärzte gesagt, wir versuchen zwar alles, aber es kann sein, dass wir durch die Entzündung und den ganzen Dreck den Fuß amputieren müssen. Das kriegst du vor der Narkose gesagt! Als ich später aufwachte, war das erste, die Bettdecke hochzuheben und zu

gucken, ob er noch da ist oder nicht? Das war so eine grenzwertige Geschichte. Aber jetzt, Gott sei Dank, ist alles gut. Ich habe immer noch ein bisschen Probleme, wir müssen immer ein bisschen aufpassen.
Aber Hauptsache, wir leben.

Oliver Griess
Dezember 2022

erschöpfung ist ein seltsames wesen

verbirgt sich hinter weißen blusen
und unter einem gelben kleid
verkleidet sich als begeisterung
hat eine aufgeregte stimme:
weitermachen! weitermachen! genauso! genauso!

manchmal ist sie wie eine strenge grundschullehrerin
lässt mich nicht
ein buch zu ende zu lesen
ein buch überhaupt zu lesen
gedichte zu schreiben
zeigt sich zufrieden mit
instagram, facebook und blah, blah, blah

erschöpfung ist ein seltsames wesen

Das Kuriose ist, nachdem jetzt dieses Hochwasser passiert ist, ist mir aufgefallen, dass in unserem Haus, also im Haus meiner Eltern, im Flur, Bilder hängen, alte Bilder vom Hochwasser 1800 oder 1900. Die sind mir nie aufgefallen vorher. Ganz kleine schwarz-weiße Bilder. Und jetzt auf einmal wurden sie aktuell.

Andrea Babic
Altenahr

„Langsam weitermachen“

Andrea Babic

Andrea Babic treffe ich im Sommer 2022 und besuche sie mehrmals in Altenahr. Sie ist zusammen mit ihrer Schwester Stefanie Nelles die Besitzerin des Hauses CASPARI in Altenahr. Es ist seit der Flut geschlossen. Im Sommer 2022 ist trotzdem viel los – die Terrasse ist voll mit Gästen, es gibt Kaffee und Kuchen, eine Ausstellung im entkernten Haus … Die Schwestern sehen die Zukunft positiv – und haben sich entschlossen, langsam weiterzumachen und ein neues, nachhaltiges Zuhause für die nächsten Jahre aufzubauen. Langsam weitermachen: das hört man nicht so oft im Ahrtal. Was steckt dahinter? Auf einem gemeinsamen Spaziergang mit Andrea Babic erfahre ich mehr.

Das war vielleicht kurz nach der Flut, dass man in diesem riesigen Haufen an Müll und Schlamm gesessen hat und einfach gedacht hat, man wird das nie wieder wegkriegen. Das war so viel. Man hat sich nicht vorstellen können, dass es weggeht. Dann kamen die ganzen Helfer und man hat gesehen, das geht ruckzuck voran und jeder ist da auf deiner Seite, will dir helfen. Das hat einem sofort den Mut gegeben, auch dranzubleiben. Natürlich hat man zwischendurch immer wieder die Situation, dass man in ein Loch fällt und mal wieder überlegt: *Soll ich vielleicht doch schnell die Koffer packen und abhauen?* Aber diese Gedanken hat man eigentlich nur, wenn man vor einem kleinen Problem steht, wo man sagt, man ist nicht mehr so resistent wie man das vorher war. Die Frustrationsgrenzen sind ein bisschen niedriger. Aber im Großen und Ganzen hat sich nie die Frage gestellt, ob wir weitermachen oder weggehen. Letztendlich – wir wissen, dass die Gastronomie genau das ist, was wir machen möchten. Wir möchten nichts anderes, wir können nichts anderes so gut wie die Gastronomie. Das ist was uns ausmacht.
Wir versuchen nun, umweltbewusst in die Zukunft zu denken. Wir versuchen, ein energieeffizientes Haus zu bauen, was es bisher nicht war. Das bedeutet, von Photovoltaikanlage über neue Dämmung, neues Dach, das ganze Haus wird komplett eingekleidet. Wir machen einen Anbau, um mehr Raum zu bekommen und wetterunabhängiger zu sein.
Es wird ein Gründach geben. Es wird mit Feuer geheizt, mit Wärmepumpe. Es wird also versucht, alles zu nutzen an Energien, die man nutzen kann, ohne eben auf fossile Brennstoffe zurückgreifen zu müssen. Das ist im Moment der Plan für die Zukunft.

Wir versuchen generell immer das Positive zu sehen. Es ist Schlimmes passiert, aber wir sehen eben das Positive. Wir können das Haus jetzt komplett

neu gestalten nach unseren Wünschen. Das war vorher nicht möglich, weil wir das Haus so von unseren Eltern, von den Großeltern übernommen haben. Man hat immer dazu gebaut, dazu verändert, aber es war halt nie optimal und das können wir jetzt alles von null an starten und dementsprechend wird es in den nächsten 25 Jahren, die wir hier arbeiten werden, weil so lange haben wir noch, wird es auch ein viel angenehmeres Arbeiten für uns sein.
Das einzig Negative im Moment ist der lange Weg bis dahin. Nicht nur, was unseren Aufbau angeht, der schon ein Jahr länger dauert, als wir gehofft hatten. Das ganze Dorf, die ganze Gegend, das wird ja alles noch viele Jahre brauchen, bis sich das wieder erholt hat. Das drückt die Stimmung.

Wir möchten bewusst, dass die Leute hierher kommen, sich das anschauen, sich hier hinsetzen und zur Ruhe kommen und es genießen, hier im Ahrtal zu sein und nicht nur auf der Durchreise zu sein. Das möchten wir ändern.
Viele Kollegen aus der Gastronomie denken genauso. Wir haben einen sehr engen Kontakt mit allen, die haben teilweise auch schon wieder ihre Häuser eröffnet. Alle sind positiv auf die Zukunft eingestellt. Natürlich gibt es einige, die es nicht so positiv sehen. Das hat dann meistens damit zu tun, dass einfach das Ganze ins Stocken geraten ist. Entweder spielt die Versicherung nicht so mit, wie man das gerne hätte, oder bei den Behörden hakt es oder sonstige Probleme sind aufgekommen. Oder man fragt sich einfach: *Lohnt es sich noch, diesen Aufbau zu starten, der fünf Jahre dauern wird, wenn man selber schon kurz vor der Rente steht und vielleicht keine Kinder hat, die das Ganze übernehmen?* Bei unserer Generation war die Frage nie, ob wir wieder aufbauen, sondern einfach nur, wie wir es machen und dass es gut wird.
Das Haupthaus Caspari hat mein Opa 1954 übernommen. Der ist damals aus Köln bzw. aus Frechen hierhergekommen. Mein Vater ist gebürtiger Kölner und mit sieben Jahren hierhergezogen. Dann hat mein Vater meine Mutter kennengelernt. Sie war eine Arbeiterin aus Kroatien, die hier gerade hergezogen war. Die beiden haben das Haus vom Opa übernommen und 1983 das zweite Haus, das Café Caspari, dazu gebaut. Ein weiteres Haus in der Gasse neben dem Café wurde dann in den Jahren danach von den vorigen Besitzern gekauft, einfach, weil wir dort Ferienwohnungen geplant hatten und wir eine sehr große Lagerfläche in dem Raum hatten, die ja auch wichtig ist bei dem großen Geschäft, das man führt.
Meine Schwester hat das Haus von meinen Eltern 2004 übernommen. Das war ein schleichender Prozess. Sie ist mit eingestiegen, ich bin 2004

nach Kroatien ausgewandert. Ich habe meinen Mann dort kennengelernt, bin dorthin gezogen, habe mit ihm dort sechs Jahre gelebt. 2010 sind wir zurückgekommen. Wir hatten ein Kind, mittlerweile ein Jahr alt und es gab Probleme mit einem Kitaplatz, mit einer Betreuung, mit dem Job. In Kroatien waren wir allein auf uns gestellt. Dann war klar: wir gehen einfach zurück. Im Ahrtal ist es am schönsten. Es ist Sicherheit, die man spürt. Wir haben einen Job, wir wissen, für wen wir arbeiten. Dann sind wir 2010 bei meiner Schwester miteingestiegen und führen das Geschäft seitdem zu dritt. Der Mann meiner Schwester, der eigentlich einen ganz anderen Beruf hat, der hilft auch sehr tatkräftig mit.

Für meine Kinder war die Flut ein bisschen surreal. Für die Tochter meiner Schwester war es besonders schwer zu begreifen. In der Flutnacht war ich mit den Kindern im Kino. Es regnete seit Tagen. Wir haben überlegt, wie können wir die Kinder ein bisschen aufheitern? Ich habe mir die drei Kinder geschnappt, habe noch zwei Hausgäste aus dem Hotel mitgenommen und habe gesagt: *Wir fahren alle ins Kino nach Bonn.* Als wir aus dem Kino rauskamen, habe ich die ersten Videos bekommen, von der Straße hier, die ein Fluss geworden war. Dazu panische Nachrichten meiner Schwester, die gesagt hat, *egal was ihr macht, kommt bloß nicht hierher, hier ist alles kaputt, es geht alles den Bach runter.* Dann haben wir erst mal versucht, ein Hotelzimmer zu bekommen. Wir sind Richtung Köln gefahren, weil ich eine Freundin habe, die dort ein Hotel führt. Wir sind gar nicht mehr bis Köln gekommen, weil überall das Wasser stieg, die Autobahnen wurden gesperrt.
Ich kann das gar nicht mehr so genau beschreiben. Es war eine komische Situation mit so vielen Leuten im Auto, die Verantwortung ... Du musst jetzt die Kinder irgendwo hinbringen. Wir sind dann wieder Richtung Bonn gefahren. Es war schon 09:30 Uhr abends, Wir wussten da nicht, wohin wir sollten, die Kindern waren hungrig. Letztendlich habe ich bei meiner zweiten Schwester angerufen, in *Swisttal-Heimerzheim.* Als wir angekommen sind, wurde Heimerzheim auch überflutet. Wir hatten das Glück, dass ihr Haus auf dem Berg ist, aber wir saßen in diesem Haus dann zwei Tage fest, denn alle Straßen waren gesperrt und wir waren mit den zwei Hausgästen, den drei Kindern, Freunden, Nachbarn. Alle waren in diesem Haus und keiner hatte Handyempfang. Wir haben nur die Nachrichten gesehen und wir haben vielleicht auch den Fehler gemacht, dass wir wirklich den ganzen Tag die Nachrichten geguckt haben, weil wir immer verfolgen wollten, was gerade passiert.

Die Kinder haben das alles mitbekommen und gerade für meine Nichte war das sehr schwer. Der Gedanke, dass sie mit mir weit weg von ihren Eltern ist, die mitten in einem Flutgebiet sind, und das über die Nachrichten wieder und wieder verfolgt:
Das war, glaube ich, traumatisch für sie. Meine Jungs haben das eigentlich ganz gut verkraftet. Sie trauern natürlich der alten Zeit hinterher, weil es keine Fußballplätze mehr gibt, keine Spielplätze. Mittlerweile gibt es wieder den einen oder anderen, aber es ist halt einfach nicht mehr so, wie es vorher war. Mein kleiner Sohn sagt immer: *Ach Mama, erinnerst du dich noch, wie schön ordentlich das hier immer alles war und nicht so dreckig. Ich wünschte, das wäre wieder so wie damals und vor Corona* ... Man hat so das Gefühl, dass die Kinder in ihrem jungen Leben eigentlich nur schlechte Sachen erlebt haben. Dann wünscht man sich natürlich für die Kinder, dass es wieder positiv wird.

Wir waren mit Gummistiefeln und Schaufeln ausgerüstet und sind dann den Berg runter in das Dorf gekommen. 14-15 Leute. Hier war alles so dreckig. Berge von Müll und Schlamm und Schutt. Man hat es nicht verstanden. Hier waren alle schon in diesem Aufräummodus. Wir waren noch ganz sauber, total geschockt von dem Anblick und die anderen waren schon dran gewöhnt. Dann habe ich von der Kirche aus herübergesehen zu unserem Haus und habe meine Schwester gesehen. Sie kam dann auch total verschlammt auf mich zu und ist erst mal in Tränen ausgebrochen, weil wir endlich da waren, denn sie hat auch immer geschrieben, *Hilfe, wir brauchen Hilfe!* Sie war hier allein mit unseren Mitarbeitern und sie hatte einfach Angst. Sie war überfordert mit allem und das war schon ein krasser Moment. Dann haben wir erst mal alle hier gestanden und uns ein Bild gemacht und dann sind wir auch erst mal alle durch den Ort gelaufen und man hat einfach nur geguckt.
Ich glaube, am ersten Tag haben wir noch nicht mal viel Schlamm geschippt. Wir haben nur geguckt, weil wir es nicht verstanden haben, was hier passiert ist. Dann hat sich das aber natürlich in den nächsten zwei Tagen auch eingespielt.

Wir reden über das, was passiert ist. Es gibt natürlich die eine oder andere Träne, die vergossen wird von den Jungs, das ist auch in Ordnung, das gehört dazu, das geht mir nicht anders. Wenn ich durch den Ort fahre, kommen mir im Sekundentakt die Tränen, wenn man sich daran erinnert, wie es vorher war. Denn das ist ja auch das, was ich seit meiner Geburt kannte. Das ist nicht einfach.

Wir kannten Hochwasser. Das war immer sehr aufregend für uns als Kinder. Wir sind dann runter zum Parkplatz gelaufen, haben geguckt, wie hoch steht das Wasser? Es war schon sehr aufregend. Es war 2016, das Wasser stieg bis zu der Straße. Das war dann noch aufregender. Wir haben aber eigentlich nie großartig über Hochwasser gesprochen. Das Kuriose ist, nachdem jetzt dieses Hochwasser passiert ist, ist mir aufgefallen, dass in unserem Haus, also im Haus meiner Eltern, im Flur, Bilder hängen, alte Bilder vom Hochwasser 1800 oder 1900. Die sind mir vorher nie aufgefallen. Ganz kleine schwarz-weiße Bilder. Und jetzt auf einmal wurden sie aktuell.

Wir haben 2016 alle sehr geschockt reagiert, als dieses damals so genannte Jahrhundert-Hochwasser passiert ist. Das war schon so, dass ich wirklich selbst überrascht war, und ich zu Freunden gefahren bin, die betroffen waren vom Hochwasser. Damals habe ich ihnen gesagt, ich muss arbeiten, ich habe das Hotel, aber wenn ihr was braucht, ich kann euch Mittagessen machen, denn die waren da auch am Schlammschippen oder Wasserauspumpen. Man hat versucht, auf eine andere Art zu helfen, wenn man nicht selbst aktiv teilnehmen konnte. Aber dass das dann ein paar Jahre später so einen großen Bereich betrifft, hätte ich niemals gedacht. Auch wenn mir das jemand gesagt hätte, ich hätte es nicht geglaubt. Ich habe die Prognosen im Internet verfolgt, die 7 Meter habe ich verfolgt. Aber ich habe gedacht, das ist Panikmache im Internet. Ich habe es nicht geglaubt.

Das Wasser kam im Erdgeschoss bis zur Decke. Also wir hatten Glück, dass es ganz knapp unter der Decke war, so dass die Feuchtigkeit nicht über die Decke ins erste Geschoss einziehen konnte. Wir haben zwei Wochen, nachdem hier das passiert ist, schon angefangen zu stemmen. Wir waren sehr schnell mit dem ganzen Rückbau, damit es einfach noch diese warmen Sommertage Zeit hatte zum Trocknen. Bisher sieht es so aus, dass im ersten Obergeschoss die Zimmer nicht berührt sind. Allerdings die Fenster und Türen im ersten Obergeschoss. Die lassen sich durch die Feuchtigkeit alle nicht mehr richtig öffnen und schließen, sind verzogen, die müssen wir erneuern. Aber die Zimmer sind zum Glück wie auch der Boden, die Wände, alle in Ordnung. Das ist für mich wirklich etwas sehr Positives, weil wir die Zimmer 2019 erst kernsaniert haben, und das wäre wirklich eine Katastrophe gewesen, wenn die jetzt auch wieder betroffen gewesen wären.

Wir haben gesagt, wir können wieder ganz von vorne anfangen. Wir können alles neu überdenken. Dass es in die Richtung geht, war uns klar. In den letzten Jahren haben wir immer wieder gemerkt, dass die

Personalsituation immer schwieriger wird, die war mittlerweile unmöglich. Wir hatten aufgrund von Corona einige Mitarbeiter verloren, und als wir wieder das Terrassengeschäft machen durften, standen wir am Ende ohne Servicekräfte da. Das waren wirklich 16 Stunden Arbeitstage, sieben Tage die Woche mit zwei kleinen Kindern. Auf Dauer wäre das nicht zu schaffen gewesen. Wir haben da schon gesagt, wir müssen etwas ändern, denn wir verpassen die Kindheit unserer Kinder, wir gefährden unsere Gesundheit, wir verpassen unser eigenes Leben.
Da hat uns auch Corona Positives gelehrt. Wir haben zum ersten Mal Silvester mit unseren Familien zu Hause gefeiert. Das war so schön, dass wir da schon entschieden haben, dass wir in Zukunft an Silvester keine Feiern anbieten werden, dass wir einfach diese Zeit mit der Familie genießen möchten, weil sie wertvoller ist. Wir werden auf jeden Fall versuchen, mit weniger Personal auszukommen. Wir versuchen, die Arbeitszeiten besser zu gestalten für die, die dann arbeiten. Wir versuchen auch, uns selbst ein bisschen rauszunehmen, dass wir sagen, man muss nicht sieben Tage die Woche präsent sein, dafür sind wir ja zu zweit. Meine Schwester und ich, wir können uns da besser abwechseln. Wir müssen das lernen, weil wir gelernt haben, bisher immer präsent zu sein. Das ist von unseren Eltern so abgekupfert. Man war immer da, sieben Tage die Woche, kein Urlaub, keine Feiertage, man ist einfach immer da, falls der Gast dich braucht.
Das muss man jetzt ein bisschen überdenken. Man muss sagen, natürlich machen wir alles für das Haus, das ist unser Herzensprojekt, davon leben wir. Aber wir haben auch ein eigenes Leben, das man nicht vergessen darf. Wenn ich krank oder unglücklich bin, kann ich auch kein gutes Geschäft führen.
Ich habe mich für einen neuen Weg entschieden. Ich habe dafür in Kauf genommen, dass der Aufbau viel länger dauern wird. Aber wir sind uns der Tatsache bewusst, wir werden jetzt ein Jahr ein bisschen den Gürtel enger schnallen und werden versuchen, da durchzukommen. Ich glaube, wir schenken dem Ort noch mehr Attraktivität, weil Altenahr früher immer dieses Image hatte, in den 70er Jahren kleben geblieben zu sein. Das war auch nicht ganz falsch. Wir wollen einfach weg von diesem Image des schnellen Geldverdienens am Massentourismus, wenn die Leute zur Weinlese in das Weinbaugebiet stürmen. Wir haben uns aber immer gesagt, dass das Ahrtal auch im Winter wunderschön ist, und auch im Frühling und im Sommer und nicht nur zur Weinlese. Man kann großartig wandern gehen. Man kann mehr haben als ein Weinfest. Also warum nicht das Jahr nutzen und das Angebot erweitern? Und da fängt es schon an. Es gibt jetzt drei Häuser, alle drei haben ein komplett unterschiedliches Angebot.

Hier versuchen wir jetzt, die Nische zu entdecken, die noch frei ist. Die haben wir entdeckt und da werden wir uns dann hineinbegeben. Leichtes Essen, das man zum Wein genießen kann, wo man eher auf dem Teller pickt, als dass man sich den Magen vollhaut. Wir wollen das ein bisschen leichter und authentisch gestalten. Wir haben kroatische Wurzeln, und ich habe jetzt dalmatinischen Schinken und Käsesorten mitgebracht, alles aus privatem Anbau, aus dem Kreis der Freunde, Familie, wir bieten zum Wein kleine Tapasteller an, original dalmatinisch. Das ist authentisch, das ist besonders, das gibt es nirgendwo. Das ist die Richtung, die wir in Zukunft weiter gehen möchten.

Die Menschen, die nach der Flut hierherkommen, sind teilweise Stammgäste, die das Ahrtal oder auch unser Haus viele Jahre kennen, die gucken möchten, was tut sich hier? Es gibt aber auch sehr viele Familien mit Kindern, die hierherkommen, weil das Ahrtal wunderschön zum Wandern und für andere Aktivitäten ist. Das Publikum generell wird jünger. Der Trend zum Wandern ist wieder viel größer als noch vor ein paar Jahren. Und wir reden sehr viel über die Flut, jeder dritte Besucher sagt, *ist ja schon schlimm, was hier passiert ist.* Und mit diesem Satz kommt man eigentlich direkt ins Gespräch, denn wir sind dann diejenigen, die sagen: *Ja, ist es. Aber gucken Sie doch mal das Positive. Wir versuchen, den Gast direkt wieder aufzuheitern durch unsere positive Art, und das ist für die Gäste immer schön.* Sie fühlen sich dann auch nicht schlecht, weil sie hier gucken kommen, sondern die sehen, man hat das Gespräch gesucht und man hat das Positive rausgenommen und freut sich über den Besuch und die Unterstützung.

Andrea Babic
August 2022

Andrea Babic lebt weiterhin mit ihrer Familie in Altenahr und bereitet die Eröffnung des neuen Haus Caspari vor.

Wir müssen hier weg, sonst sterben wir halt… Dann sind wir da hochgeklettert und ins Haus eingebrochen. Und erst, als ich am nächsten Morgen wachwurde, war das Erste, was ich sah, ein toter Fisch. So ein Riesenfisch. Ich wusste nicht, dass es solche Fische in der Ahr gibt. Ich habe die noch nie gesehen. Der zuckte noch. Also, das war das erste Opfer.

Lukas Sermann
Altenahr

„Ich wünsche mir für die Region Ahr, dass ein Umdenken kommt. Ich muss aber sagen, dass ich nicht daran glaube."

Lukas Sermann

Lukas Sermann begegne ich bei meinen Reisen nach Altenahr im Sommer 2022. Er ist der einzige Winzer in Altenahr. Und der jüngste. Den Betrieb übernimmt er vor vier Jahren von seinem Onkel. Die Flut in der Seilbahnstrasse zerstört mehrere Häuser, den Friedhof, drei Nachbarn sterben. Lukas Familie überlebt und vom Tag 1 beginnt er mit dem Aufbau. Jetzt ist fast alles renoviert und er eröffnet sogar eine neue und schicke Gastronomie. Ein Gespräch in seinem neuen Restaurant in der Seilbahnstrasse in Altenahr.

Es war alles kaputt. Jeder Eimer Schlamm, jeder Stein, den man bewegt hat, war ja schon wieder irgendwo in Richtung Wiederaufbau. Und die wichtigsten Sachen waren erst mal, dass alle überlebt haben und dann, dass man wieder Geld verdient. Und dafür muss man dem Kunden natürlich etwas bieten und man muss aufbauen. Man *muss* nicht, denn man sieht ja an vielen Häusern in Altenahr, dass eben nicht alle aufbauen. Aber für uns war klar, wir bauen jetzt so schnell es geht wieder auf. Neu, zeitgemäß. Und gleich, aber auch nicht überhastet.

Wir waren schon sehr stark betroffen. Wir sind hier in der Seilbahnstraße, wo eigentlich die größte Zerstörung stattgefunden hat, weil wir das Wasser von zwei Seiten bekommen haben. Unsere Produktionshalle war komplett kaputt. Die Vinothek. Die Wohnräume meiner Eltern. Ich bin privat in Bad Neuenahr auch betroffen gewesen. Also eigentlich ist alles kaputt gewesen. Ich hatte am Abend bzw. nachmittags schon selber versucht, Dinge zu retten. Maschinen und all das, was ich im Herbst brauchte. Aber das hat dann am Ende einfach nicht mehr gereicht.
Für mich selbst war es klar: wieder aufbauen. Für meine Eltern kann ich jetzt nicht sprechen. Aber für mich war es klar. Ich habe gerade erst angefangen. Vor vier Jahren hab ich das Weingut übernommen. Das heißt, ich habe alles noch vor mir. Ich bin immer noch in der Entwicklung und auf der Suche nach dem, was mein Ding ist. Und diesen Prozess wollte ich jetzt nicht einfach beenden durch die Flut.

Jetzt haben wir einen Koch, der auch meine Philosophie versteht, und ich verstehe seine. Was er beim Essen macht, mache ich beim Wein, also regional und ehrlich, aber sehr, sehr, sehr hochwertige Küche oder sehr hochwertiger Wein. Vieles probieren, aber auch Rückbesinnung auf alte Dinge, die gut sind. Insgesamt sehe ich das schon so, dass es hier besser wird als vorher. Inzwischen muss ich aber sagen, dass es wahrscheinlich ein bisschen länger dauert. Ich bin davon ausgegangen, dass es schneller

geht. Ich habe auch damit gerechnet, dass nach zwei Jahren die größten Schäden beseitigt sind. Mir war klar, dass Leute nicht wieder aufbauen werden, aber ich dachte einfach, die Häuser werden halt abgerissen auf Kosten dieser 30 Milliarden, die uns zur Verfügung gestellt worden sind.
Vor zwei Monaten meinte jemand zu mir: *Ja, wir hatten auch mal Hochwasser bei uns und da gibt es so ein Haus, das komplett zugewachsen ist, und da sieht man auch die Flutschäden nicht.* Da habe ich kurz mal geschluckt und gedacht, Puh, wenn das jetzt bei uns passiert, das wäre nicht gut. Im Prinzip war die Flutkatastrophe ein Versagen, ganz klar, von ganz vielen Seiten. Aber es ist kein Grund zu sagen: Wir machen nicht weiter.
Wir leben auf dem Dorf und auf dem Dorf ist es immer noch sehr rückständig. Man hat seine paar Leute, mit denen man sich austauscht. Allerdings bin ich mit Abstand der Jüngste und denke deswegen auch einfach ganz anders. Die Grundphilosophie der Betriebe, die wir wieder aufgebaut haben, ist sehr ähnlich, nämlich hochwertiger zu sein. Und statt *Geiz ist geil* oder *Ich muss auf jeden Fall satt werden* steht bei mir wirklich der Genuss im Vordergrund. Das ist so eine Gemeinschaftsentwicklung. Aber die ist nicht nur bei uns so, die gibt es eigentlich überall. Ich meine, vegane Ernährung, Nachhaltigkeit. Das sind die Dinge, wenn man sich mit Lebensmitteln beschäftigt, statt sie nur zu konsumieren. Die Menschen haben gemerkt, dass reiner Konsum nicht mehr das ist, was sie antreiben sollte. Das ist aus einer anderen Zeit, in der es weniger gab, auch Erziehungssache und eine gesellschaftliche Entwicklung. Wir leben heute in einer Zeit, in der es uns ja viel zu gut geht. Viele – wenn auch nicht alle – können sich den Luxus leisten, zu überlegen, was sie essen. So setzen viele Betriebe in Altenahr auf Qualitätstourismus.
Ich wünsche mir für Altenahr, dass wir eine Beispielregion werden für andere, für andere Länder, auch für andere Weinbauregionen. Dass man sagt, wir haben ein Konzept, einen Unique Selling Point gefunden. Das muss immer die Region sein, weil das das Einzige ist, was man nicht kopieren kann. Also in Rheinhessen wird es niemals die Ahr-Berge geben und selbst an der Mosel gibt es keine Ahr-Berge, sondern Mosel-Berge. Und ich wünsche mir einfach, dass man mehr zusammenarbeitet, sich mehr austauscht, vielleicht auch langfristiger und neuer denkt … und Innovationen sucht. Damit meine ich jetzt nicht Ladestationen für e-Autos … Das gehört ja fast schon zum guten Ton, dass man das heute macht, sondern auch, dass man vielleicht die Gastronomie neu beleben kann. Und dafür muss man Vorreiter sein.
So etwas wünsche ich mir, dass andere Regionen auf die Ahr schauen und sagen, *krass, was passiert ist, aber schön, wenn ihr es dann gemacht habt.*

Und es gibt da auch Beispiele aus der Weinwelt, wie zum Beispiel der Glykol-Skandal im Nachbarland. Danach haben die Winzer ein gnadenloses und sehr umstrittenes Marketingkonzept gefahren, nur noch auf Qualität gesetzt. Und das war die beste Entscheidung, die sie jemals hätten treffen können. Und so ähnlich wünsche ich mir das jetzt auch für die Region Ahr, dass ein Umdenken kommt.
Ich muss aber auch sagen, dass ich nicht daran glaube. Das liegt an der Mentalität.
Die Leute hier sind nicht so. Man muss dafür offen sein und fortschrittlich, auch im Denken. Es nützt nichts, wenn ich merke, dass die Welt sich verändert, aber aus welchen Gründen auch immer, ich nichts verändere. Da sehe ich schon sehr, sehr viele Probleme hier. Man kann nicht alle mitnehmen, aber am Ende ist der Ort vielleicht auch nur so stark wie sein schwächstes Mitglied oder rückständigstes Mitglied. Es hat schon immer Betriebe gegeben, die nach vorne gegangen sind. Und es hat auch immer schon Betriebe gegeben, die immer nur das gemacht haben, was sie schon immer gemacht haben, die immer stehengeblieben sind. Und ja, es sind einfach wirtschaftliche Gesetze, dass solche Betriebe irgendwann aussterben, wenn sie nicht mit der Zeit gehen.

Das Schwierigste für mich war, eine Hose ohne Loch zu finden. Dadurch, dass ich jeden Tag die gleichen anhatte, sind sie irgendwann kaputt gegangen. Und ich hatte nie Zeit gehabt, mir welche zu kaufen.
Natürlich, es gab Schwierigkeiten, aber es gab nichts, was mich zurückgehalten hätte. Ich hatte immer von allem alles, außer Geld. Mit mehr Geld wäre auch mehr möglich gewesen. Wir brauchen einfach mehr Geld, um die Ideen, die wir haben, umzusetzen. Das, was wir haben, reicht nicht.
Ich habe einen guten Freund, der mich sehr, sehr lange während der Flut und jetzt auch noch begleitet hat. Und ich habe zu ihm gesagt, ich hätte so Lust auf ein Weinfest, auf eine Party. Aber anders als sonst, man kennt die Weinfeste an der Ahr, viele alte Leute und man trinkt halb-trockene Weine. Und er ist so der Typ *Think big* und dann haben wir gesagt, wir machen das jetzt. Es wäre schön, wenn 100 Leute kommen. Was also machen wir anders? Wir haben nur hochwertige Weingüter geholt. Ich bin in Altenahr der einzige Winzer, und so wurde „Sermann and Friends" geboren. Am Ende kamen 1.200 Leute und ich glaub, das war das beste Weinfest, auf dem ich je war. Aber es hat natürlich auch viel vom Moment gelebt. Direkt nach der Flut … Es gab sehr viel Gegenwind. Und das hat mir auch zugesetzt, muss ich sagen, weil ich damit, ehrlich gesagt, nicht gerechnet hatte. Ich habe den Überschuss, den ich hatte, das waren knapp 10.000 €,

gespendet. Also ich habe da kein großes Geld verdient, sondern eher bin ich um fünf Jahre gealtert, weil wir in zwei Wochen so ein Weinfest organisieren mussten.
Das war genau am ersten Oktober 2021.
Ich bin schon sehr lange im Verkauf bei uns gewesen, und es war schon immer ein ähnliches Publikum. Und jetzt nach der Flut haben wir Menschen aus anderen Regionen Deutschlands, gerade viele aus der Eifel, Süddeutschland. Niederländer sowieso immer vorher, nachher. Aber ich schätze, dass so 30 % komplett weggebrochen sind. Das sind dann wahrscheinlich auch die älteren Generationen, die das „es war doch immer so schön hier-Gefühl" nicht mehr haben.
Im Endeffekt machen wir das, worauf wir Lust haben. Dadurch, dass wir darauf Lust haben, machen wir es gut. Dann kommen auch die Leute. Es ist simpel. Man muss halt die richtige Lust haben.
Wir haben eine große Veränderung vorgenommen: wir sind jetzt versichert. Das ist natürlich ein bisschen Gewissensberuhigung. Auf der anderen Seite ist es völlig natürlich, dass das Wasser wieder kommt. Natürlich nicht in der Höhe, hoffe ich. Wir haben vorher auch schon Hochwasser gehabt. Mir ist klar, dass meine Kinder oder meine Enkel irgendwann so was haben werden, wenn sie hierbleiben. Aber damit leben doch Menschen schon, seitdem sie an Flüssen leben. Und Menschen leben an Flüssen, weil die Böden hier fruchtbar sind. Also das ist halt das Leben. Man sollte jetzt nicht blauäugig werden. Das wichtige ist ein respektvoller Umgang. Das spiegelt sich auch in dem Konzept, das ich mit dem Wein habe oder was wir in unserer Gastronomie haben. Respekt vor dem, was man hat und ein bisschen Bewusstsein schaffen. Und der Rest, den kann man eh nicht mehr ändern.
Als Kind bin ich jeden Tag an die Ahr gegangen. Aber als Jugendlicher gibt es dann andere Sachen, die schöner sind und als Erwachsener hat man keine Zeit mehr. Oder man nimmt sich die Zeit nicht mehr.

Es war halt alles kaputt. Wir haben zuerst die Sachen von unserer Halle hier zum Weingut geschoben, weil das 30 Zentimeter höher liegt und die Straße geht halt ab. Und als wir gesehen haben, irgendwie kommt es auch, haben wir es noch weitergeschoben, zur Eisdiele. Die liegt zwei Häuser weiter, wo jetzt das Hoffnungscafé ist. Und dann standen wir bis zum Bauch im Wasser. Wir müssen hier weg, sonst sterben wir. Und dann sind wir da hochgeklettert und ins Haus eingebrochen. Und erst, als ich dann am nächsten Morgen wach wurde, war das Erste, was ich sah, ein toter Fisch. So ein Riesenfisch. Ich wusste nicht, dass es solche Fische in der Ahr gibt. Ich habe die noch nie gesehen. Der zuckte noch. Also, das war das erste Opfer. Das Wasser war noch nicht ganz weg. Dann sind wir raus. Und dann hat man alles gesehen : die Friedhofsmauer fiel. bei uns im Nachbarhaus hing ein 7,5-Tonner, so ein Kipper, wie so ein angeklebtes Stück Pflaster. Also diese Kraft der Gewalt, die konnte man sich nicht vorstellen. Auf der anderen Seite standen wir am Anfang knöcheltief im Wasser und da konnte man schon keinen Meter gehen, ohne hinzufallen.

Eine Strömung war das! Völlig verrückt. Man verliert dann eigentlich Kraft. Dann habe ich den Nachbarn geholfen, den für toterklärten Vater zu suchen. Der ist gestorben. Dann habe ich versucht, zu meiner Freundin zu kommen. Ich war müde. Ich war dehydriert. Ich hatte Hunger. Also in dem Moment hatte ich keinen Hunger. Mir war aber klar, ich muss was essen, sonst habe ich keine Kraft mehr. Und dann sah ich Polizisten aus dem Saarland auf der Brücke, die wollten nicht, dass ich da rüber gehe. Dann habe ich meine Freundin per Zufall oben getroffen, bei meinem Onkel. Weil ich überlegt habe: Wo gehst du hin? Also, meine Eltern sind in Sicherheit. Das Haus ist im Eimer. Alle Freunde hier sind untergegangen. Die Häuser. Mein Onkel, der wohnt auf dem Berg. Am Ende war meine Freundin da und dann bin ich zu ihr nach Hause. Ich habe geduscht. In der Nacht habe ich, in einem Teppich eingerollt, geschlafen, komplett nass. Das fand ich auch nicht so gut. Dann sind wir nochmal runter und dann war niemand mehr hier und das war schon gespenstisch.

Am nächsten Tag um 8:00 Uhr haben wir angefangen. Am Anfang kamen sehr viele Bekannte. Ich habe aufgrund meiner Lebenseinstellung sehr viele Menschen um mich herum, die wirklich ganz toll sind. Die haben geholfen. Es waren am ersten Tag schön zwölf Helfer hier. Und dann am Samstag waren wir, glaube ich, fast fünfzig. Und Sonntag auch. Und dann fing das ja schon an mit der Solidarität. Das ist eigentlich das größte Wunder, was ich in meinem Leben je erlebt habe. Das hat mir auch nach Corona den Glauben an die Menschheit wieder zurückgegeben. An Tag sechs oder sieben kamen Leute vorbei, *kann man euch helfen* und dann sind die von Haus zu Haus gegangen … Und ich werde es nicht vergessen, wir saßen nach zwölf Stunden Arbeit bei unserem Bierchen, und dann kamen zwölf komplett durchtrainierte, wunderhübsche Männer vorbei und die guckten nur so: *Können wir etwas für euch tun,* und ich konnte nicht mehr reden. Das war wie eine Erscheinung. Wirklich. Und ich glaube, sie sind auch durch das ganze Ahrtal gegangen und haben mit aufgeräumt. Danach fing es an mit koordinierten Hilfen. Wir haben da schon an den Wiederaufbau gedacht. Also mal Schlamm raus, sauber machen und dann, wie geht's weiter? Wir haben angefangen mit Architekten und Handwerkern…

Wir hatten 20.000 leere Flaschen draußen auf Paletten stehen, weil wir grade abfüllen wollten. Unsere ganzen Rotweine waren weg. Das war ein Schaden von knapp 500.000 €. Wir haben noch ein Außenlager gehabt, da hatten wir noch, glaube ich, 20.000 Flaschen. Das waren so die Basisweine. Und dann hatten wir noch 15.000 Schlammflaschen. Die haben wir innerhalb von zwei Wochen verkauft.
Die ersten Schritte waren, die Halle leer zu bekommen und dann die Halle wieder in Gang zu bringen, weil sechs Wochen nach der Katastrophe schon Weinlese war. Das war wichtig, denn draußen hingen für fast 4 Millionen € Trauben. Und das war das Kapital, mit dem wir jetzt weiter aufbauen. Das war überlebenswichtig. Dann meinen Weinkeller aufzuräumen, meinen privaten Weinkeller mit über 3.000 Flaschen, der natürlich auch abgesoffen war. Das war meine Altersvorsorge. Ich kenne mich ziemlich gut mit Weinen aus. Und das war besonders schade. Aber dass wir das retten konnten und gewaschen haben, das war ein großer Schritt. Ein weiterer Schritt war, die Wohnung leerzuräumen. Das haben wir alles in der ersten Woche gemacht. In kleinen Schritten. Beispielsweise die ganzen Flaschen zu spülen und zu sortieren. Die Eröffnung unserer Gastronomie an Ostern. Und vorgestern noch haben wir noch einen Schritt beendet. Wir haben unser Weinlager wieder ganz normal nach Nummern sortiert. Das ist eine Kleinigkeit, ein ganz kleiner Schritt. Aber für mich war das wieder so richtige Normalität. Ich weiß wieder, wo jeder Wein ist und es ist nicht mehr provisorisch. Die Eröffnung hier war jetzt wieder ein Schritt. Heute sind die Teller gekommen für unser Menü. Es gibt aber noch sehr viele persönliche Schritte zu gehen.

Durch meine Eltern bin ich einfach gewohnt, 15-18 Stunden am Tag zu arbeiten. Solange es keine vier Wochen am Stück sind, geht das ja auch so und dann haben wir schon am Anfang einmal sehr, sehr, sehr viel gearbeitet und haben immer noch gesagt, so mehr als zwölf Stunden bringt es auf lange Sicht einfach nichts, weil es wird ein Marathon werden, es ist kein Sprint. Wir haben jeden Abend mit Freunden gegessen. Das hat viel Kraft gegeben. Wir waren auch nie allein. Das war, glaube ich, sehr wichtig. Ich bin mit meiner Freundin in ihrem ehemaligen Kinderzimmer untergekommen, bei ihren Eltern. Das war sehr eng, aber es war, glaube ich, sehr wichtig, auch für die mentale Gesundheit.
Es gab viele motivierende Dinge. Die sind nach und nach weggebrochen. Die Unterstützung von Freunden, die ist noch da. Aber es ist nicht mehr jeden Tag jemand da. Und zu sehen, dass viele nicht wieder aufbauen, das

war nicht sehr motivierend. Aber dann habe ich gesagt, für mich ist das jetzt nicht so wichtig.
Mir sind viele gute Dinge im Leben passiert, die ich mir nicht erklären kann, aber die mir nicht passiert wären, wenn ich nicht so fest daran geglaubt hätte, dass es so ist, dass es so sein wird. Ich glaube, das ist einer der wichtigsten Punkte. Denn der Krieg wird im Kopf gewonnen und nicht mit dem Körper. Also wenn der Kopf tot ist, dann nützt auch der tollste Körper nichts.

Lukas Sermann
August 2022

SolidAH
ist das Seil
das hält we
alle Stric
reißen

… Ich glaube, das ist etwas, was ich sonst noch nie erlebt habe an einem Ort. Ich komme als fremde Person an einen Ort und lerne alle Menschen kennen und wir sind alle gleich: Wir ziehen alle an einem Strang, wir passen alle aufeinander auf.

Moka Biss
Koblenz/Altenahr

„Das Ahrtal, meine zweite Heimat“

Moka Biss

Moka Biss arbeitet im Kulturbüro Rheinland-Pfalz und engagiert sich nach der Flutkatastrophe in zahlreichen Kulturprojekten im Ahrtal. Sie ist Mitorganisatorin der Ausstellung #AHRt im Arp Museum Rolandseck im Juli 2022, die erstmals betroffene Künstlerinnen und Künstler aus dem Ahrtal zusammenbringt. So haben wir uns kennengelernt. Moka ist auch eine der Helferinnen, die gleich am ersten Tag nach der Flut nach Altenahr kam – und blieb. Und eine von vielen, die im Ahrtal eine zweite Heimat gefunden haben. Darüber sprechen wir an einem Nachmittag, als sie mich in Bad Bodendorf besucht.

Ich komme nicht aus dem Ahrtal. Ich komme aus Koblenz. Ich kam freitags, zwei Tage nach der Flut, eigentlich fast zufällig ins Ahrtal. Nach Altenahr. Ich bin eigentlich nur gekommen, um Gasflaschen und Benzin zu bringen und wollte abends wieder nach Hause fahren. Als ich ankam, war eigentlich klar, *du kannst jetzt nicht wieder wegfahren. Das ist absolut nicht möglich. Hier ist so viel zu tun. Du musst einfach bleiben.* Ich bin dann zwei Wochen geblieben.
In den Tagen danach, als ich in den verschiedenen Häusern direkt am Anfang geholfen habe, habe ich immer gehört, *meine Heimat ist zerstört worden*. Über Heimat denkt man nicht so oft nach in seinem Leben. Wenn man irgendwo wohnt, dann hat man schon eine Verbundenheit und man weiß, man ist gerne da. Aber dass jemand zu dir sagt: *meine Heimat*. Das passiert im normalen Leben selten. Ich glaube, bei allen Menschen, die ich getroffen habe, kam in einem der ersten Sätze das Wort *Heimat* vor, und eben der *Verlust der Heimat*.
Das fand ich schon sehr bezeichnend und ich glaube, ab dem Moment habe ich mir dann auch Gedanken gemacht darüber, was Heimat eigentlich für mich bedeutet an dem Ort, an dem ich lebe und ob das eine Bedeutung für mich hat und was es bedeuten würde, wenn meine Heimat, also da, wo ich lebe, wenn es das auf einmal nicht mehr gibt. Seitdem bin ich eigentlich im Ahrtal unterwegs und sehe die ganzen Veränderungen, die passiert sind seit der Flut. Es hat sich viel getan. Am Anfang war erst mal die Hoffnungslosigkeit, dann aber auch gleichzeitig so viel Freude über die Hilfe. Am ersten Tag war wirklich so eine Stimmung: *„Ja, wir schaffen das und wir machen das jetzt hier alles ordentlich und morgen kommen wir wieder und dann machen wir weiter zusammen."* Am nächsten Tag hatte sich Regen angekündigt und da war wieder so eine Schwere zu spüren und so eine Angst. Die Stimmung ging immer in Wellen hoch und runter.

Diese Solidarität, das Miteinandersein und dieses *Wir können das schon, wir können schon sehr nah miteinander sein und sehr gut füreinander sein und aufeinander aufpassen*. Ich glaube, das ist einfach etwas, was ich sonst noch nie an einem Ort erlebt habe. Also ich komme als fremde Person an einen Ort und lerne alle Menschen kennen und wir sind alle gleich. Wir ziehen alle an einem Strang, wir passen alle aufeinander auf.

Es ist auch passiert, dass Leute einfach auf der Straße standen und geweint haben und du hast sofort jemanden gesehen, der einfach nur gekommen ist und die Person in den Arm genommen hat und einfach nur da war für den Moment. So etwas habe ich noch nie erlebt, mit so vielen Menschen. Das verbindet mich, glaube ich, einfach für immer mit diesem Ort. Das ist ein Heimatgefühl, was ich nicht kannte und das ist natürlich auch verrückt. Ich werde nicht ins Ahrtal ziehen. Ich bin sehr glücklich da, wo ich bin. Aber ich habe eine Verbundenheit zu diesem Ort, der ganz speziell ist, und meine Kinder sagen das auch, also: *fährst du wieder in deine zweite Heimat*. Das habe ich von ganz vielen Helferinnen und Helfern gehört, die auch jetzt noch da sind, nach einem Jahr und seit einem Jahr helfen, mit denen ich mich natürlich auch unterhalte und frage, *So, und da kommst du auch nicht mehr weg*. Die Verbindung entsteht irgendwann auch zu einzelnen Menschen. Es hat sich ein bisschen gewandelt zu so einem Heimatgefühl. Man kennt fast den ganzen Ort, weil man einfach mit allen Leuten früher oder später etwas zu tun hatte. Entweder hat man zusammen irgendwo in einem Haus gestanden und Schlamm geschaufelt oder man hat zusammen abends beim Essen gesessen und sich die Geschichten vom Tag erzählt, was ja auch sehr notwendig war, um es selbst zu verarbeiten. Ich kenne hier mehr Menschen, mit denen ich mich nahe fühle, als in meinem eigenen Ort.

Es gibt Menschen aus dem Ahrtal, die sagen, dass es ganz gut war, dass ein bisschen weggespült wurde von diesem Neid. Auf sich zu schauen, mehr auf sich zu schauen als auf die anderen. Es ist schön, dass, wenn eine Spendenlieferung mit Holz oder Pflanzen oder irgendwas kommt, alle immer darauf aufpassen, dass auch genug für die anderen da ist. Man merkt, dass dieser neue Heimatbegriff für viele Bewohnerinnen und Bewohner etwas Zerbrechliches ist, was sie versuchen wollen zu halten.

Ich glaube, dass einige es wirklich als Kostbarkeit wahrnehmen und auch darauf achten. Für viele Menschen ist diese Neuerung einfach auch sehr beängstigend. Es gibt jene, die sagen, *früher war es meine Heimat, aber jetzt ist nichts mehr so, wie es vorher war*. Also montags bin ich zum Fußball gegangen und mittwochs habe ich mich mit meinen Skatfreunden unten in der Kneipe getroffen und samstags habe ich noch was anderes gemacht.

Das ist jetzt nicht mehr möglich. Es ist alles neu und ich komme mit dem Neuen nicht klar.
Das ist jetzt der superspannende Prozess. Wie diese unterschiedlichen Gruppen, die diese Flut so unterschiedlich wahrnehmen, die versuchen, das Positive zu sehen und zu sagen, es hat uns auch befreit, von vielen Mauern, die wir vielleicht auch innerlich aufgebaut haben. Andere wünschen sich die Mauern zurück. Vielleicht.

Weil ich viel im Ahrtal bin, komme ich viel ins Gespräch. Das ist großartig. Diese Stimmung. Auch über Dinge zu sprechen, die noch nicht ausgesprochen wurden, über die Angst, die die Flut mit sich gebracht hat. Und dass man zart und vorsichtig miteinander kleine Schrittchen nach vorne geht und versucht, die Möglichkeiten auch aufzuzeigen und zu überlegen, was könnte denn das Gute daran sein? Aber das wird auch noch viel Zeit brauchen. Viele Menschen haben einfach ihre Heimat verloren. Vielen Menschen sagen, dass sie nicht mehr ins Ahrtal runter können, nicht mehr weitermachen, nicht mehr da wohnen wollen und verschwinden. Weil das Ahrtal nicht mehr Heimat ist. Es wird etwas Neues, wenn diese Leerstellen jetzt wieder neu, mit neuen Menschen, besetzt werden. Da wird sich diese Heimat sehr verändern.
Es kommen jetzt wieder Touristen, das ist großartig. Aber sie sind anders. Viele sind entweder jung oder es kommen Familien mit Kindern. Sie suchen nach etwas anderem. Die Menschen, die früher nur das Schöne sehen wollten, sind nicht mehr da. Es kommen vielmehr Leute, die beides aushalten können oder wollen. Es ändert sich das Publikum und das finde ich heute sehr spannend. Vielleicht soll man mehr Platz lassen, um den Verlust zu verdauen.
Es gibt gerade auch viel Leichtigkeit und das lädt viele Menschen ein, zu kommen und zu bleiben. Zumal einfach viele von den Helferinnen und Helfern natürlich wiederkommen und immer wieder kommen, und ihren Freunden und Freundinnen davon erzählen. Ich glaube auch, dass sich das Publikum verjüngen wird. Das finde ich ganz spannend. Alle, die hier ihr Herz verloren haben, aus welchen Gründen auch immer, sind so gespannt, wie das Ahrtal in fünf Jahren aussehen wird und wie viel von dem, was in dieser Zeit so schön war, erhalten werden kann? Ich bin schon oft gefragt worden, wann ich denn jetzt ins Ahrtal ziehe und ob ich jetzt nicht mal kommen möchte. Mein Herz ist doch hier. Eindeutig. Da ist, glaube ich, schon eine Mauer gefallen.
Ich stand in Altenahr am Tag eins. Die Müllberge der Restaurants standen neben mir. Das war, wie gesagt, ein Zufall. Ein Freund sagte, er fährt jetzt

ins Ahrtal und bringt Gasflaschen und Benzin dahin und ob ich nicht auch was organisieren kann. Als er vorbeikam, habe ich gesagt, ich packe mein Auto selbst voll und fahre einfach mit. Da hatte ich noch gar nicht den Gedanken, zu bleiben. Der Gedanke kam wirklich, als ich da war und gesehen habe, was alles zu tun ist. Ich habe also die Müllberge gesehen vor den Restaurants, es stank ganz Altenahr extrem nach Müll und ich habe mitbekommen, dass die offiziellen Hilfswerke und Hilfsinstitutionen nicht geholfen haben, weil sie erstmal keinen Auftrag bekommen haben. Die ersten Aktionen, die wir gemacht haben, waren, private Menschen mit LKWs zu organisieren, um den Müll wegzubringen, weil es einfach niemand sonst gemacht hat. In dem Moment war ich schon ein bisschen geschockt. Ich habe immer gedacht, wenn eine Katastrophe stattfindet, wird sofort geholfen. Wie ich es erlebt habe, das ist wirklich erst am Tag zehn passiert. Also die ganzen Freiwilligen Feuerwehren vor Ort, klar, die haben ganz viel gemacht, aber alles Offizielle, da ist nichts passiert. Überall um das Tal herum waren riesige Menschenmengen, die darauf gewartet haben, helfen zu können, die den Auftrag aber nicht bekommen haben. Dann ist das Ganze einfach von Privatleuten in die Hand genommen worden. Da war klar – *du kannst jetzt nicht einfach alles stehen und liegen lassen. Wenn da keine offizielle Stelle hilft, bist du da und du hilfst jetzt hier.* Es war auch klar, dass ich von Tag zu Tag weiter entscheiden musste, bis zu dem Moment, als dann klar war, jetzt kommen wirklich die ganzen Hilfsorganisationen.
Die Erschöpfung kam eigentlich erst danach. Ich habe am dritten Tag festgestellt, dass ich gar nicht gegessen habe. Ich hatte keinen Hunger, ich war immer wach. Ich glaube, das kam auch von diesem Schockzustand, in dem man selbst sich befunden hat.
Ich hatte meinen Fuß noch kaputt. Ich bin die ganze Zeit so durchgehumpelt, ich konnte gar nicht richtig gehen und stehen, das habe ich auch nicht gemerkt. Ich habe einfach nur funktioniert. Als ich nach Hause kam, war ich super erschöpft. Ich fand das auch echt schwer, in der anderen Welt wieder klarzukommen. Zwischendurch war ich zwar ein paar Mal kurz zu Hause, um Dinge zu klären und bin dann wieder zurückgefahren. In der Zeit war ich dann normal einkaufen, habe mich mit normalen Menschen unterhalten und fand das sehr absurd. Ich glaube, das war dieses Gefühl, zusammengeschweißt zu sein. Und dann eine Welt mitzukriegen, in der das nicht so ist, in der wir uns weit auseinander bewegen. Mich hat diese Wahrnehmung total überrumpelt.
Ich war in zwei Welten unterwegs.
Bei all dem Furchtbaren, was es natürlich in sich getragen hat, war es eben auch etwas Besonderes. Wir als Menschen, die wir da waren, haben etwas

Besonderes gemacht, wir konnten helfen, etwas ausrichten: Wir waren wirklich gut.
Irgendjemand sagte zu mir, *es ist ja wie in einem Kriegsgebiet*. Dann habe ich festgestellt, dass ich über Krieg noch nie nachgedacht habe, dass ich mir nicht überlegt habe, wie ist es denn in den Zeiten zwischen den Bomben, die fallen oder zwischen den Kämpfen, die stattfinden? Was ist, wenn irgendwo Krieg war und jetzt sind keine Bomben mehr da, aber alles ist kaputt und alles ist einfach zerstört. Wie geht es den Menschen, die nach so einer Katastrophe übrig geblieben sind? Vielleicht mag sich das ähnlich angefühlt haben.

Manche waren stark und konnten damit umgehen und konnten andere stützen. Andere wiederum konnten es nicht tragen, und man war sofort füreinander da. Es ist ja in Ordnung, wenn das jemand nicht tragen kann. Das finde ich sogar so menschlich, dass man sich traut, seine Hilflosigkeit zu zeigen und zu sagen *Nee, das ist mir zu viel.*

Ich beobachte gerne Menschen, schon immer, und habe so einen soziologischen Blick. Mich interessiert, wie Menschen auf unterschiedliche Situationen reagieren und versuche, das nachzuvollziehen. Die Frage, woher das kommt, dass der eine nicht mehr zu seinen bisherigen Werten und Normen stehen kann, und was ihn veranlasst hat, umzudenken?
Wenn ich mich mit Menschen hier unterhalte, sehe ich oft ziemlich viel Schönheit. Egal, mit wem ich spreche, habe ich das Gefühl, dass die Hemmschwellen erst mal weg sind. Die Frage ist halt, ob sie wieder hochkommen. Irgendwann. Das brauchen wahrscheinlich auch viele Menschen. Viele Städter überlegen sich, auf's Land zu ziehen, haben aber Angst davor. Weil man sich vielleicht zu nahekommt. In der Stadt lebt es sich so wunderbar anonym, aber eigentlich zu anonym. Auf dem Land ist man transparenter. Jeder kriegt alles mit, was ich von morgens bis abends mache. Vielleicht ist das auch der Reiz für viele Helfer gewesen, dass viele genau diese Mischung hier gefunden haben, dass man aus der Stadt kommt und hier in so eine liebevolle, solidarische Struktur kommt, die irgendwie sehr eigen ist, aber doch sehr schön.

Moka Biss
Oktober 2022

König von
Scheißegalien

es gibt diese tage

es gibt diese tage an denen es scheint
als lebten wir alle im land von scheißegalien

der überwucherte park
der neu bebaut werden sollte
obwohl er überflutet war
der verdacht
ob wir nicht alle kollektiv an hochwasserdemenz leiden
die ruppige stimme einer reporterin und
die gleichgültige stimme eines bürgermeisters
das gesicht der verkäuferin in der weinstube
als sie sagt es sei ihr
scheißegal

all die neuen wörter
trauma-tal
retentionsfläche
hochwasserschutzstrategie
gewässerschutzmaßnahmen
unser leben und unser überleben als
rein technische frage
meine innere stimme
ob es reicht

es gibt diese tage an denen es scheint
als lebten wir alle im land von scheißegalien

Ich erinnere mich an eine Geschichte am Heiligen Abend, wo ein Mann aus Dernau mit seinem kleinen Weihnachtsbaum und seiner Reisetasche ankam, wo wir noch mit einem Kollegen unter dem Haus lagen, und die Begleitheizung installiert haben. Das war großartig. Da hat man gesehen, es geht es voran.

Missy Motown
Krälingen

„Es ist Zeit, im Ahrtal das Ganze als Chance zu sehen. Eine Chance, Dinge ein-fach zu bewegen“

Missy Motown

Im Ahrtal ist sie für jeden ein Begriff. Nach der Flut wird in Krälingen der Helfer-Stab durch Missy Motown und Freunde gegründet – eine gemeinnützige Organisation zur Fluthilfe und zum Wiederaufbau des Ahrtals. Als Knotenpunkt im großen Netzwerk der freiwilligen Hilfe verbindet sie Hilfsorganisationen, ungebundene Helfer, Betroffene, Handwerker und Behörden miteinander.

Missy Motown lerne ich zuerst durch ihr Projekt „Werk&Tal" in Altenahr kennen, wo sie Künstler nach Altenahr einlädt, um dort eigene Werke auszustellen. Danach besuche ich sie in ihre Kulturkneipe „Die alte Krähe" in Krälingen, wo sie wohnt. Ein Gespräch am Anfang des Sommers 2023 – über Demut, die Herausforderungen nach der Flut und das neue Leben als Eltern.

Das Gefühl, zumindest privat: Ich bin im Moment sehr glücklich in meiner kleinen Familie. Aber wenn ich natürlich auf das Geschehen zurückschaue und was alles noch zu tun ist, ist die Laune noch ein bisschen gedämpft. Es gibt sehr viel Arbeit, sehr viele Dinge, die noch nicht erledigt sind. Wo einfach noch die Hoffnung besteht, dass wir es gut ins Positive umkehren können.
Wir waren eigentlich im Urlaub, bei einer guten Freundin, und wollten auch noch mindestens eine Woche bleiben. Wir sitzen gerade in meiner Gastronomie und ich habe hier auch Mitarbeiter, die wohnen in Kreuzberg, in der Region. Die riefen an. Hier braut sich was zusammen. Irgendwie ist das alles komisch, es hört nicht auf zu regnen, das Wasser steigt … so haben wir immer wieder Bilder aus dem Tal bekommen, eigentlich stündlich, die uns dazu gebracht haben zu sagen: Wir müssen den Urlaub hier abbrechen und nach Hause fahren. Wir haben neben der Gastronomie eben auch Tiere. Wir haben Schafe, Hühner, Gänse und haben uns natürlich Sorgen gemacht, und wollten nach Hause. Dann sind wir losgefahren, haben festgestellt, es ist gar nicht so leicht. Wir haben unendlich lange gebraucht, sind 14-16 Stunden gefahren. Die Rückreise war haarsträubend. Dann ist auch die Straßenbeleuchtung ausgefallen. Also spätestens ab Köln hat man gemerkt, hier ist richtig was passiert. Dann hat ein Mitarbeiter angerufen, hat gesagt, dreht wieder um, ihr kommt gar nicht nach Hause. Aber dieser unbändige Wille, wir wollen halt gucken, was los ist. Lizzy ist immer mal ausgestiegen, hat sich im Dunkeln die Hosenbeine hochgekrempelt, geschaut, wie tief das Wasser ist. Das war auch gefährlich, aber so haben wir es dann wirklich irgendwann nach Hause geschafft … Wir sind ja hier auf dem Berg. Selbst hier hat man gemerkt, dass etwas

los ist. Das ganze Geröll ist vom Berg heruntergekommen. Dann haben wir uns eine Stunde hingelegt, nachdem wir gesehen haben, dass es den Tieren gut geht. Wir sind dann runtergefahren, weil wir nach Kreuzberg wollten. Wir wollten zu Freunden, zu Mitarbeitern und schauen, ob es denen gut geht, weil ja telefonisch niemand erreichbar war.

Wir sind lediglich bis zu dieser Kreuzung gekommen, wo es dann links nach Kreuzberg geht – und die Straße war weg. Um Gotteswillen, was ist denn hier passiert? Wir haben gesehen, dass alles Mögliche vorbeigeschwommen kam … Der Campingplatz kam angeschwommen. Da waren zerbrochene Campingwagen, Autos, jede Menge Holz und Unrat. Das war ganz unwirklich.

Dann haben wir kehrtgemacht und uns bis nach Altenahr durchgekämpft. Auch da waren wir maximal schockiert über die Bilder, die sich uns boten: Was ist denn hier passiert? Uns ist erstmal klar geworden, dass das definitiv mehr war als nur eine Nacht lang schlimmer Regen. Dann haben wir nur kurz nachgedacht: Das war nicht eine bewusste Entscheidung, sondern wir kamen sofort ins Handeln. Das ist, was uns Menschen ausmacht in so einer Katastrophe. Du hast keine Wahl. Dinge wie Hunger, Kälte, alle Bedürfnisse sind ausgestellt und helfen ist angesagt.

Dann haben wir uns überlegt, meine Freundin Lizzy und ich: was können wir am besten? Sie ist psychologische Psychotherapeutin für Sucht und Trauma mit einer Praxis in Rheinbach und ich bin Konzertveranstalterin mit einem sehr großen Netzwerk und bin es gewohnt, Dinge schnell zu organisieren und vielleicht auch das eine oder andere Problem wieder ins Positive zu kehren. Ja, haben wir gesagt, dann müssen wir jetzt das tun, was wir am besten können. Sie hat sofort die Notfallversorgung der betroffenen Bürgerinnen und Bürger übernommen und hat bei Evakuierungen mitgeholfen. Und ich habe sofort das Netzwerk angeschoben. So konnten wir innerhalb von 48 Stunden nach Krälingen Hilfsgüter transportieren, die zu dem Zeitpunkt sehr, sehr wichtig waren. Strom, Wasser, Gas – wir haben hier in Krälingen in der Dorfmitte ein Hilfsnetzwerk gegründet.

Das waren zwei, drei unfassbar intensive Wochen. Ich war maximal beeindruckt, wie viele Menschen sich da reingeschmissen haben mit all ihren Kompetenzen und über Grenzen gegangen sind, also über ihre eigenen Grenzen.

Das hat mich nachhaltig wirklich beeindruckt, was da geleistet wurde in Gemeinschaft.

Die Idee des Helferstabs ist da schon entstanden. Wir haben immer viel geredet. Lizzy hat zum Beispiel jeden Tag angefangen mit so einer kleinen Teambuilding-Maßnahme, sie hat den Leuten gesagt, *wenn ihr runterfahrt,*

das und das kann passieren, dass sie auch so ein bisschen psychologisch vorbereitet waren.
Wir haben festgestellt, dass nach zwei, drei Wochen der Druck auf das Dorf extrem hoch war und Spannungen aufgebaut wurden. Das Dorf hält das nicht aus. Wir stoßen an Grenzen, was die spontane, ungebundene Hilfe angeht, wo es nötig ist, Strukturen aufzubauen. Das war die Initialzündung: zu sagen, wir brauchen das Ganze deutlich professionalisierter, um mit Katastrophenschutz zusammenzuarbeiten und Dinge nicht doppelt und dreifach machen zu müssen. Denn dass es funktioniert in der Spontanhilfe, haben wir in den zwei, drei Wochen gesehen. Wir haben die wahnsinnigsten Anfragen erhalten und am Ende haben wir sie umgesetzt. Beispiele wären, die Netze für die Bundeswehr einzusammeln, damit diese die Container mit Brauchwasser/Trinkwasser mit dem Hubschrauber fliegen konnten. Wir hatten einen Hubschrauber-Landeplatz hier, wir haben ganze Feldküchen in Gebiete mitgeflogen. Wir haben einfach Handwerker ausgeflogen in Gebiete, die noch nicht erreichbar waren, weil keine Zuwege vorhanden waren. Wir haben etwa 100 Stromaggregate hier gehabt, mobile Tankstellen. Ganz viele Helfer, die sich hier nach Krälingen orientiert haben.
Ich habe an mir selbst gemerkt – diese zwei, drei Wochen, das war Stress pur. Ich bin nicht zum Schlafen gekommen. Es galt, rund um die Uhr tausend Dinge zu organisieren. Unsere Freiwillige Feuerwehr, die natürlich auch im Einsatz war, die jeden Tag mit schrecklichen Bildern wieder nach Hause gekommen ist, die war auch nicht versorgt. Auf Tage und Wochen ist das eine unglaubliche Belastung.
Deswegen war es wichtig zu sagen: Komm, wir versuchen da Struktur reinzubringen. Das ist uns am Ende auch Gott sei Dank gelungen. Wir haben die Idee des Helferstabs konzeptionell niedergeschrieben, haben das eingereicht und von Profis bewerten lassen und so sind wir gestartet. Aber natürlich ist der Helferstab heute auch nicht mehr das, was er vor anderthalb Jahren war. Wir haben natürlich eine Entwicklung durchgemacht und wachsen und lernen in geballter Form dazu, was es heißt, Katastrophenhilfe zu leisten.

Wir sind alle im Ehrenamt gestartet. Die Erkenntnis, in welchem Ausmaß es eine Katastrophe war, das war mir lange Zeit nicht klar. Wir sind am 15. Juli gestartet und haben gesagt, jetzt müssen wir hier ein paar Tage aufräumen, dann ist es bestimmt gut. Dann hast du irgendwann gedacht ja, *gut, dann hängst du noch eine Woche dran* und irgendwann kam das: *Oh Gott, ganz ehrlich, wir sind hier Jahre beschäftigt.*

Es hat ein bisschen gedauert, bis wir dann gesagt haben, es muss eine Perspektive für die Betroffenen her, um auch zu bleiben. Wir brauchen Wohnungen. Das war die Idee der Tiny-Häuser. Wir brauchen Arbeitsplätze. Die Idee der Info-Points war geboren. Und wir brauchen ein stabiles Sozialgefüge, Kunst und Kultur.
Das sind eigentlich die drei Säulen, in denen wir auch nach wie vor hier aktiv sind und die wir als essenziell erachten.
So konnten wir nach einiger Zeit, das war gar nicht so lange, im November, schon Arbeitsstellen angebieten. Das heißt, die Leute, die durch die Flutkatastrophe ihren Job verloren haben oder ihr Haus oder beides, haben eine Möglichkeit gefunden, sich ihren Lebensunterhalt in der Fluthilfe zu verdienen. Tolles Projekt, und hat es auch gezeigt, dass es wichtig ist, sich einzusetzen für die Heimat, aber auch wichtig ist, eine Vergütung zu erhalten, um die Möglichkeit zu haben, auch zu bleiben. Von Luft und Liebe kann man eben nicht leben.

Was für mich unglaublich schwierig ist: geduldig zu sein, die Ausdauer zu haben. Deswegen kann ich die Menschen unten im Tal absolut verstehen, dass der Frust groß ist, weil das unglaublich zermürbend ist, wenn es nicht voran geht. Man ist auf so viele Dinge oder von so vielen Dingen abhängig und angewiesen. Das hat mich ziemlich frustriert. Auf der anderen Seite ist es aber dann auch eine unglaubliche Befreiung gewesen, als ich die ersten Schlüssel für die Tiny-Houses habe übergeben dürfen. Ein ganz, ganz toller Moment.

Relativ am Anfang, kurz nach der Flutkatastrophe, habe ich immer gesagt: *ein bisschen mehr Demut täte uns allen sehr gut.* Ich glaube, wir leben in einer Zeit, in der uns schwere Naturkatastrophen oder sonstige Dinge treffen können und auch verstärkt treffen. Da ist es ganz gut, ein bisschen demütiger durchs Leben zu gehen. So generell, auch in der Gesellschaft. Das hat noch nicht mal was mit der Flutkatastrophe zu tun. Ich war die ersten Tage so begeistert davon, wie solidarisch die Menschen sind, wie man aufeinander zuging. Der Mensch kann das. Wir sind dazu in der Lage, aber leider immer nur in großer Not. Wenn ich einen Wunsch frei hätte, würde ich mir das natürlich auch mehr wünschen. Aber ich glaube, so ist der Mensch leider nicht gestrickt.
Ich bin sehr dankbar, dass ich so viele Menschen kennengelernt habe, die eigentlich auch die Welt ein Stückchen verbessern wollen. Ich bin auf sehr nette Menschen getroffen, die eine ähnliche Wertvorstellung und Philosophie haben. Das fand ich ganz, ganz heilsam. Auf jeden Fall gehe

ich mit der Erkenntnis raus, was ich vorher nicht gedacht hätte, dass wir dazu in der Lage sind, uns gegenseitig zu unterstützen. Das war auch was, was ich so in der Form nicht erwartet hätte, wo ich positiv überrascht bin. Nichtsdestotrotz würde ich es mir noch deutlich intensiver und auch in anderen Bereichen wünschen. Aber gut, es ist halt schwierig, da kann man nur selbst was für tun. Ich versuche danach zu leben und zu handeln und wenn ich da auf Menschen treffe, die das ähnlich sehen, sind wir ja schon mal einen Schritt weiter.
Was ich in meinem Leben beruflich mache, hat tatsächlich auch was mit Berufung zu tun. Dann ist es so, dass sich das nicht wie Arbeit anfühlt. Dann ist man durchaus in der Lage, auch 10-12-14 Stunden zu arbeiten, ohne dass man ausgelaugt ist. Aber es ist schon sehr anstrengend, das kann ich sagen. Ich habe meinen Musikclub in Frankfurt, ich habe die Gastronomie in Krälingen. Ich bin sehr froh und glücklich, dass wir wieder gut durchgestartet sind und gute neue Veranstaltungen haben. Ich brenne für Kunst und Kultur, deswegen werde ich das definitiv nicht aufgeben und freue mich auch, dass ich hier in Krälingen das Kulturcafé „Alte Krähe" etablieren konnte. Das Nebenbei-Helfen hat sich auch zu einem Fulltimejob entwickelt. Ich habe immer viel gearbeitet und gern gearbeitet. Aber ich habe noch nie so viel gearbeitet wie im Moment, aber auch noch nie so wertvoll.

Spontane, freiwillige, ungebundene Hilfe. Wir haben gelernt, dass wir aus der Zivilgesellschaft heraus unglaublich viel bewegen können, dass es aber auch wichtig ist, dass das koordiniert abläuft. Dass es wichtig ist, in Netzwerken zu denken, in Kooperationen zu denken. Die Erkenntnis dann ist, dass wir unglaublich viel Positives bewegen können. Dass es auch wichtig ist, Mind-changing-Prozesse anzustoßen, auf allen Ebenen.
Was wir auch immer wieder erleben, ist gruppendynamisches Verhalten: „Die da oben, wir hier unten". Ich habe das gerne gesagt, unmittelbar nach der Flutkatastrophe waren wir in der Weltmeisterschaft. Das heißt, es war egal, welchen Fußballclub du ursprünglich in deinem Herzen getragen hast, du hast gemeinsam gejubelt, gemeinsam geweint und gemeinsam irgendwie das weggeschafft. Aber nach einiger Zeit hört das auf. Dann hast du wieder „Schalke" gegen „Dortmund", um es mal so zu beschreiben. Ich finde, ein Ziel muss sein, dass wir viel mehr nach Kompetenzen die Aufgaben verteilen müssen, dass es sinnvoll ist, dass es eine Feuerwehr gibt, die nach Strukturen arbeitet oder eine Bundeswehr oder Katastrophenschutz, aber dass es auch gut ist, dass es eben freiwillige, ungebundene Hilfe gibt, weil die sich viel schneller organisieren kann. Wenn es da eine

Schnittstelle gibt, und so sehe ich uns im Helferstab als Scharnierstelle für eben diese Bereiche, um das zu verbinden, dann haben wir mit Sicherheit alle ein Stückchen dazu gelernt. Denn in der Theorie gibt es ganz, ganz viele Ansätze zum Thema spontane freiwillige Hilfe, aber in der Praxis wurde das noch nicht umgesetzt.
Da ist jetzt sehr viel Bewegung drin. Das freut mich auch, dass wir an ganz vielen Stellen auch Partner sind und Gesprächspartner auf Augenhöhe, mit Universitäten, Hochschulen, Katastrophenschutz und wer alles in dem Bereich aktiv ist. Das haben wir daraus gelernt, nach Kompetenzen verteilen, uneitel einfach auch mal zu sagen, das kann ich nicht, das lasse ich besser. Das ist auch eine Erkenntnis.
Heilsam für mich waren die Gespräche mit Menschen, die betroffen waren, die sich geöffnet haben, die gesagt haben: *Mensch, es ist wichtig, was ihr macht.* Das war nicht immer leicht. Mir war nicht klar, dass Helfen am Ende so schwer sein kann und so negativ auch wahrgenommen werden kann, obwohl man ja bemüht ist, irgendwie hilfreich zu sein. Das war mit Sicherheit auch eine Erfahrung, die ich gemacht habe, die mich aber nicht davon abgehalten hat, bis heute zu sagen, es ist durchaus sinnvoll und ich bin sehr froh, dass wir uns im Team immer wieder hinterfragen, welche Positionen, welche Projekte auch Sinn machen.

Ich bin eigentlich ein kölsches Kind. Ich hätte nicht gedacht, dass ich die Kölner Stadtgrenze mal verlasse. Das macht man eigentlich nicht als Kölner. Ich habe einen kurzen Zwischenstopp in Kerpen eingelegt, in einem Fachwerkhaus, und festgestellt, *ach so ein Fachwerkhaus, das wäre doch ganz schön.* Schauen wir mal, was wir so finden im Netz. Dann haben wir das hier gefunden und nicht drauf geachtet, dass es Rheinland-Pfalz ist. Dann habe ich meiner Freundin gesagt, *da ziehen wir nie hin.* 2018 im Spätsommer waren wir auf dem Weg von Frankfurt auf der A 61 wieder nach Hause in Richtung Kerpen. Da sind wir halt durch das wunderschöne Tal gefahren, über Kreuzberg hoch. Das war schon fast alpines Feeling mit den Serpentinen und wir kamen dann bei strahlendem Sonnenschein hier in Krälingen an und wir waren beide so was von begeistert von der Natur. Dann haben wir uns diese Hofanlage hier angesehen und haben uns eigentlich schockverliebt … Ja, und dann war das so eine Herzenssache. Wir sind 2018 hierhergezogen.
Wir machen keine große Werbung, die Ruhe hier macht auch den Charme aus. Wir wohnen hier. Es ist für uns ein Hobby. Somit haben wir auch kein Problem damit, wenn jemand hier drei Stunden sitzt mit einem Buch und einer Tasse Tee. Das hat einfach eine andere Atmosphäre. Hier darf man

das Ganze als Wohnzimmer betrachten. Das ist für uns ein großes Wohnzimmer.
Ich finde, je schlimmer eine Katastrophe ist oder je schlimmer die äußeren Umstände sind, desto wichtiger ist dieses Gemeinsame, dieses Wir. Wir haben zumindest uns – und deswegen ist das für mein Dafürhalten ein sehr, sehr wichtiger Punkt, dass auch in der Ruinenregion schöne Dinge stattfinden müssen, um auch positiv in die Zukunft zu schauen.
Da ist es Zeit, im Ahrtal das Ganze vielleicht mal abschließend als Chance zu sehen. Es ist viel weggespült, aber das ist jetzt auch eine Chance, Dinge einfach zu bewegen. In allen Bereichen. Und Kunst und Kultur ist definitiv ein Strang, wo man sagen kann, *komm, lass uns was bewegen*.

Missy Motown
März 2023

Die Magnolien

Ein Haus in unserer Straße wird abgerissen. Der Öltank ist durch die Flut geborsten. Das Haus ist nicht mehr zu retten. Im Vorgarten stehen mehrere Bäume, darunter zwei wunderschöne Magnolienbäume, die sehr klein und buschig sind. Von der Besitzerin erfahre ich, dass in ein paar Tagen die Bagger kommen und alles platt gemacht wird. Ich kann nicht glauben, dass alle Bäume kaputt gemacht werden. Wenn du willst und jemanden findest, der dir hilft, kannst du die Magnolien haben. Ich schreibe an verschiedene Helfergruppen auf Facebook. Ich frage einen Gärtner, den ich kenne. Viele raten mir ab, die Magnolien seien sehr empfindlich, hätten tiefe Wurzeln und könnten nicht überleben. Doch plötzlich kommt ein Helferteam mit einem kleinen Bagger, ein Gemisch von Sprachen, Rumänisch, Russisch, Deutsch, und an einem Samstag stehen die beiden Magnolien in unserem Vorgarten. Ich bin müde und glücklich.

Ich weiß noch genau den Morgen, als ich bei Nieselregen losgefahren bin, ohne Anmeldung und nach Grafschaft kam und überwältigt war von der Zahl der Leute, die dort einfach darauf warteten, ganz motiviert, andere zu unterstützen. Das war mein Einstieg als Fahrer.

Stefan Bergner
Sinzig

„Für ausnahmslos alle Menschen, die ich hier getroffen habe, ist die Flut eines der einschneidenden Erlebnisse ihres Lebens“

Stefan Bergner

Stefan Bergner ist seit fast zwei Jahren evangelischer Pfarrer in Sinzig. Er kommt ins Ahrtal nach der Flut. Aber ganz anders – als Fahrer, um die vielen Helfer zu transportieren. Und bleibt. Ich begegne ihm im Rahmen seiner Arbeit, Fluthilfe zu organisieren. Wir führen danach mehrere Gespräche. Über seine Gründe hier zu bleiben, über die Menschen im Ahrtal und was sich bei uns allen ändert.

Im Lauf der Zeit ging es mehr darum, die Dinge, die möglich sind, auch möglich zu machen, egal, ob ich dafür verantwortlich bin oder zuständig bin oder nicht. Ich empfinde das als Privileg, als absolutes Geschenk, Zeit zu haben für Menschen in meinem Beruf mit all der Sicherheit, die zu meinem Beruf dazugehört.

Ich bin drei Monate nach der Flut als Seelsorger ins Tal gekommen. Anfang Oktober 2021 habe ich den Gedanken gehabt, dass das ein Beruf für mich sein könnte, um sozusagen hier nach der Flut Menschen zu unterstützen. Ich habe die Flut selber nicht miterlebt und hab sehr, sehr lange gebraucht, um überhaupt zu verstehen, was hier passiert ist. Dabei lebe ich hier oben im Siebengebirge, eigentlich nur fünfzehn, zwanzig Kilometer Luftlinie von hier entfernt. Was so in unmittelbarer Nähe das Ausmaß dieser Katastrophe ausgemacht hat und immer noch ausmacht, bis heute, war mir überhaupt nicht bewusst.
Meistens komme ich mit dem Auto oben aus dem Siebengebirge runter nach Linz und dann mit der Fähre nach Kripp. Und das ist eigentlich etwas Wunderbares, dass es diesen Fluss dazwischen gibt. Das hat mir auch geholfen, so für mich persönlich, für meine eigene Situation einfach zu unterscheiden, was gehört ins Ahrtal und was nehme ich mit nach Hause und was nicht. Manchmal stehe ich abends an der Fähre und lege da sozusagen gedanklich Sachen hin, für den nächsten Morgen, wenn ich wiederkomme, und die sind dann meistens auch noch da.
Ich bin eigentlich gar nicht Pfarrer gewesen am Anfang, sondern Fahrer. Fahrer eines kleinen VW-Busses, der der Kirchengemeinde im Siebengebirge gehörte. Ich hatte davon erfahren, dass hier im Ahrtal Transportkapazitäten fehlen, um Menschen, Helferinnen und Helfer, oben aus Grafschaft vor allem am Wochenende in die unterschiedlichen Orte hier im Ahrtal zu bringen. Ich weiß noch genau den Morgen, als ich bei Nieselregen losgefahren bin, ohne Anmeldung und nach Grafschaft kam und überwältigt war von der Zahl der Leute, die dort einfach darauf warteten, ganz motiviert, andere zu unterstützen. Das war mein Einstieg als Fahrer.

Grundsätzlich war es für mich eben eine Entscheidung, auch einfach eine Stelle in der Komfortzone einer Kirchengemeinde, wo ich mich sehr wohl gefühlt habe, abzugeben und mich hier im Ahrtal dieser Situation auszusetzen. Ich habe das bis heute nicht bereut, und das liegt, glaube ich, vor allem an den Menschen, die mir hier begegnet sind. Ich denke in erster Linie an Betroffene, vor denen ich großen Respekt habe, einfach, wie sie mit dieser Situation, der Katastrophe, der Flut umgegangen sind und mit dem, was eben das für ein persönliches Leben auch bedeutet. Und gleichzeitig habe ich einfach tolle Leute erlebt, Helferinnen und Helfer, die mich letztlich auch motiviert haben, hier weiterzumachen. Ich bin Seelsorger und gleichzeitig eigentlich auch jemand, für den hier eine neue Welt aufgegangen ist. Ich bin in so vielen Häusern gewesen, habe so viele Geschichten erfahren, so viel Vertrauen gespürt und war dankbar, wenn es gelungen ist, ein bisschen davon zurückzugeben, als Hilfe so fürs eigene Leben, aber auch als materielle Hilfe. Das spielt ja auch eine Rolle.
Das Hauptanliegen war, nachdem die Flut dieses ganze Leben durcheinandergewirbelt hat, wo kann der Punkt sein, wo ich festen Boden unter den Füßen habe? Und wie kann ich vielleicht Menschen unterstützen dabei, Orte zu finden, sichere Orte, wo man sich sicher fühlt?

Das war für mich neu, wie erfinderisch die Menschen waren und wie kreativ, solche Orte zu finden. Das waren sehr unterschiedliche Dinge. Das war eine Gemeinschaft hier, wenn ich an Sinzig denke, zum Beispiel das Café freitags nachmittags. Es war aber auch die Hilfsbereitschaft von Nachbarinnen und Nachbarn. Das waren vielleicht Dinge, die man doch noch aus der Flut behalten hat. Das war die Familie, die doch besser war, als man vorher gedacht hat. Das war eine unerwartete Hilfe, wo Menschen irgendwie Geld von Menschen bekommen haben, die sie gar nicht kennen. Alles das, was wieder Kraft gibt, und worauf man einfach zurückgreifen kann in so einer Situation, wo einem vieles weggerissen ist. Es ist nicht die Sicherheit im Sinne einer Garantie. Keiner kann uns heute sagen, was in diesem Sommer hier im Ahrtal passiert oder nicht. Ich würde vielleicht eher statt Sicherheit Gewissheit sagen, Gewissheit im Vertrauen auf sich selber, aber auch aus der Erfahrung mit anderen. Gewissheit, aus der man Zuversicht schöpft. Man braucht solche Orte.
Jede und jeder verarbeitet dieses Ereignis anders.
Für ausnahmslos alle Menschen, die ich hier getroffen habe, ist die Flut eines der einschneidenden Erlebnisse ihres Lebens. Ich merke, dass viele Menschen ihr Leben einteilen in ein Leben vor der Flut und nach der Flut, obwohl es vielleicht vor der Flut 70 Jahre waren und danach jetzt nur

knapp zwei. Aber es ist trotzdem die Zäsur. Der Schnitt im Leben ist das Erleben dieser Flut.
Ich glaube schon, dass danach jeder eigene Wege gegangen ist, dass es sozusagen ja auch in die eigene Biografie eingegriffen hat, in den eigenen Lebenslauf, in dem, was vielleicht vorher schon im Leben schwierig oder gut war, ist diese Flut reingegangen. Das führt dazu, dass jeder auch wieder einen eigenen Weg suchen muss. Ich glaube, das ist eine Sehnsucht, die alle haben, dass man wieder festen Boden unter den Füßen hat, eine Sehnsucht nach Normalität. Das ist, glaube ich, so der innigste Wunsch, dass es wieder so wird wie vor der Flut, und gleichzeitig wissen doch alle, so wird es nie wieder.
Ein bestimmtes Bedürfnis, über das eigene Leben zu sprechen, über die eigenen Gefühle mit der Flut, geht jetzt erst los. Wir erleben ganz viele Leute, die in den letzten Wochen, seit Jahresbeginn, zu uns gekommen sind und die nach meinem Gefühl offener geworden sind, auch darüber zu sprechen. Denn das liegt vielleicht daran, dass nach der Flut einfach viel zu organisieren war, erst mal mit dem Haus zu gucken, wie geht der Alltag nach der Katastrophe, und vieles ist dabei vielleicht auch einfach liegen geblieben und stellt sich jetzt noch mal als Lebensfrage. Ich glaube, dass im Moment dieser Blickwechsel ansteht, dass man zurückguckt, einerseits noch mal auf diese Zeit für sich selbst so eine persönliche kleine Bilanz zieht und dann aber auch versucht, nach vorne zu schauen. So erlebe ich im Moment diese Stelle, an der wir gerade sind, bei vielen.

Das ist erst mal für uns wichtig, die Leute ernst zu nehmen, mit dem, was sie glauben oder auch nicht glauben. Kirchenzugehörigkeit hat in meiner Arbeit eine geringe Rolle gespielt. Die Leute wussten, dass ich als Pfarrer von der Kirche komme, aber für mich war das wichtig, einfach eine große Offenheit zu haben gegenüber allen. Natürlich ist die alte Frage, wie kann Gott das Leid irgendwie zulassen? Und für mich ist dann natürlich wichtig zu gucken, wo ist Gott in den Geschichten, die uns überliefert sind. Wo hat er gestanden, auf welcher Seite hat er gestanden. Und ich habe dann deutlich gemacht, Gott ist auf Seite der Leidenden. Warum er dieses Leid zulässt, ist eine Frage, für die ich persönlich keine Antwort habe. Ich weiß nicht, ob die Frage die richtige ist, aber ich möchte nicht mit einer vorschnellen Antwort da den Leuten gegenübertreten. Eher danach gucken, wie geht Gott jetzt in der Situation mit?
Viele Leute, die mir begegnet sind, haben gesagt: Mensch, ich bin gar nicht so kirchlich, ich glaube gar nicht so fest, und kann ich trotzdem mit Ihnen sprechen? Das war eine Entdeckung. Da habe ich gesagt, wenn so

ein Gespräch gelungen war und wenn man vielleicht sogar einen ganz kleinen Schritt weitergekommen ist oder so einen kleinen Ansatzpunkt hat, dann habe ich gedacht, ja, da ist Gott.

Ich kannte das Ahrtal vorher nicht. Ich weiß nicht, wie es hier vorher war. Es gibt auch viele Geschichten über das Ahrtal und wie die Menschen an sich im Tal sind. Wahrscheinlich kann man das gar nicht so für allgemein halten. Aber mir ist schon aufgefallen, gerade am Anfang, gerade in der Anfangszeit, dass diese Grenzen, die wir normalerweise setzen, dass die völlig weg waren. Da gab es wenig Regelungen, wenig Ordnungen, alle haben sich geduzt, egal ob man Pfarrer war … Das war irgendwie sehr grenzenlos am Anfang. Das hat auch was Reizvolles, das muss ich sagen, ist mir auch so gegangen. Ich fand das wunderbar, zum Beispiel, in Grafschaft mit den Helfern zu sitzen, mit Hunderten von Leuten in diesem Zelt samstagsabends, nach einem sinnvollen Tag, wo jeder das Gefühl hat, er hat richtig was Gutes gemacht … Und dann quasi grenzenlos. Das war wunderbar. Und jetzt sind wir vielleicht ein bisschen in einer anderen Phase, dass man nochmal guckt, was brauchen wir. Weil eben die Sicherheit und die sicheren Orte auch irgendwie wieder ein paar Grenzen brauchen, aber vielleicht nicht mehr so, wie es vorher war, sondern bereichert durch die Erfahrungen, die wir gemacht haben, einfach die tragen wir jetzt ja mit als ein Schatz.
Als wir hier angefangen haben im Ahrtal, da haben wir gesagt, wir sind die Seelsorger, wir sind für die psychischen Probleme der Menschen da, auch wenn wir natürlich keine therapeutische Ausbildung haben, aber wir sind die, die Menschen beistehen. Und im Unterschied dazu sind wir für viele andere Dinge, wie finanzielle Hilfe, dieses oder jenes, nicht verantwortlich und nicht zuständig. Und ich habe erlebt, im Lauf der Zeit, dass es immer mehr darum ging, die Dinge, die möglich sind, auch möglich zu machen, egal, ob ich dafür verantwortlich bin, zuständig bin oder nicht. Ich empfinde das als Privileg, als absolutes Geschenk, Zeit zu haben für Menschen in meinem Beruf mit all der Sicherheit, die zu meinem Beruf dazugehört. Ich empfinde es aber auch als wunderbar, wenn ich merke, dass Menschen in ihrer sozialen Situation oder unter finanziellen Schwierigkeiten leiden, die durch die Flut entweder verursacht oder verschärft worden sind, dass ich durch die Hilfsorganisation, für die ich arbeite, die Diakonie, einfach die Möglichkeit habe, konkret zu helfen. Das ist für mich neu im Bereich Seelsorge, durch diese Tätigkeit hier im Ahrtal.
Ich weiß selbst nicht, wie lange ich noch hier bleibe. Das klärt sich hoffentlich in diesen Tagen. Ich wünsche mir, dass es nicht vergessen wird, das

Ahrtal, nach dieser Katastrophe. Und dass Menschen, auch die bis jetzt noch keine Hilfe erfahren haben, dass sie diese bekommen, auch in Zukunft, dass sie glücklich hier leben können, mit dieser Katastrophe. Es wird immer „*nach* dieser Katastrophe" sein. Gleichzeitig wünsche ich den Menschen hier auch, dass diese Erfahrung von Zusammenhalt, von Hilfsbereitschaft, von guter Nachbarschaft, dass sich das bewahrt, einfach. Nicht nur für den Krisenfall, sondern auch für die Mitte des Lebens, für den Alltag. Ich glaube, das könnte etwas sein, wo aus dieser schlimmen Geschichte auch etwas Gutes für die Menschen und für das Zusammensein der Menschen entstehen könnte.

Stefan Bergner
Mai 2023

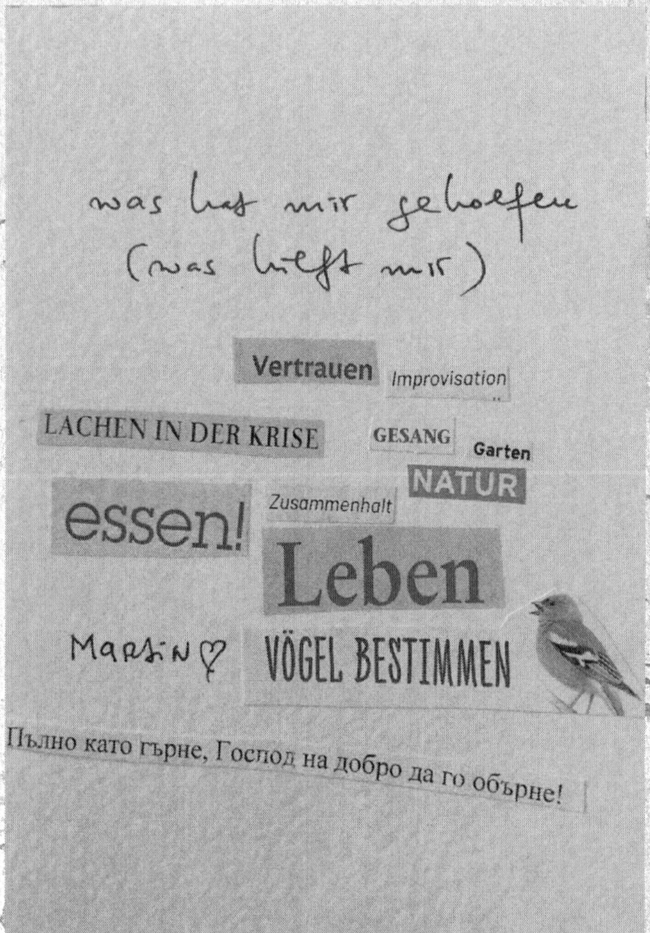
was hat mir geholfen
(was hilft mir)
Vertrauen
Improvisation
LACHEN IN DER KRISE
GESANG
Garten
NATUR
essen!
Zusammenhalt
Leben
Martin ♡
VÖGEL BESTIMMEN
Пълно като гърне, Господ на добро да го обърне!

Sichere Orte.
Was hat mir nach der Flutkatastrophe geholfen?

Wir können eine traumatische Situation nur verarbeiten, wenn wir für uns neue, „sichere Orte" finden. Etwas, das uns Stabilität gibt, das Gefühl, wahrgenommen, verstanden, geschützt zu werden. Das können Menschen, Objekte, Aktivitäten, Gefühle sein. Dieser Prozess ist sehr individuell und kreativ, oft unbewusst.

Abschied nehmen

Wir werden hier nicht mehr wohnen. Das war uns schnell klar. Wir haben vier Kinder und zwei zumindest fachlich in der Lage, den Betrieb hier weiterzuführen. Ich habe sofort gesagt: schön, macht es, aber nicht hier. Nur an einem sicheren Ort.
Paul Schumacher, S. 156

Der erste Schritt war sicherlich, mich von meinem Haus zu verabschieden und von Kreuzberg. Und zu akzeptieren, dass ein neues Leben für mich beginnt. In der Flutnacht habe ich das gemacht.
Ich hätte bei jedem Gewitter, bei jedem Regen Angst, und das kann nicht sein. Unter Dauerspannung zu leben, ist nicht sehr gesund.
Martina Schneider, S. 164

Arbeit und Normalität

Bis zu den Herbstferien war ich krankgeschrieben, und dann habe ich langsam Schritt für Schritt angefangen, die Schule hat mir ein gutes Gefühl gegeben. In der Schule war alles wie vor der Flut. Der Schlüssel hat gepasst, die Wände waren gleich, die Räume, die Kollegen, die Kinder. Das hat so ein Gefühl der Stabilität gegeben. Das war gut so, da war ich froh darüber und glücklich, dass ich weiterarbeiten kann.
Edyta Bertram, S. 141

Am Anfang hat mir die Arbeit geholfen. Ich bin morgens da runter, abends wieder heim und war in meinem Tunnel.
Angelika Furth, S. 150

Wir, wie auch die meisten anderen Weingüter, wir sind einfach gewohnt zu improvisieren, schnelle Entscheidungen zu treffen. Man kann zwar planen, aber Wetter macht einen Strich durch die Rechnung.
Paul Schumacher, S. 157

Im Endeffekt machen wir das, worauf wir Lust haben. Dadurch, dass wir darauf Lust haben, machen wir es gut. Dann kommen auch die Leute. Es ist simpel. Man muss halt die richtige Lust haben.
Lucas Sermann, S. 194

Aktiv und kreativ sein

In dieser aktiven Phase ist mir die Idee gekommen, dass ich halt das Haus besprühen möchte. Ich habe Freunde gefragt, Familie hat mich dabei unterstützt, ehemalige Schüler haben mitgeholfen. So haben wir an einem Tag, das war, glaube ich, sechs Wochen nach der Flut … Nach dieser Schufterei machen wir was Tolles. Ich habe die Farben besorgt und dann haben wir die Wände besprüht, bemalt mit verschiedenen Botschaften. Die Hauptbotschaft ist „Aufgeben ist keine Option". Und das Haus wurde zum *Fluthaus Hoffnung*.
Edyta Bertram, S. 140

Ablenkung

Ich glaube, Ablenkung hilft ja immer, aber man muss vorsichtig sein mit dem Umgang mit Ablenkung, wenn die Ablenkung irgendwann nur noch da ist, dass du gar nicht mehr zu dir selbst kommst, ist sie nicht gesund. Aber Ablenkung ist grundsätzlich natürlich gut. Ich kenne auch Menschen, die sitzen zu Hause seitdem und sind hoch depressiv und kommen gar nicht mehr so richtig auf die Beine. Das finde ich schlimmer. Das möchte ich nicht. Ich kann nur anderen helfen. Das tue ich auch nach Kräften, da wo es geht. Wenn wir Künstler irgendwie etwas zu tun haben, sind wir ja froh.
Stephan Maria Glöckner S. 121

Freunde und Kollegen

Eine Kollegin hat dann zu mir gesagt: *„Ich muss deine Kunst retten"*. Dann ist sie gekommen, hat sich draußen hingesetzt, und hat alles aufgewaschen, mit Regenwasser, es war kein Wasser da, außer einer Regentonne. Sie hat auch Struktur hier eingebracht. Es war gut so. Wir konnten entspannen.
Margarete Gebauer, S. 43

Ich bin so dankbar, dass wir so viele Hilfe gekriegt haben, dass es so viel Unterstützung von Freunden, Bekannten, Arbeitskollegen gab. Einfach nur große Dankbarkeit.
Edyta Bertram, S. 140

Ich komme mit meinen Freunden einigermaßen klar, die wissen, wie die mich zu nehmen haben. Wir reden über alles.
Oliver Griess, S. 165

Wir haben jeden Abend mit Freunden gegessen. Das hat viel Kraft gegeben. Wir waren auch nie allein. Das war, glaube ich, sehr wichtig.
Lucas Sermann, S. 180

Familie

Ich muss sagen, dass Familie schon wichtig ist, denn auch da ist die Zeit begrenzt, wie meine Enkelin gesagt hat, wenn ich groß bin, lebt ihr nicht mehr.
Angelika Furth, S. 146

Demut

Also relativ am Anfang, nach der Flutkatastrophe habe ich immer gesagt: ein bisschen mehr Demut täte uns allen sehr gut. Ich glaube, wir leben in einer Zeit, wo uns schwere Naturkatastrophen oder sonstige Dinge treffen können und auch verstärkt treffen. Und da ist es ganz gut, einfach ein bisschen demütiger durchs Leben zu gehen. So generell, auch in der Gesellschaft.
Missy Motown, S. 210

Geduld

Ich glaube, Geduld ist jetzt eine wichtige Tugend in den nächsten Jahren. Es geht eben nicht alles so schnell, wie man es gerne hätte. So schnell ist es leider nicht wieder aufgebaut.
Anton Simons, S. 88

Gutes Essen

Das Essen war so wichtig. Ja, man hat es auch gemerkt, wir haben ganz viel Süßes gebraucht. Das war einfach wichtig. Wir haben eine Frau gehabt, die hat jeden Tag gebacken, die hat also wirklich 250 Kuchen gebacken. Und die waren auch weg. Die Helfer, die haben das gebraucht, auch Süßigkeiten. Das war ganz wichtig. Das ist halt Nervennahrung, hört sich

immer ein bisschen blöd an, aber es ist so, Kaffee und was Süßes. Das war der Renner nach der Flut.
Angelika Furth, S. 144

Guter Schlaf, gute Struktur

Jetzt habe ich meine Schule für mich selbst genutzt, weil ich nicht mehr gut schlafen konnte. Es war schon eine Umstellung, auch in einem erstmal fremden Lebensumfeld wieder in den eigenen Rhythmus zu kommen. Und das geht nur mit Disziplin. Ich kann es nur empfehlen, sich Wecker und Wochenkalender anzuschaffen, jeden Tag zur selben Zeit zu Bett zu gehen und aufzustehen und jeden Termin einzutragen und auszuführen, selbst wenn es einkaufen ist. Es ist so wichtig, wieder in eine Struktur zu kommen. Diese Struktur gibt Halt. Und über den Halt komme ich auch wieder in die Ruhe. Mit der Ruhe kehrt auch die Kreativität zurück, dass ich dann wieder weiß, was könnte ich denn jetzt anstellen oder wo will ich hin?
Martina Schneider, S. 162

Gütige Gedanken

Was mir, glaube ich, geholfen hat, waren so gütige Gedanken. Was eigentlich alle Religionen im Kern wollen, dass die Menschen friedlich miteinander leben, dass sie geduldig miteinander sind, dass sie sich helfen, dass Aussehen nicht wichtig ist und was einer erreicht hat, was man so an der Oberfläche sieht, sondern dass einfach jedes Leben seine Berechtigung hat und man das schützen und unterstützen soll. Dass man das viel mehr machen soll, dass dafür wahrscheinlich das Leben da ist, um mehr zu lieben und mehr zu helfen und Gutes zu hinterlassen.
Hildegard Ginzler, S. 105

Dass man mit weniger mehr zufrieden ist. Dass man dankbar sein muss. Also ich bin minimalistisch geworden. Dankbarkeit ist so wichtig. Dass nicht alles selbstverständlich ist. Dass jeder Tag ein Geschenk ist, dass wir den Tag genießen sollen, so wie der ist und weil wir nicht wissen, wie es morgen aussieht, in einer Woche aussieht. Das hat uns die Flut beigebracht. Es ist nicht nur meine Meinung, das ist auch eine Aussage von vielen, die auch sagen, Ja, wir leben jetzt von Tag zu Tag und in Dankbarkeit.
Edyta Bertram, S. 40

Wir versuchen generell immer das Positive zu sehen. Es ist Schlimmes passiert, aber wir sehen eben das Positive. Wir können das Haus jetzt komplett

neu gestalten nach unseren Wünschen. Das war vorher nicht möglich, weil wir das Haus so von unseren Eltern, von den Großeltern übernommen haben. Man hat immer dazu gebaut, dazu verändert, aber es war halt nie optimal und das können wir jetzt alles von null an starten und dementsprechend wird es in den nächsten 25 Jahren ein viel angenehmeres Arbeiten sein für uns. Also haben wir gesagt, wir können wieder ganz von vorne anfangen. Wir können alles neu überdenken.
Andrea Babic, S.172

Mir sind viele gute Dinge im Leben passiert, die ich mir nicht erklären kann. Aber die mir nicht passiert wären, wenn ich nicht so fest daran geglaubt hätte, dass es so ist, dass es so sein wird. Ich glaube, das ist einer der wichtigsten Punkte. Denn der Krieg wird im Kopf gewonnen und nicht mit dem Körper. Also wenn der Kopf tot ist, dann nützt auch der tollste Körper nichts.
Lucas Sermann, S. 180

Hilfe suchen

Diese Ohnmacht zu erleben, das kam bei mir wieder hoch. Und dann habe ich mich relativ schnell entschieden zu sagen, ich glaube, das ist auch ein ganz, ganz wichtiger Schritt oder könnte für viele Menschen auch hier im Tal ein wichtiger Schritt sein zu sagen: Das kann ich nicht alleine bewältigen, ich muss mir Hilfe suchen.
Stephan Neuhaus-Kiefel, S. 34

Der zweite Schritt war, meine Freunde um Hilfe zu bitten. Ganz konkret. Ich sitze hier in einer Art Wüste und brauche Hilfe, und ich habe sie auch sofort bekommen, sobald es auch wieder Empfang gab über Handy. Ich konnte direkt zu meiner Freundin ziehen und durfte sogar meine beiden Katzen mitbringen.
Martina Schneider, S. 162

Hilfsbereitschaft und Solidarität

Diese Hilfsbereitschaft, die wir erlebt haben, diese Solidarität, die ist sowas von positiv gewesen, und die war so ein Moment, der uns geholfen hat, allein schon zu wissen, viele Leute leiden mit, dieses Mitleiden. Für mich war das, was da geleistet worden ist, ein Wunder.
Joachim Heyna, S. 127
Das Gute war, dass es so viele Menschen gab, die einfach da waren. Man hat sich abends hingesetzt und wir haben gar nicht viel gesprochen, einfach so, Anteil genommen ... Und manche sind wieder gekommen, und

wieder gekommen … Weil sie auch nicht verstehen konnten was hier passiert ist … Wir haben uns auch gefragt, was löst das bei den Menschen aus, dass sie diesen Antrieb haben, ins Auto zu steigen, obwohl sie die anderen gar nicht kennen, und dahin zu fahren und einfach zu sagen – jetzt pack ich mal an? Ich gehe einfach in den Garten und nehme eine Schaufel, und räume alles weg … Und das waren, bin ich mir sicher, Millionen von Handgriffen, die hier stattgefunden haben …
Hermann Schug, S. 67

Diese spontane Hilfe, die Zugewandtheit, das war also das Tollste. Für einen Moment lang, wie eine Utopie, die wahr wurde. Alle Menschen werden Brüder, also unglaublich.
Hildegard Ginzler, S. 105

Nach der Flut gab es eine weitere Flut von Helfenden, von Solidarität, von Neuausrichtungen, von unglaublich intensiven zwischenmenschlichen Kontakten. Und das ist ein Riesenvorteil und ganz wichtig, finde ich, für unsere Seelen.
Stephan Maria Glöckner, S. 120

Es gab immer so selbstlose Hilfe. Wir hatten Helfer, die an der Ostsee im Urlaub waren und haben über diese Situation mitbekommen, haben die Strandtücher zusammengerollt, ins Auto gepackt und hierhingekommen. Da habe ich gedacht: Oh Gott, hätte ich das auch gemacht? Ich weiß es nicht. Jetzt weiß ich es ganz genau. Wenn irgendwo eine Katastrophe ist, bin ich auf jeden Fall dabei. Egal, ob ich da Brötchen schmiere oder Kaffee koche ... Diese Solidarität, ich habe nicht gewusst, dass es so etwas gibt.
Edyta Bertram, S. 136

Wir sind eine Gruppe, wir haben uns vorher nicht gekannt, obwohl wir im selben Ort wohnen, zum Teil. Also, das ist unglaublich! Auch die Helfer, die dann immer anrufen. *Ich bin jetzt gerade da und komme dann morgen vorbei zum Frühstück. Oder wir haben einen Helfer, der fragt immer was soll ich denn mitbringen, Maultaschen, dann gibt's mal wieder Maultaschen bei den Senioren.* Oder es fährt immer noch einer von Ahrhilfe. Der ist auch unheimlich rührig und ist jedes Wochenende da und versorgt noch ältere Leute mit Lebensmitteln. Es ist schon beeindruckend, was da kam! Und was geblieben ist.
Angelika Furth, S. 146

Mit der Solidarität und den Helfern. Das war einfach Klasse. Anders hätte es gar nicht funktionieren können. Das war absolut notwendig in den

danach

dampfwolken
auf der oberfläche
klares wasser
fließt lautlos durch
das tal
der wald
nimmt einen atemzug und
lädt mich ein
ich staune und atme mit
eine dampfwolke vor
meiner oberen lippe auf die
oberfläche
des zaubers

ersten Monaten, das hätte man gar nicht schaffen können. Bei uns waren in den ersten Wochen immer zwischen dreißig und fünfzig Leute hier, die gearbeitet haben, wo man im Grunde genommen überhaupt keinen kannte. Nicht nur Privatleute, die einfach mit angepackt haben, sondern auch viele Firmen, die unterstützt haben. Das ist schon großartig. Wenn man sich da nur, auf unseren Staat verlassen hätte, dann wären wir verloren gewesen. Das ist völlig klar. Hier wurde einfach gemacht. Das war auch ein bisschen Anarchie und das war natürlich in den ersten Monaten auch notwendig. Also alles andere hätte nicht funktioniert. Jeder hat was gemacht, weil er gedacht hat, das ist jetzt wichtig und deswegen hat es einigermaßen funktioniert. Hier haben ganze Straßenabschnitte gefehlt, da war nichts.
Paul Schumacher, S.155

Die Helfer haben zum Beispiel einen wunderschönen Barfußpfad in Kreuzberg angelegt. Es ist angenehm für überlastete Füße. Jetzt ab Frühling kann man ihn wieder gehen, um den gesamten Körper zu regenerieren. Der Barfußpfad hat mehrere Abschnitte mit verschiedenen Untergründen, über die man geht, so dass alle Akupunkturpunkte an der Sohle und an den Zehen aktiviert werden. Das fand ich eine richtig klasse Idee.
Martina Schneider, S. 162

Und dann fing das ja schon an mit der Solidarität. Das ist eigentlich das größte Wunder, was ich in meinem Leben je erlebt habe. Das hat mir auch nach Corona den Glauben an die Menschheit wieder zurückgegeben.
Lucas Sermann, S.179

Diese Solidarität und das Miteinander sein und dieses *Wir können das schon, wir können schon sehr nah miteinander sein und sehr gut füreinander sein und aufeinander aufpassen …*
Ich glaube, das ist einfach etwas, was ich sonst noch nie erlebt habe an einem Ort. Ich komme als fremde Person an einen Ort und lerne alle Menschen kennen und wir sind alle gleich. Wir ziehen alle an einem Strang, wir passen alle aufeinander auf … Das habe ich noch nicht erlebt, einfach mit so vielen Menschen. Das verbindet mich, glaube ich, einfach für immer mit diesem Ort. Also das ist ein Heimatgefühl, was ich nicht kenne und das ist natürlich auch verrückt.
Moka Biss, S. 200

Ich war die ersten Tage so begeistert davon, wie solidarisch die Menschen sind, wie man aufeinander zugeht. Auf jeden Fall gehe ich mit der

Erkenntnis raus, was ich vorher nicht gedacht hätte, dass wir dazu in der Lage sind, uns gegenseitig zu unterstützen. Also das war auch was, was ich so in der Form nicht erwartet hätte, wo ich positiv überrascht bin.
Missy Motown, S.209

Ich fand das wunderbar, zum Beispiel, in Grafschaft mit den Helfern zu sitzen, mit Hunderten von Leuten in diesem Zelt Samstags Abends, nach einem sinnvollen Tag, wo jeder das Gefühl hat, er hat richtig was Gutes gemacht ... Und dann quasi grenzenlos. Das war wunderbar.
Stefan Bergner, S. 222

Im eigenen Haus sein

Es war auch eine Beruhigung für mich, immer im Haus zu sein. Im eigenen Haus. Ich habe die Menschen bemitleidet, die immer erst von ihrer Notunterkunft anreisen müssen. Wir waren zur Stelle. Wenn ständig Handwerker und Helfer kamen, konnten wir das immer irgendwie kanalisieren und darauf reagieren. Sofort. Das habe ich als hilfreich empfunden.
Hildegard Ginzler, S. 105

Kleine Freuden

Das musste man lernen. Irgendwie in dem Chaos, dass man nicht warten kann, bis das vorbei ist, sondern dass man zwischendrin auch weiterlebt. Man muss weiterleben, weiter Freude haben. Kleine Freuden. Man kann eine Blume betrachten oder mal den Kopf in den Nacken legen und sagen: „Sind das tolle Wolken!" Oder Musik hören. Wenn's auch nur kurz ist. Aber dann mit Hingabe.
Hildegard Ginzler, S. 104

Kurzfristige Ziele

Wenn ich jetzt von uns oder von mir selbst ausgehe, dann war das am Anfang so, dass wir alle funktioniert haben. Wir hatten kurzfristige Ziele, Keller leer zu bekommen und was weiß ich, alles Mögliche.
Martin Dietrich, S. 25

Kraft durch Glauben

Also wir hängen an Gott. Und das hat uns auch Kraft gegeben in der Flut. Also dass wir die Flut, diese schlimme Katastrophe so überstanden haben, das können wir dem Herrgott danken, dass wir da Kraft gefunden haben.
Hubertus Kunz, S. 55

Ich habe bei meinem Gott um Leben gebeten... und habe das Gefühl, ja, das hat mich stark gemacht, das habe ich von der Flut gekriegt. Eine Stärke, ein sicheres Gefühl. Ich werde mit so was fertig, ich kann mit so was umgehen, solange man mir mein Leben lässt. Das ist jetzt sehr starkes Gefühl.
Rolf Habel, S. 76

Ich bin sehr katholisch erzogen worden. Ich bin immer noch in der katholischen Kirche, aber heute eher agnostisch. Es ist irgendwas da, was tief in uns ist, was uns unsere Rückverbindung schafft zum Ursprung von allem. Davon bin ich fest überzeugt. Ich persönlich glaube, dass alles geistig ist. Ja, auch die Materie ist ja nichts anderes als eine mit Informationen aufgeladene Energie, die wir als Materie akzeptieren.
Stephan Maria Glöckner, S. 120

Medien reduzieren, Abstand nehmen

Ich habe drei Monate keine Zeitung gelesen und kein Fernsehen geguckt. Bewusst nicht. Weil ich hätte das nicht verkraftet. Ich bin auch nicht durch das Dorf gelaufen und hab mir alles angeguckt, was passiert ist. Ich habe da oben das gemacht, was meine Aufgaben waren.
Das heißt also, in dem Moment, wenn du dir selbst nur das zumutet, was du normalerweise verkraftest, das geht. Wenn ich mich vor den Fernseher setze und in aller Breite alles gezeigt bekomme, dann werde ich verrückt. Da zweifle ich, das kann ein normaler Mensch nicht verkraften.
Hubertus Kunz, S. 56

Ich habe mal Abstand gewonnen. Ich bin auch bewusst nicht die Ahr heraufgefahren und habe mir die anderen Ortschaften angeguckt. Ich wollte nicht all das wieder irgendwie so aufrütteln. Also zum Selbstschutz. (...)

Seit dem ersten Jahrestag der Flut hat sich vor allem eins geändert: ein Umgang mit/Konsum von Nachrichten. Ich habe erst alles an Informationen reduziert und dann seit September 2022 gar nichts mehr gelesen oder gesehen.
Karsten Janotta, S. 99 und 100

Also ich glaube, das Ganze kann man nur überstehen, wenn man gar nicht registriert hat, was alles kaputt ist. Ich glaube, das ist auch gut so! Wenn man das von Anfang an gewusst hätte, dann hätte man sich ins Auto gesetzt oder wäre weggefahren. Keine Ahnung.
Paul Schumacher, S. 154

Musik

Und plötzlich spüre ich mit dem ganzen Körper, wie Musik Menschen in Flüchtlingslagern, in Kriegslagern gerettet hat und wie Musik uns einen Hauch von Sinn, von absoluter Geborgenheit schenkt.
Diana Ivanova, S.13

Am Anfang hat mir die Musik sehr geholfen ... Dann habe ich angefangen an einem Track zu basteln. Ich mach so elektronische Musik. In diesem Track stecken halt diese Emotionen drin. Das hatte ich so gar nicht geplant und nach ein paar Tagen ist mir erst mal aufgefallen. Okay, gut, ich habe gerade Musik genutzt, um das zu verarbeiten. (...)

Musik gibt mir weiterhin sehr viel Kraft ... Musik ist meine Psycho-Hygiene.
Karsten Janotta, S. 100 und 102

Mit Betroffenen sprechen

Da gab es Tage, da wollte ich nur mit Betroffenen zusammen sein, konnte keinen anderen irgendwie ertragen. Manchmal sagt man auch gar nichts. Die Männer trinken meistens ein Bier. Und ständig wird Kaffee getrunken. Dann sitzt man da und dann geht das auch manchmal so wie bei den alten Leuten: *Ach ja, ist schon alles Mist. Es wird aber wieder.* Da kann man sich manchmal auch drin wohlfühlen.
Hildegard Ginzler, S. 107

Reden hilft sehr. Das merke ich. Ich mache mittwochs Mittag immer noch dieses Dorf Café, da sind halt viele Senioren, und die freuen sich tierisch drauf, wenn sie da einfach reden können. Viele sagen, da muss man mal ein Programm machen, aber das wollen die eigentlich gar nicht, die wollen einfach nur reden. Ich denke auch, die Gemeinschaft macht viel aus. Es haben sich Leute getroffen, die sich sonst nie getroffen hätten.
Angelika Furth, S. 150

Auf jeden Fall tut es mir jetzt gut zu erzählen. Aber ich kann es auch nur, weil ich weiß, wir haben eigentlich alle überlebt. Es ist keiner zu Schaden gekommen.
Oliver Griess, S. 166

Heilsam für mich waren die Gespräche mit Menschen, die betroffen waren, die sich geöffnet haben, die gesagt haben *Mensch, es ist wichtig, was du machst. Das ist wichtig, was ihr macht.*
Missy Motown, S. 210

Trauer zulassen

Auch das Klagen und das Trauern und das Zweifeln gehört in so einer Situation einfach damit dazu.
Stephan Neuhaus-Kiefel, S. 39

Ich merke, wie mir das gut tut, wenn ich mir mal erlaube, wirklich traurig zu sein. Und wie es mir noch besser tut, wenn jemand mir sagt, dass das OK ist, dass ich das brauche. Jetzt.
Sarah Irmgartz, S. 48

Vertrauen in der Gemeinschaft

Die wichtigste Währung in einer Krise, und das gilt natürlich in jedem Lebensbereich, ist Vertrauen … Jeder Mensch ist akzeptiert, angenommen, das zu tun, was er kann, und wenn jeder das tut, was er kann, werden wir in der Summe alle Probleme lösen, alle!
Hubertus Kunz, S. 56

Da merkst du so einen absolut krassen Zusammenhalt. Jeder ist für den anderen da. Das macht Bodendorf aus.
Karsten Janotta, S. 95

Mein Eindruck, den ich vom Ahrtal habe, und vor allem von den Bewohnern, der hat sich verfestigt. Dieser Zusammenhalt, dieses „Wir sind was Besonderes". (…)
Eine unfassbare Dimension und spontane Hilfe von außen stieß auf die von Wut und Trotz geprägte Mentalität der Bewohner und fügte sich zu einem energetischen Gemisch des Wiederaufbaus nach der Flut. Die dabei gemachten Erlebnisse und Erfahrungen gaben meinem Entschluss, hier zu leben, den Ritterschlag. Da hat sich das verfestigt. Ich hatte bisher gute Motive, aber jetzt habe ich so einen Herzensgrund, hier zu bleiben und zumal ja auch die allermeisten hier bleiben. Mit gutem Grund.
Joachim Heyna, S. 126 und 127

Es ist etwas passiert, was so noch nie in der Intensität unser Leben verändert hat. Und dann reagiert man einfach nur, ohne zu überlegen, wo wird Hilfe gebraucht? Was brauchen wir jetzt? Was kann ich tun? Wen muss ich anrufen? Zu wem muss ich gehen? Was muss ich als nächstes tun? Das ist alles sehr unüberlegt gewesen. Und diese ersten Schritte waren aber eine unglaublich intensive und spannende Erfahrung für mein Leben. Zu sehen, dass es auch in so einer Situation irgendwie weitergeht.
Stephan Maria Glöckner, S. 120

die muttersprache der welt

morgengrauen und abendrot
umarmen den tag
was in der mitte kommt
ist immer eine frage des lichts
und vielleicht auch
eine gnade

wenn es keine wunder gibt
ist die welt nicht in ordnung
es kann sein
dass zwei eichhörnchen
durch das gras tanzen
oder zwei rehe den mangold der nachbarn
lustvoll naschen
es kann auch sein
dass es regnet und regnet und regnet
und das abendrot verschwindet

und dann
statt der umarmung des himmels
hören wir ein märchen zusammen
und schlafen ein
mit der muttersprache der welt

Das Ahrtal des Mitgefühls

Ich schreibe diese Zeilen im Sommer 2023, mitten im neuen Projekt „Offene Gärten an der Ahr", das ich in Gesprächen mit Betroffenen im Ahrtal konzipiert und ins Leben gerufen habe. Zum ersten Mal finden kleine traumasensible Kulturveranstaltungen in privaten Gärten statt, die fast alle von Betroffenen gestaltet werden. Es ist eine stille Freude, die ich heute spüre. Irgendwie ist die Welt ein Gewebe aus lokalen Ebenen und Fragmenten. Egal wo ich bin, es gibt immer eine lokale Ebene. Wenn ich es schaffe, auf dieser lokalen Ebene zu bleiben, verbunden zu sein, Vertrauen zu entwickeln – dann kann ich das Beste aus mir machen. Mehr braucht es wahrscheinlich nicht.

Vor 20 Jahren habe ich mit Unterstützung von Freunden und Gleichgesinnten in dem kleinen Dorf Bela Rechka im Nordwesten Bulgariens ein Festival der Erinnerungen gegründet und entwickelt. Bela Rechka war für mich ein ganz neuer Erfahrungsraum, entstanden aus einem tiefen Schmerz und einer Sehnsucht nach Erdung und Verbundenheit (nach dem Tod meiner Mutter). Bela Rechka hat mein Verständnis von Trauma, Kulturarbeit und Gemeinschaft grundlegend verändert, durch die Arbeit dort konnte ich meine Kompetenzen als Journalistin und Kulturmanagerin neu überprüfen. Ich lebe seit über zwölf Jahren in Deutschland und erst seit drei Jahren im Ahrtal. Ich denke hier oft an Bela Rechka. Ich habe das Gefühl, das Ahrtal besser zu verstehen und meinen Platz hier besser zu finden, weil ich von Bela Rechka schon die Langsamkeit und das Vertrauen in die Gemeinschaft als Grundwerte kenne. Das sind alles Kleinigkeiten. Nichts Großes. Und genau darum geht es.

In den zwei Jahren nach der Flut habe ich im Ahrtal viel Resonanz gespürt und bekommen. In einem der offenen Gärten sagte eine Besucherin: „Ich habe gespürt, dass durch die Flut an der Ahr etwas Besonderes gewachsen ist".

Ich denke, wir werden Zeit brauchen, um genau zu verstehen, was dieses „Besondere" ist. Aber was ich bei mir und vielen anderen spüre – das Mitgefühl, das wir nach der Flut in einer XL-Portion erfahren haben, lässt in uns eine neue Gefühlsmischung wachsen – Dankbarkeit, dass wir leben und atmen, Verantwortung für unser Tal, Mut für ein Ahrtal ohne Flutdemenz. Mitgefühl ist wie natürlicher Dünger, wie eine Mulchschicht, die umhüllt und nährt.

Diana Ivanova
Juli 2023

Danksagung

Herzlichen Dank an alle Betroffenen, die mir ihre persönliche Geschichte für den Podcast „89 Schritte" erzählt haben:
Sarah Irmgartz, Margarete Gebauer, Rolf Habel, Hubertus Kunz, Stephan Maria Glockner, Stefan Bergner, Stephan Neuhaus-Kiefel, Lukas Sermann, Paul Schumacher, Andrea Babic, Edyta Bertram, Karsten Janotta, Anton Simons, Hermann Schug, Karen Balzer, Martina Schneider, Oliver Griess, Angelika Furth, Hildegard Ginzler, Moka Biss, Missy Motown, Joachim Heyna, Bernhard und Ulrike Miller, Ulrike Schlosser, Ralf Kubon, Jakob und Alice van Jossen.

DANKE insbesondere
an den Grafikdesigner Bernd Wegener, der die Entstehung dieses Buches über Monate begleitet hat,
an Ulrike Miller für ihr offenes Ohr und die Freundschaft,
an Stefan Bergner für die Resonanz,
an Brigitte Dietrich und Ursula Welters für die wunderbare Präsenz,
an meine Schwester Galya für die grenzenlose Unterstützung
an meine Kollegin Tatjana Vaxberg, der ich meinen ersten Text nach der Flut verdanke,
an Julian Möller für die Gestaltung der Website https://89schritte.de/
an Jan Wiegand, Felix Brunzlow, Anton Simons, Michaela Schmitt für die Gespräche und die Zeit zum Hören, Lesen und Mitdenken.

DANKE an alle Freunde und Helfer, die liebevoll beim Aufräumen unseres Hauses und Gartens unterstützt haben.

DANKE, Martin, dass wir gemeinsam weiter atmen.

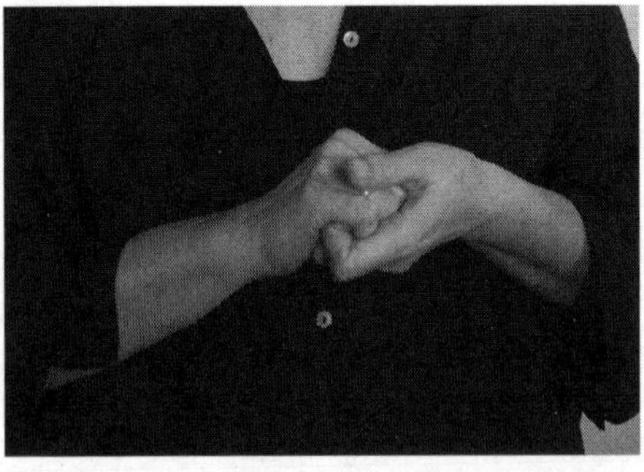